迎风暴走的中年男人

（短篇小说集）

陈克海　胡飞扬　杨胜应等　著

德宏民族出版社

图书在版编目（CIP）数据

迎风暴走的中年男人：短篇小说集 / 陈克海等著.
-- 芒市：德宏民族出版社，2018.11
ISBN 978-7-5558-1102-2

I. ①迎⋯　Ⅱ. ①陈⋯　Ⅲ. ①短篇小说—小说
集—中国—当代　Ⅳ. ①I247.7

中国版本图书馆CIP数据核字（2018）第234228号

书　　名	迎风暴走的中年男人：短篇小说集			
作　　者	陈克海　胡飞扬　杨胜应等　著			
出版·发行	德宏民族出版社	责 任 编 辑	舒生跃
社　　址	德宏州芒市勇罕街1号	责 任 校 对	赵洪亮
邮　　编	678400	封 面 设 计	陈连全
总编室电话	0692-2124877	发行部电话	0692-2112886
汉文编室	0692-2111881	民文编室	0692-2113131
电子邮件	dmpress@163.com	网　　址	www.dmpress.cn
印　　刷	昆明龙昇印务有限公司		
开　　本	787mm×1092mm　1/16	版　　次	2018年11月第1版
印　　张	16	印　　次	2018年11月第1次
书　　号	ISBN 978-7-5558-1102-2	定　　价	56.00元

目 录

迎风暴走的中年男人……………………… 陈克海（1）

一叶知秋……………………………… 胡飞扬（54）

蜜 橙………………………………… 杨胜应（104）

一个土司的后代…………………………… 李全民（134）

敲人的雨声……………………………… 钟 翔（174）

魔 咒………………………………… 张菊兰（191）

父亲的眼泪……………………………… 许洪畅（227）

飞行员与蜜蜂……………………………… 巴图桑（240）

迎风暴走的中年男人

陈克海

耻辱是突然间降临的，一旦它找上某人……
——J.M. 库切《凶年纪事》

1

每天下午，待在王府大厦的四楼，王中正总是忍不住要走到窗前。送快递的小伙子还是跨在他的三轮车上，大口喝着水，身着白色上衣灰色短裙的姑娘望着他，两个人有一没一句地，说着什么话。他们背后，是透着暖黄灯光的美滋每客蛋糕店。王中正在停车场见过这对年轻人，男孩总是那个时间来接她下班。姑娘剪着齐刘海，乌油头发，高高的鼻子，两腮几粒雀斑若隐若现。不知怎么，留给他深刻印象的，却是她穿着一件薄薄的粉色毛衣，胳膊处撑开两个小洞，露出一圈白生生的肉。季节似乎突然到了夏天，两场雨下来，杨树毛毛虫一样的花开败了，满树披挂上亮黄色的叶片，空气里到底还有些许凉沁沁的寒意。他们两个旁若无人地，自顾自地往前走。起风了，男孩脱下工作服披在姑娘身上。她小小的身体裹在暗色的大衣里。驶出停车场，他看见他们居然还没走远，就蹲在路口的烧烤摊吃着东西。

"真是疯了，你知不知道，我周围有两个同学在闹离婚。"

王中正听见姑娘的声音从不太嘈杂的人群中传过来。正是绿灯，前面接送孩子的汽车、电动车、自行车，搅拌在一起。不耐烦的司机长长地摁着喇叭。男孩像是说了句什么，女孩还是那么一副惊诧的口气，说："什么他们人到中年？他们还不到三十岁啊。好像离婚就能解决所有的问题似的。"有几个路人朝着他们说话的方向看去。王中正又望了一眼。那女孩像是接到了他的眼神，不管不顾地看向他。王中正关上了窗户。

车过新建路，又堵在了铁路桥下的涵洞里。自从五龙口海鲜市场搬到了附近，就没有不堵车的时候。正想着要不要给李改兰打个电话，买点鱼虾回去，一列绿皮火车缓慢驶过。他的眼光跟着火车追了许久，直到火车完全消失，脑海里还是那个倚在窗户边读书的女人，那么安静温和，跟画里一样。

塞了半天的车流又慢慢蠕动了。

七点了，李改兰还没有回来。拨过去电话，半天也没人接。他打开冰箱，十字对开门冰箱填得满满当当，看了半天，还是取了罐黑啤，走到阳台上，又把正接的一桩案子重新过了一遍。犯人长着一张再普通不过的脸，难以想象，就是这么一个人，竟然自制炸弹，去轰政府大楼。到底有着多大的仇恨，才会想到这样去自寻死路？他本想带当事人重新去司法中心做个精神鉴定，上边的意思却明显得很，这个人精神上没有什么问题。既然什么都清楚了，还要他去辩护做什么呢？有那么一刻，他想放弃。为一件毫无胜算的案子辩护，简直是侮辱人嘛。来自法院的朋友告诉他，说他是优秀律师，这件案子，要的就是他的名声做陪衬。这是什么话？恼火归恼火，他懂得规矩，要是还想在这个行当混下去，他别无选择。窗外的北沙河两岸变成了一片繁忙的工地，往昔破烂不堪的平房不知什么时候推平了。好些年了，他一直和李改兰说，要是住的地方有个公园，他就能跑步了。看到正在改造的北沙河，他在想，这是不是一切都在变好的征兆？

李改兰进门，看见歪在沙发里的王中正，又看了眼电视。电视里正放着纪录片《荒野求生》。李改兰说，回来了。王中正看着电视说，哦。王中正又问，吃饭没？李改兰不紧不慢地脱外套，说，哦。王中正眼皮直跳，声音高了些，问她怎么电话也不接。李改兰说单位要整改，财务上的账对不上，重做了几本，这才把账平了。

"你说我可可怜怜挣这么两个钱，图个什么？成天提心吊胆。"

"我不是说过让你辞掉工作？你又不愿意。"

"我工作也不全是为了钱，好吧？"

不知道从什么时候开始，两个人对话都是带着质问。王中正又说了阵北沙河改造的事，他好像对即将到来的前景特别期待，说："到时就可以跑步了。我们一起跑步好不好？"

李改兰却像是疲惫得不行，一点都不照顾男人的情绪，直接就回绝了。"一点都不好。你以为人人都像你，成天无所事事，在法庭上说点人话鬼话，钱赚上了，回到办公室，还有女秘书跑前跑后招呼？"

怎么是这么一个人？真是不可理喻。王中正掉头走进书房。两口子散个步，这个要求难道过分吗？在他的想象里，散步的时候，李改兰不和他一起出门，情愿牵条斗牛犬独自溜达，邻居们看见了会怎么想？他在这个家里的位置难道还不如一条狗吗？

女人还在客厅叫唤："王中正，你知不知道你多不厚道？我忙到半夜回来，连口热饭也吃不上。你倒好，就为生怕别人编排我的不是，就要折磨我。我真是受够你了。"

王中正半天缓不过神来。结婚之前，他对李改兰谈不上有什么了解，不过是因为两个人都在警校念书，除了读书，也找不到什么事干，就好上了。真到了谈婚论嫁的时候，李改兰爸妈却嫌他是外地人，在太原连个房子也没有。拿什么结婚？天天喝西北风吗？即便是受到了岳父岳母的歧视，王中正的情绪却没有受到多大影响，至少他没有表现出丝毫不满。他知道女人怀上了他的孩子，他都快要做父亲了，怎么会和两个毫无远见的中年男女一般见识？他骑着自行车，带着李改兰大街小巷地乱转。看见鸣笛驶过去的切诺基，他回过头说："老婆你等着，不需要几年，我们也会坐进那样的车里。"李改兰什么也没说，只是把头贴在他的腰上，手呢，伸进他的衬衣里，轻轻抚摸着他。他浑身充满干劲，恨不得把自行车踩得飞起来。这才过了多少年啊。他都差点忘了这些年怎么过来的，等到车子、房子都有了，他和李改兰却没什么话说了。

王中正重新打开电视，看了会儿《荒野求生》。接下来，怎么睡着的，他完全忘了。早上他被厨房里豆浆机的声音弄醒，发现身上盖着毛毯。女人可能怕他从沙发上掉下来，还把茶几移到了沙发旁边。李改兰从厨房里走出来，声音从脸上蒙着的黑面膜里传出来："用不用炒个菠菜什么的？"吃饭的时候，李改兰又说："我有没有和你说过，我们单位的赵伯举真是不要命了，天天喝酒。没完没了。"有段时间李改兰没怎么和他提起赵伯举了。王中正看了女人一眼，说："人到中年，什么都有了，又没什么具体的事情做，不喝酒，又能干些什么？"

"能干些什么？喝酒就能解决问题？问题是他喝酒，还要把别人捎带上。"李改兰提起这一茬好像特别的生气。"简直是不要命了。真不知道你们男人成天都在想些什么。"

"能想什么？焦虑呗。你以为什么都有了就不焦虑？人到中年，就跟你们女人的更年期一样，那是病，由不得自己。"

"少往自己脸上贴金。你那不是人到中年的焦虑。别把自己对生活无能为力的焦虑归结为人到中年的焦虑。"

王中正不知怎么笑了起来。好像看到女人还是像过去那样鄙视他，处处反对他，一点都没把昨晚的争吵放在心上，他这才踏实下来。

到了事务所，王中正把包扔在桌子上。祁可进来给他倒了杯茶，又问有没有什么别的安排，他摆了摆手。他打开手机，看见朱东给他转发了条信息。不知是谁用他的案例写了篇文章。他倒没有为里面的内容感动，只是不明白这信息是怎么做成的。他打过去电话，问了半天，朱东说：

"这个简单啊，就是个微信公众号。你想要的话，我也可以给你申请一个。"

等到朱东过来，拿着他的手机一通折腾，又让他设置密码。过了会儿，朱东问："起个什么样的名字？"

"不玩花哨的，就用事务所的名字，中正。"

"不加律师事务所？"

"两个字就挺好。"

接下来的大半天，王中正就在那里琢磨微信公众平台上的模板。他先是想着发点平时接过的案子，把自己写的辩护词贴上去，却又感觉太冷血了些。他让祁可把过去事务所接过的案子都翻出来。他回想着过去为当事人奔波的情形，将期间曲折的过程清清白白地敲在了电脑上。写的过程当中，他偶尔也忍不住夸大自己的功劳，只是，多数时候他感觉自己像是陷在泥淖里。等到老老实实讲完，才意识到，这几十年来，他光顾着索要辩护费用，很少考虑到当事人的困境。写完了，他也没做多少修改，就贴到了网上。

朱东发过来微信，说："王主任，你可以嘛，现在没几个人对当下的生活有忏悔意识。你的境界可不是一般的高。"

王中正说，比起你们专业人士来，还是差一大截。两个人客气了一番，见朱东后来话少了，只是不停回些笑脸，他也就放了手机。顺手拿起案卷，想再弄点什么，却是毫无头绪。想到自己就因为朱东说了那么几句心里话，竟然还飘飘然，王中正又叹了口气。

2

酒喝到一半，老陈打过来电话，说四毛他们出来了，想请他出来坐一坐。王中正说，正在鑫四海和律协一帮人喝呢。老陈就说，那你喝完了过来，一起吃夜宵。挂了电话，王中正又接着刚刚讲到的玉石话题。有那么两年，他喜欢玩石头，从买回家里当摆件的欣赏石，到玩玉，他在这上面没少投资。他不经意地从腰间解下来一块白亮的玉石，说，你们看看这做工怎么样？传给每个人把玩了一遍，回到自己手里时，王中正又不停地捏摸，说，真正的好玉，就是你怎么摸，看上去都不会脏。这是正儿八经的和田籽料，不便宜。在座的一个女律师就笑，说，终于知道在什么地方打劫王主任合适了。王中正还好奇，问了一句。女人就说，等你上厕所解开裤带的时候。说完哈哈大笑，众人也笑，好像都听懂了她话里的暧昧。王中正也笑，笑着笑着，脸上就有些僵。他还想说说玉，见众人话题拐到了女人身上，也就闭了嘴。喝了酒的男人说起勾搭女人的经历，一个个唾沫横飞。不知是谁提到了那个年过五十还没结婚的女律师，说她固执，不好打交道，结果有人就跌出一句：

"用老陈的话说，女人就得闹，不闹肯定会出问题。"

王中正没喝什么酒，听到后来就有些不自在。他站起来往卫生间走，朱东也跟了过来。洗完脸，王中正看了眼镜子里的男人，好像完全不认识。扭过头，见朱东站在身后递给他卫生纸，说：

"一会儿去明珠唱歌，你也去。"

朱东说女朋友在，回去太晚不好。王中正说，你这跟刚结婚似的，表现这么好，今年结了算了。朱东不好意思地笑了笑，说，谈不拢，她疑心病太重，总怀疑我成天不三不四。王中正说，还没结婚就这样，日子怎么过得下去？不行，再找一个。朱东没接茬。

等到老陈到楼下来接，朱东又客套了一番。老陈大牙一咧，说，你不深入生活怎么能写出来好东西？朱东好像被这么一句话说服了，便上了车。

刚进包厢，就见一个蹦跳着的男人从茶几上冲下来拥抱王中正。闪烁的灯光打在他满是文身的背上，触目又惊心。王中正介绍，说，这就是著名的四毛。四毛又接着唱邓丽君。"证明你一切都是在骗我……"抒情的歌声通过四毛的嗓子出来，竟别有一种意味。这么幽怨的歌词，却没有什么怨气。王中正说，四毛在监狱十几年，成天只做两件事，唱歌，做俯卧撑。就因为有这么个特长，还进了乐队。监狱长挺高兴，把他当成改造好的典型，来人参观，就把他们集合起来表演。老陈说他也进过监狱。朱东问是哪一年，老陈说是1983年严打。王中正笑，说，老陈，谁让你耍流氓呢？老陈忙不停辩解，什么啊，是因为谈恋爱，好过的姑娘后来认识了个公安，人家嫌他追过自己的女人，就利用严打把我铐起来，判了五年刑，罪名是强奸。四毛过来敬酒，独听见这一句，就说，老哥我不管你有没有强奸，反正你进了监狱，咱们就是同道中人。老陈说他进了监狱，就是天天读书。朱东说，监狱有那么多书？王中正说，那个姑娘可能良心上过不去，常去看他，带的全是书，就是想让他好好改造，好像生怕他出来再祸害别的女人。老陈说，什么啊，都是家里给寄的。说起坐监狱的事，老陈话多了。他说他服刑的地方是个砖场，不做砖的时候就读王阳明，读尼采。王中正说，感觉你们都不是去服刑，倒是又念了个大学。大家喝得高兴，包厢里又杂乱，渐渐谁的话都听不清了。王中正和朱东挨着，两个人交头接耳，说些无关紧要的话。朱东正听得惊讶呢，门打开，来了一溜姑娘。众人安静下来，都推让，说正哥先挑。王中正来回睃了两路，要了一个头发卷曲身着旗袍的女孩。四毛说，正哥就是眼光毒辣，这个时候也要选一个贤良的女人。

几圈啤酒喝下来，王中正坐不住了。他跟人打招呼，说是要先走一步。朱东大概喝多了，坐在车上就睡着了。到了朱东租住的小区，又问他要不要紧。王中正到底是不放心，还是坚持把他扶上楼。

不大的房间，到处堆满了书。朱东从窗帘后面搬出一把椅子，胡乱抹了几下，台灯下腾起一股烟尘。

"怎么你连个电视都没有？"王中正好像完全无法想象一个家里没有电视怎么过得下去。

"结不结婚都要把日子过起来。"

第二天，朱东正睡着呢，王中正又开车过来，拉着朱东去彭村旧货市场。村里到处圈满了红色的"拆"字。王中正说他没事喜欢来这个地方走一走，能淘到不少好东西。转了半个小时，买了个三十英寸的电视机，还有《越狱》《权力的游戏》等一大摞碟片。

等到《越狱》的画面在房间里响起来，王中正像是了了一件心愿，这才在床头坐下来。朱东语无伦次，说些感激的话。王中正说，也没花几个钱，家里有点动静，日子也不至于那么孤单是不？再说，我也不是白给你做这些，我也正有事求你呢。

朱东这才知道，前些日子王中正回了趟老家，一个表兄为母亲写了本传记。书印得好不好，内容写得感不感人另说，王中正只是纠结，为什么这么一件事，不是他先做出来。等到表兄做了这件事，他想，要是还是自己写点回忆和旧闻，就毫无新意了。这个时候，他想到了朱东。要是找个作家去自己的家族里采访一圈，内容是不是会更饱满一些？一想到自己的母亲有专业人士来写传记，王中正认为自己总算做了件正经事。朱东听了，忙说自己没经验。王中正说你不要谦虚，写完少不了你的好处。朱东就笑，说，也不是什么大事情，只要能做到让你满意就好，再说别的，就见外了。

清明前一个星期，王中正又打来电话，说是一起去水西关的友谊肥牛喝个酒，顺便谈点具体怎么采访的细节。朱东以为还有别人，去了才知道，就三个人。坐在王中正旁边的女人看起来才三十来岁。朱东一时尴尬，眼睛不知该往什么地方放。王中正说，来，我给你们介绍一下。这位是邢春，我刚认识的朋友。又说朱东是他的好兄弟，作家，汶川地震、王家岭矿难，他都写过长诗，展现举国上下精神团结，不逊于马雅可夫斯基、李季。朱东说，那时候太年轻，什么都不懂，其实我更应该关注那些埋在地底下的人。邢春说，都是功德。王中正隆起的肚子都顶住了桌子，一口乱牙的嘴里，还在不停地说些客客气气的话。他说他平时爱看《新华文摘》《小说月报》，学生时代也做过作家梦。就是现在，读到好看的小说，也会给他的女人看。他说来说去，潜台词就是，要不是这么些年弄材料，写辩护词，废掉了他的才华，这件事情他自己也完全有能力做好。又掏出一个牛皮纸信封，说，里面都是关于他母亲的资料，让朱东提前看一看，熟悉熟悉。

邢春一直给王中正夹菜，王中正呢，坦然很得，女人夹什么到盘子里，他就把什么塞到嘴里，一刻也不停，像是刚做完什么劳累的事。当然，也没忘记劝朱东也多吃点。他的跟前汤汤水水，沥沥拉拉，弄得到处都是，芝麻酱还溅在了白色衬衫上。邢春又连忙扯纸巾帮他擦掉。

朱东心思不在吃饭上。王中正从盘子跟前抬起头来，喝了口西瓜汁，说，朱东还没结婚呢。他问旁边的邢春，你有没有还没结婚的朋友？有的话，给朱东介绍一个。朱东本以为是要谈采访王中正老母亲的事，不料话题到底还是转到了自己身上。邢春笑了笑，有是有，问题是你们都在麦城，距离我们大同三四百公里，远水能解得了近渴？王中正嚼着一口生菜，好像突然才反应过来，说，你就没结婚啊。邢春脸腾地一下就红了，说，你要死啊，开什么玩笑。朱东见这两人旁若无人的调情，心里十五只水桶七上八下，再不言语。终是找了个借口，匆匆逃掉。

到了家里，他把牛皮纸信封里的光盘塞进电脑，原来是老太太出殡时的碟片。葬礼办得风光热闹，小车挨挨挤挤，塞满巷口，花圈排到了村外。王中正出现的镜头最多，胡子拉碴的脸上，看不出有什么表情。一张碟片快进完，朱东没有找到任何想要的信息。

3

清明前一天，朱东跟着王中正去了趟孝义。

在车上，王中正就给弟弟打电话，说是帮他买两束鲜花。到了市内，拐进一家消防器材公司，王中正说是他弟弟的摊子。坐在办公室的人纷纷过来和王中正打招呼。王中正却是爱理不理，直问老六在哪里。晚上吃饭的时候，老六出现了会儿，喝了杯茶，又着急要走，说还得去应付一个领导。

第二天，车往三河口走，说是去上坟。朱东想着这么个日子，去掺和他们的家事，不太合适。王中正却执意让他看看，毕竟一家大小，也就这么个日子能聚齐。

听介绍，不大的村子，先前竟有三座煤矿。现在都停产了。原先的设施也没拆除。王家的祖坟山下面就是座煤矿。王家老六一直想把这地方全买下来，都种上松柏，却始终没谈下来，对方认为他是打着保护祖坟的幌子，其实是想占他的矿山。

王家老六下了车，就问人今天有没有去给树浇水。几个看守坟山的人把两辆洒水车从车库里开出来。王中正就指着对面的一座山，说那山上全是他们家老六栽的树，雇了四个人常年看守陵园。

光天化日之下，几朵白云飘在不远处。山里安静得很，老六的媳妇也回来了，忙着给众人煮面条。朱东不知该如何插话，只是蹲在院子里逗两只半人高的看门狗。王中正问老六的女儿想不想考个公务员，有心的话，他可以帮着想办法。小姑娘说不想成天坐班。王中正又问了些别的，姑娘只是看着手机，也没怎么接话。吃完面，众人往山上走。朱东也跟在后面。王中正捧着鲜花，往生父生母坟前放了一束，给养父养母坟前也放了一束。王中正生父生母的坟前立着奢华的碑，高高的祭台，后面的坟就显得又小又单薄。王中正跪在养父养母的坟前。其他人跪在另一边。朱东看得不知所措，站着似乎也不对，便跪了下去。鞭炮放了半个小时，朱东捂着耳朵退到墓园外。对面的荒山里，也有上坟的人，放着稀稀拉拉的炮仗。

接下来的几天，王中正叫了个晚辈陪着朱东去采访自己的家人。山里的土话并不好懂，人人聊起来，多是感激王家老六，说是平时对他们帮衬不小。朱东问他们对王中正养母的印象，都说她心地善良，出了名的孝顺。到了最后，朱东明白了，这真是一个不容易的传统家庭妇女，为了这个家，她完全把自己牺牲了。

回麦城前的晚上，王家老六才又露面，穿条暗灰色的阿迪达斯运动裤，说是辛苦朱东了，带他去洗个脚。进门就有旗袍开衩到大腿根的年轻姑娘问好。老六问，罗老板在不在。姑娘挺得板板正正的，在前面带路，一边喊贵宾三位，一边应答着老六。老六说他平日也没个什么爱好，打麻将输个三百五百都心疼，有那功夫还不如来这里放松放松。老板他也认识，还给了他一个金卡会员。捏完脚出来，王中正又交代老六，说明天走之前给朱东准备点土特产。老六含糊应了一声。本来还要采访老六，老六说，我妈的故事，哥哥姐姐们都讲了，我就是个总后勤，也没出什么力，你先写吧，完了有什么补充的，我想起来再告你。见老六不愿讲，朱东也不好再多问。

朱东也没做什么修饰，就把谁谁谁怎么说的，谁谁谁又是如何形容，一五一十记了下来。完全就是一篇流水账。发给王中正，好多天也没消息。

这天，王中正又打来电话，问怎么把手机微信里的照片拷到电脑上。朱东说，下载个微信网页版啊。王中正还是不会操作，朱东就拿过王中正的手机在电脑上登录了，并演示了一遍。正说话呢，有人打过来电话，王中正拿起手机一看，连忙走到里面套间。朱东坐在转椅上无所事事，听见电脑里有动静，点开一看，是邢春在说话。他慌乱中看了几条信息，也没什么出格的话。鬼使神差地，他点开了她的头像，记住了她的微信号。

提着王中正给的一大包相册回到家里，见女人窝在书桌前，正在QQ空间里炼魔法卡片。闪着紫烟的炉子，腾腾烧得正旺。朱东气就不打一处来，本来提在手里的菜，顺手就撂在了地上。女人还一惊一乍，问他怎么啦。朱东就说，你炼你的丹就行了，我生气有你炼丹重要？女人还解释，说她玩的是QQ空间秀，再收集点卡片，就能变身了。没解释还好，听了女人的话，朱东越发来气，闭上门，直接挺在床上。女人见他这么一副样子，远远躲到阳台上去了。

朱东昏天黑地浑想了一会儿，又沉沉睡去。被尿憋醒，走到客厅，见女人拿着iPad还在阳台上看《人民的名义》，时不时地还笑，手里呢，攥着块面包也没顾上吃完，地上掉的全是面包屑。女人见他黑着脸，还装可怜，说，你不做饭，我只好啃面包。朱东就发狠，说，那要是我死了，谁给你做饭？我是你的伙夫还是你的奸夫？上辈子欠下你的了？女人说，你要是死了，我就回家啊，找我爸妈做饭。朱东见女人听不明白他话里的潜台词，也懒得言语。坐在马桶上尿完，才感觉有些饿了。

把饭菜做好，也没喊女人。女人这个时候才放下iPad，自己去找筷子拿碗。吃完饭，朱东脸也没洗牙也没刷就躺到了床上。他听见女人去厨房洗完碗，又继续看着电视剧。那种低低的笑声，不依不饶往他的耳朵里钻。他翻来覆去，心烦意乱，抓过手机，直接就在微信里搜到了邢春。没头没脑的，他发送了一条请求：

"有没有人说过你脸色绯红的样子好美。"

又等了半天，她没有通过他。半夜醒来，他看见手机上有条未读消息。问他是谁。我是谁呢？仰着头往玻璃窗外一看，只见月色清幽，几颗星星点缀在旁边。他又回了一条信息，说，我是谁不重要，重要的是我在想你。邢春竟然没睡。她说，无聊不无聊。显然是嫌弃他不是个正经人了。朱东呢，不要脸了，撩逗的劲头上来，摁都摁不住。他又发了一条，怎么会无聊呢？我只知道我现在一点一点想你，只知道想你的时候是真实的。

他通过验证，成了邢春新的朋友。

4

做完早课，亮光从厚厚的窗帘间隙一点点透进来了。

洗了脸，她敷上黑骑士精华面膜，又跑到厨房打豆浆，热上馒头和红枣。豆浆机时不时地发出低沉的轰鸣。路过餐厅时，她还摁了下YAMAHA电子琴，电源早就拔了，没有一丝声响。莫扎特的《A大调第十一号钢琴奏鸣曲》谱还是摊开着，好像等她随时坐下来练习。她双腿盘在沙发上，拿起一本《内衣设计》漫不经心地翻起来。好像又有了新的想法，又起身到书房，坐在书桌前画内衣设计图。一个又一个想法飘出来，好像只有这个时候，她才能感觉到真实的自己。

九点多，她懒懒地走进办公室，正说着闲话的同事，却突然闭了嘴。过了会儿，听见开发办主任在隔壁喊她的名字。她以为他又是要提醒她上班迟到了。谁知坐在转椅背后的男人也没什么多话，只是递过来一份报告，说是有人在举报她吃空饷。

她半晌没回过神来。几年前，她去广州读研究生，单位也是同意的。当时刚和丈夫离婚。才二十五岁的她，想得也简单，离就离，离了能怎样？她从没想过要一辈子窝在大同。离完婚，她什么也没要，就把一个美的电饭煲抱回了家。那是她结婚前从北京买回来的。那个时候，她想得多简单啊，以为自己尽量表现得贤惠一点，就能讨得男人的欢心。甚至一度也想着就这样在家相夫教子就算了。谁知男人仗着家里有些钱，成天都是招呼人在家喝酒打麻将。她也没想过这样的生活好还是不好。有一天她正和女同学煲电话粥呢，不知怎么说了句亲爱的，被男人听见，认为她是故意当着众人的面给他难堪，拖着她就是一顿老拳。她完全吓傻了，都忘了反抗。男人好像见她这副样子，更是来气，还踹了她一脚。等到孩子流产，男人居然还怪她，说为什么怀孕了都不告诉他。还有比这更不讲理的人吗？她摸着乳房下面缝了十几针的伤疤，通宵通宵地流泪。她没敢提离婚的事。父母也劝，说孩子都快有了，离了再换一个就能保证更好？父母比她还懦弱，以为凡事忍让，福气都在后面。她呢，更多的只是恐惧，只是想着先从大同跑出去，跑到天远地远的地方，就能少受点折磨。最现实的办法就是读研。白天她规规矩矩上班，有空了，就在那里做题。男人见她没有什么动静，还以为她老实了。哪想到她竟考上了研究生。男人想着一个女人，结了婚还满脑子幻想，哪里是过日子的样子？离婚吧。话肯定是男人提出来的。邢春没想到计划许久的事情，竟然来得如此容易。办离婚证的时候还有些失落。男方又托关系，把两个人都改成了未婚，好像结过婚是两个人的人生污点一样，这么改正了就能完全抹平。她谈不上有多高兴，只是松了一口气。那个时候，她已经开始在一家时装杂志社实习，画些简单的设计图。她喜欢广州，没谁知道她的过去，她待在一个新的环境里，以为自己的大好人生才刚刚开始。谁知研究生毕业，父亲得了脑血栓。家里就她一个孩子，谁来帮衬母亲呢？虽然家人并没有要求她回来，她还是灰头灰脸回到了原单位。还是她前夫当年托人找下的那份工作。

要不是主任说有人告她吃空饷，她差不多完全忘了自己过去的遭遇。她拿着那两页举报信，回到办公桌前，浑身都在发抖。她想不明白到底得罪了谁。平日里她是没有好好上班，大家情况也差不多，为什么现在独独把她暴露出来了呢？她完全无法为自己辩解。

有一天快下班，她站在窗户跟前，看见分管人事的副书记下来，想着自己是不是应该去找他说道说道。有了这个念头，等到上班的时候，她就站到了书记的办公室门口。通信员见过她几回，问她有什么事。邢春看了他一眼，见他眼神不停往自己身上扫描，便把自己的遭遇一五一十说了。通信员就说，书记太忙，只怕管不了你这么个事。那怎么办呢？通信员好像也为她的事着急，出了几个主意。虽然没一个主意靠谱，她却被他的热情打动了。

就这样，吃空饷的事还没解决，她稀里糊涂成了通信员的女朋友。好几回，她在他耳边琐琐碎碎地念叨，说自己的问题不能拖了，能不能瞅机会和书记说说，通信员却支支吾吾，总要把话题岔到别的事情上。再到后来，眼见得男人为难，生怕男人嫌弃，也不好再多说什么。

"那你帮我打听打听，我们单位还有谁的情况和我类似。"

"你要干什么？"

"我就不信只有我一个人有问题。"

这天，正在那里玩手机呢，想起她这事光自己瞎折腾，完全毫无章法。为什么不找个律师咨询一下？她就在微信里搜律师，一页页翻下去，就看见了王中正在公众号里发布的文章。连着追了一段时间，她认定他是一个正义的人，便按着他留下的邮箱，给他写了封求助信。

15

　　她是花了些心思的，太突兀地把自己的情况讲出来，只怕他也不会搭理。她说读了他的文章，没想到世上还有人坚持自己的理想。说到理想，她掩饰不住自己的失落。她说她本科念的是外语系，本来在深圳一家外贸公司做得挺好，父母却硬生生把她叫回来了。再后来，她仍是习惯不了县城的生活，便考了个研究生，读服装设计。说到县城的不适，她用了个例子，"连个喝速溶咖啡的星巴克都没有"。她甚至提到了外婆。当年生活在乡下的外婆，做梦都想去县城一趟，外公却反复说，你去了，谁帮你看这些鹅。她挑挑拣拣地说了一些，然后就把事情转到了正题上。就因为读了三年研究生，结果被人举报，说她吃空饷。她一介弱女子，真是告状无门，有冤无处诉。

　　起初，她每天都会看一眼邮箱，或许平日里她跟人联系少，连封垃圾邮件都没收到。然后，她就有些气馁。是啊，隔着天高地远的距离，谁会把她的这点麻烦放在心上呢？又过了两个星期，王中正竟然给她回了一封信。他先是抱歉了几句，说最近为一个谁都知道要失败的案子奔忙，都没顾上上网。当然，邢春也看出来了，男人在信里掩饰不住兴奋，说没想到随意写下的案例，竟真会有人读得如此认真。关于她吃空饷的问题，他也没提到具体的解决方案，只是控诉了下怎么现在的社会如此黑暗。

　　县纪委又来查了两回。单位内部也差不多达成一致意见，邢春就是吃空饷的典型。邢春坐不住了，径直闯进办公室找了回书记，书记没给明确答复，只说这样的事组织会调查清楚的。她又去找组织部，把自己的请假手续都给了过去，也没什么结果。要处理她的消息同事都知道了，每个人看她，连带着同情，也有些幸灾乐祸。

　　她完全没想到事情会发展到这一步。要是由着别人这么被人随便拿捏，哪里还有活下去的希望？她没多考虑，就坐在电脑跟前，原原本本把自己的情况写了封公开信发到了百度贴吧里。生怕分量不够，又把听到的单位内幕，有名有姓地，全附了上去。

没过两天，上级纪委也介入了。调查了半天，给出的意见是，她的情况够不上吃空饷。邢春在自己的辩护词里写到自己那两年因为离婚、孩子去世，接二连三的打击导致她抑郁。生怕人不信，还把去麦城精神医院的单子也附上了。单位人都知道不能轻易惹她，主任还特意交代，单位也没什么事，她完全不用天天坐班。只是邢春好不容易才摆平这件事，怎么能再给人留下把柄呢？她每天去得比谁都早。尽管没人给她安排事情做，她还是规规矩矩地坐着，要么看看设计的书，要么戴着耳机看电影。她兴奋了一段时日。人一闲，也容易发慌，可又能干些什么呢？她念的是外语，是设计，可现在，她陷在虚妄的执念里，竟然想着要和这么一帮人一般见识。太糟糕了。

这天大中午的，她睡得迷迷糊糊，通信员进门就脱她的衣服。她问他，他说书记就在小区旁边的刘杰饺子馆吃饭。邢春还要问点别的，嘴却被男人堵住了。男人急急慌慌，钢圈把她的胸勒了一下。那种疼痛顿时让她没了兴趣。她瞪大眼睛，看着他气喘吁吁地忙完，才转过身去拿卫生纸。去卫生间洗完，她看了看内衣，再也不想戴上去。她套了件宽松的背心，站在厨房里握着刚冲的速溶咖啡出神。

"我喜欢法国女人，她们忠于自己，优雅中带着随性。怀孕了，就是怀孕的模样，老了，就是岁月爬上眉头的模样。"那是2015年3月，巴黎埃菲尔铁塔前，上千个女人跳着热舞，把内衣抛向天空。好多女人的身材并不好看，却是真实的自己。为什么不能做自己呢？

在给王中正的信里，她说她终于明白自己要做什么了，那就是做一款满足自己的内衣。王中正好像不太习惯和人讨论女性内衣，不过他的话里仍然在暗示，说他简直想象不出来她穿上一款那样的内衣是什么样子。邢春却没有按着他的思路往下走。她说她现在穿的是一件特别简单的白T恤，隐隐还能看见黑色蕾丝内衣，肩带露在外面。她说，难道穿成这样，你们男人也有兴趣吗？明明随性又慵懒的话，她却表述得一本正经。她说她和身边的朋友都不喜欢挤胸类的东西。比起取悦男人，她坚信取悦女人自己更重要。她还飙了一句英语：The most elegant thing is to be yourself.

王中正也像是被她的郑重其事震住了。他说没想到她会有如此超前的想法。他说他平日里说是做律师，为原告和被告的事四处找人，尽量把当事人的麻烦降到最低。但人只要一惹上官司，怎么可能少得了麻烦？连他自己也成了麻烦的一部分。好多夜晚，他醉醺醺地回到家里，冲完澡，看着镜子里日渐隆起的肚皮，吓人的黑眼圈，不由自主地哀叹：

"打官司的人越来越多，是挣了些钱，问题是，怎么感觉自己越活越可悲了呢？这就是我想要的生活吗？"

大概是好不容易找到了共同话题，一来二去，两个人的话题就多了。她讲她平日的生活，说她爱读经，钢琴也过了十级，处处都显示出她是个热爱生活的女人。她一个人，也活得有板有眼。他呢，说工作的苦闷，厌烦了，也跟朋友们徒步穿越库布齐沙漠，看秋天的胡杨林。聊了那么久，谁也没提见面的事情。终是她忍不住，说，过两天准备去麦城看个朋友。王中正过了几天才回复，很不情愿的样子，说，好啊，好啊，来了随时联系。

怎么联系呢？他不知道是故意，还是因为事情太多，电话都没有告诉给她。她明白他是在退缩了。自己的工作也是朝不保夕，邢春便没再妄想。

5

"就只有这些吗？"朱东总是这么问她。

"那你认为我和他还应该发生些什么故事？"邢春脸色一变，好像再也不想理他。

朱东当然明白他和她的关系非常脆弱，说些好听的话都来不及，干吗非要揭人的短处呢？但事情就是这样，开始的假装嫉妒，演变到后来，就无端蒙了层狰狞。他生气的，也不知道是女人的无谓态度，还是为自己的窝囊。王中正那样一个老男人有什么值得她迷恋的呢？她说起那段经历，没有一点羞愧也就算了，当他鄙视的时候，她居然还要为王中正维护。

邢春卧在另一张沙发上看书，朱东凑过去，邢春说，别这样，我们就不能安安静静地待会儿吗？朱东说，你不知道时间有多宝贵。他话是这么说，却也生怕惹恼她，退回来翻沙发背后那些厚重的时装设计。中间夹着一本外国人翻译的《禅宗十牛图》，复印本。邢春说是淘宝上买的。也不知是不是无聊，朱东竟然读进去了。廓庵禅师说："在这个世界的原野上，我不停地拨开高高的草丛寻找公牛。"他拿起手机百度了半天原诗，发现还是喜欢翻译过来的版本。他原先读些社会学、人类学、历史，野心勃勃地，好像要穷尽人类的智慧。等到年过三十，记性越来越差，每一本看过的书都像从没翻过的一样，他开始感到恐慌。这回坐在邢春的房子里，读起经书来，百感交集，想着，这么多年，他到底是在折腾些什么呢？

"佛经没有你想象的那样消极。你要是认为这样就可以逃避现实，还是误读了。"邢春像是听见了他内心的狂乱想法。

"你说为什么近些年来我认识的人不是父母信佛，就是自己皈依了？"

"说明你跟佛有缘。"

"那你是更喜欢佛还是喜欢我？"

"这怎么能比较呢？我从来没有像爱你一样爱过一个男人。朱东，你不知道……我多爱你。"

朱东突然狂笑起来。邢春问他笑什么。朱东说："你读过福楼拜的《包法利夫人》吗？包法利夫人最后破产，万般无奈，又去求从前的情人罗道耳弗借三千法郎，说的话和你一模一样。"

"你的意思是，我也是和她一样是在卖淫？"

"天，你怎么会这么想。"

"我算是看明白了，朱东，你成天说些阴阳怪气的话，就是故意虐待我。你是算准了我受不了这些话，所以你才故意含沙射影的攻击我，对不对？"

"我只是在和你聊天，在和你分享些我读过的书。"

有一回，两人差点谈到了未来，她说她去昊天寺专门问了师父，师父知道她的心事，专门送给她一句话：空想都是妄念，行动才是正道。她本来是要好好规划一番接下来的生活，朱东的话却彻底败坏了她的胃口。

"所以你就只身跑到麦城去找王中正了？"

"他是我生命里一个重要的人，但不像是这么爱你。"

"爱？别上这些大词好不好？你不觉得我们这么大年纪的人，动不动就把这些词挂在嘴边，也挺膈应人的？"

"你滚，你把我睡了，我还说爱你，你却又嫌弃我，你到底想怎样？"

"我想知道他到底是个怎样的人。"

"你不知道吗？一个小有名气的律师。"

一个律师，手头有钱，做尽了坏事，到老了，又为自己做下的恶感到不好意思。生命行将结束，害怕来世报应，所以反省一下现在的生活过得如此糟糕，居然也能获得女人的同情。趴在邢春的身上，朱东看着女人快要垂到地板的脖子，不知怎么又涌起更多的嫉妒。他明明知道王中正并不能算一个坏人，可就是无法抹掉对他的反感。事后，他没来得及听女人说话，就稀里糊涂地睡了过去。

醒来的时候，天色完全黑了下来。邢春说她做了一个奇怪的梦，她赤裸着身体在庙里奔跑，那么多僧人来来往往，低垂双目，没有一个人想着借给她一件僧袍让她遮羞。说完，她好像不放心，又拿起手机百度，想知道做这样的梦到底有怎样的象征。

朱东本想着现实的威胁只有一个律师，没想到占据她心灵的还有无所不在的和尚。他躺在两米乘两米二的实木床上，心慌意乱，又穿过几十平方米的客厅去厨房喝水。除了尽量在床上折腾她，他对她一点把握都没有。平日里，为配合她的吃斋念佛，他也表现得事事看开，好像衣食够用即可，内心里，只有他能清醒感受到那种焦虑。他向往有钱人的生活。他从没和她说起过，好几回王中正出差回来叫他吃饭，王中正去上厕所，让他帮着提一下包，他透过没拉紧的拉链，看见里面全是一捆一捆的百元钞票。他简直想不明白，为什么会有人如此大手大脚把钱送给一个"讼棍"。

女人并不知道黑暗里他的真实想法，还在那里翻着手机，说梦见和尚是吉兆。朱东说，你光着身子在庙里奔跑，说明你为了追求信仰，想挣脱现在的枷锁。

"什么是我现在的枷锁？"

"男人。俗世中的感情？"

她白了他一眼，说："什么啊。"

"你不想到麦城去吗？"

"你是说让我放弃现在的工作？我好不容易才得到现在的一切，你让我就这样跑到麦城重新开始？我不是跟你说过嘛，给我点时间，等我稳定下来，我就去麦城看你。"

"我知道。我理解的。我只是觉得悲哀，我要是像你认识的那些男人一样有钱。"

"不，你有钱了就不会在乎我了。我不需要你有钱。我对这些没什么欲望。"

两人说着一些没边没沿的话，每一句话背后的意思，都要据理力争，好像不这样，就显示不出他们的认真似的。

下午两人一直在床上折腾。死睡了一大觉起来，天色已经暗了。两人就喝了碗稀饭。邢春问想不想出去走走。朱东说，你不累啊？这么好的时间，干吗浪费体力，安安静静地待在家里不好吗？邢春白了他一眼，好像完全不相信他是个能安静下来的人。

回到麦城后，邢春从没有主动和他联系过。倒是朱东一天一个电话。有时打半天，对方还在忙。又过了半个小时，终于打通了，他问：

"和谁说话啊？讲这么久？"

"能和谁说话？我妈啊。我妈身体不好。"

"还以为你又谈恋爱了。"

"你说话怎么怪怪的，谁又招惹你了？"

他本来设想过和她的婚姻，只是现在，他又泄了气。他一想到她并没有对他说实话，处处都在提防他，更是恼火。但他又没法儿发作出来，生怕她看出他的狭隘。他处处在她跟前展现的都是一个明白人的形象，一个与世无争的人，为的就是要与她的信仰相配。他怎么好意思隔着几百里的时空和她争执呢？

周末几个朋友喝了酒，说是要去山上走一走。走着走着，就到了他的楼下。朱东说，上去喝会儿茶吧。他本是顺口一说，不曾想其中一个哥们儿喝多了，说，好啊好啊。进了门，他们见家里地板如此干净，还纳闷，说，没想到一个光棍的家里竟然收拾得如此干净。另一个走到他的书房转了转，看见红色相框里邢春的照片，又问，这是谁啊？

"我女朋友年轻的时候。"

"你才分手多久，就又搞了一个。"

"不要说那么难听。"

"来让我们看看你女朋友现在的样子。"

朱东把手机递了过去。朋友还说，唉哟，还开着奥迪呢。朱东却忙着解释，那是她自己的车，一个代步工具而已。酒醒后，他还挺惭愧，想不明白自己为什么要急着解释。难道是怕被别人看出来他就是一个见钱眼开背信弃义的人？一想到自己并不是真的喜欢邢春，而是带着那么多的欲望和目的，他对自己又多了几分鄙视。

6

要不是邢春跑到麦城来，王中正以为他的生活也就这样了。他陷在这无聊的生活当中，只是甘心承受而已。就像他一直不太明白，为什么李改兰明明厌恶财务工作，却偏偏干了一辈子。现在，他好像反应过来了。费掉大半辈子干一件自己并不喜欢的事，比起随心所欲地满足自己的梦想，要勇敢得多。或者也不能说是勇敢，那些责任、隐忍和牺牲，不也是我们生命的一部分？

邢春说她已经到太原了，想到他单位见一面。当然，她用的不是见面，而是特别书面化的词："晤面。"她生怕他多心，还说她并不是专门来见他，就是想着他和祁可在一个办公室，想着毕竟也通过信，正好见一面。他没想到她和祁可还联系过。

王中正老远看见梧桐树下站着一个姑娘，差不多有一米七，藏青色风衣，里面套件暗紫色打底。王中正说，你是孟春吧？她像是有些委屈，说，你把我名字都忘了？我叫邢春。王中正匆匆说了句抱歉，就把她往办公室领。她坐下了，也没什么铺垫，好像她和他一直相识。能聊些什么呢？无非是问问她的工作，内衣设计工作室准备得怎么样了，最近有没有去北京听音乐会。等到祁可来，他才吁了口气，走进自己的办公室松了松皮带。

两个女人聊得好像还挺开心，那种快乐的笑声隐隐渗过来。她们竟然有那么多话说。临走之前，邢春又拐进办公室，加了他的微信。

期间两个人也聊过几句，也是不痛不痒，无非是他看到有意思的话题分享给她，她呢，读到有趣的文章也会和他说一说。有一天喝多了，他写了几笔王维的《相思》，拍下来，顺手发给了她。邢春像是懂了他的心思，说有空一定还会再去麦城。他肯定对她有了别的想法，平日里受到的刺激，李改兰的种种不是，都说了出来。他以为她就是希望，什么都可以从头再来。

"想你，怎么办？"

她回了四个字：那来看我。连个标点符号都没有。

王中正却犹豫了，说：怕弄得你不好。

她问：什么意思？

"怕影响你的正常生活。"

"不影响啊。"

"你想找个什么样的男人？"

"不知道呢？看命运让我遇见谁。"

"我怎么样呀？"

"很好啊。看哪里都顺眼，哪里都有味道。"

"你是希望我做下错事吗？"

"我只是静待一切事情自然地发生。"

挂了电话，他就订了一张去大同的火车票。去卫生间洗漱的时候，他抬起头看着镜子里的自己，印堂发黑，没有一点精气神：我这样的人，还能存有一点梦想吗？还能像年轻人一样，谈一场远天远地的恋爱吗？他挤了挤眉头，又洗了把脸，好像不管不顾了。

在火车上，一个比他年龄应该要小几岁的女人坐在旁边，不停地找他说话。先是问他是干什么的？王中正说他在搞建材生意，去大同看一个朋友。然后又再问他生意怎么样？如何如何，巴拉巴拉一大堆。王中正不太想和她聊天，只是她也去大同，又坐在里边，避不开。人越来越少了，整个车厢到最后，差不多只剩下他们两个。她给他看她儿子的照片，说她儿子如何优秀，在科技大学读二年级。期间，她接了几个电话，好像她也开着什么企业，订单出了问题，要来这边看一看。

王中正心不在焉，听到后来，他明白了，女人的意思是高铁站离市区有一截，两人完全可以一起打辆车过去。王中正说有朋友来接，生怕女人说捎她一程，去卫生间擦了把脸，就靠在车门口，没再回座位上。

邢春在门口站着，看见王中正，还不太好意思，扑闪着大眼睛说，刚刚好险啊，差点撞见我们领导，他好像也刚从麦城过来。他要是知道我接另外一个男人，没有去上班，可能会找我的麻烦。王中正笑了笑，说："他都翻脸不认人说你吃空饷了，你还怕他？"邢春没接话，只是在前面带路。她的车停在不远处。

大片大片的杏花，好像就为迎接他似的。他好久没有这么放松的感觉了，一切特别的新奇。

到了家，坐下来喝了杯水，王中正才看清一百三十来平方米的房子里空荡荡的。墙上到处贴着她几年前画的水彩画，一张一张，贴满了电视背景墙。她说有一段时间，无事可做，就照着莫奈画画。她的画还不错，至少在他这个不懂画画的人看来，挺漂亮的，意境啊色彩啊都挺炫。只是这些画，边角卷曲，随时都要零落一地的样子。看得出来，这是一个无心在这间房子里收拾，也不怎么热爱俗世生活的女人。

两个人聊天，说一些简单的话，其实整个过程，王中正脑子里都是一团糨糊，不知道该说什么了，就对着她傻笑。她说，你别笑，你笑得太猥琐了。王中正其实是控制不住自己，他其实是想抱一抱她。他想着或许这样，就能让她和他的关系更亲近一些。可他只要往她旁边一坐，她都会躲开。天一点点暗下来，邢春站起来去拉窗帘，这回他抱住了她。他嘴凑上前去，她却向外昂着头，一副凛然不可侵犯的样子，说：

"别这样，我不喜欢接吻。"

王中正能怎么样呢？到了他这个年纪，早就没有激情非要去勉强一个女人。何况还是在她的家里。那就严肃的正经的坐着吧！两个人说了些什么呢？好像什么也没有说。谈了一些没边没沿的话题，从美学，说到人的自杀。终于快到九点，才把这最艰难的时间熬过去。

"你累了吧，累了你就睡吧，你睡另外一间房子，平时我爸妈来也住这里。"她忙着去铺床。

王中正说："你不用啊，我自己会铺的。"

她好像才反应过来，说："是啊，我又不是你老婆，干吗给你铺床。"

王中正听了她的话，在黑暗当中脱得精光，躺下。想，这样也好，这样也好，波澜不惊，总算是来看过她了，看了然后什么也没有发生，明天买个火车票回麦城，一切，就是这样。他以为也就这样了。

　　隔着门，他能听见她的声响，听见她洗漱，能看见房间透出的光亮。听到她又跑去厕所，冲马桶的声响。迷糊中他还动过歪心思，想，大不了，晚上再起来，就装作走错门，再进她的房间。那样犯浑，好像能为自己辩解一下。他正没边没沿地胡思乱想呢，听到邢春的声音：

　　"王中正，你还是过来睡吧！"

　　其实他还是慌张的。坐了三个小时的火车，又很机械地和她说了半天话，身体早就累了。可他不能不去。他要不去，岂不是显得太不中用了？他径直走了过去。她坐在床上。他的嘴找到了她的嘴，他的手找到了她的胸。这一次她没有说她不喜欢接吻。她什么都没有说。他的身体找到了她的身体，两个人都忘了眼前的问题，好像拼命获得的激情可以暂时缓解他们精神上的痛苦。

　　都晚上十点了，邢春问他愿不愿意出去走走。王中正说好。出了门，邢春直接到了地下车库。王中正说，不是走路吗？还要开车啊。邢春说，我带你出去兜兜风。白天的时候我很少出门，晚上烦闷了，就出来开着车跑一圈。夜里什么也看不见。到了火山口下，邢春把车速提到一百，在并不平坦的乡间小路上跑起来，动静也很吓人。王中正双手紧紧把住拉手。邢春说，怎么，你不相信我的技术？王中正说，大晚上的，在这路上飙什么车啊，多危险。邢春说，我就是喜欢在谁也看不见我的夜里透透气儿，尤其是把音乐开到最大，在这路上跑两圈，整个人好像都不一样了。王中正说，有个男人陪着你更好。邢春没多话。她只是像个导游一样带着他把大同能玩的地方都转了一圈，甚至有一回还准备去土林，走到半路，她的车底盘太低，磕了几下，才放弃。王中正说，有时候我特别讨厌麦城，不管去哪里，只要不在麦城就成。邢春看了他一眼，好像在琢磨他是不是话里有话。她说，不会吧？我也讨厌大同，我们都这么讨厌自己生活的地方，下一步该怎么办呢？王中正好像也被这个问题难住了，只是去抓她的手。车里的音乐开得很大，王中正深吸了口气，感觉心脏快要爆裂了。

早上起来，邢春说要开车带他出去看大同的风景名胜。她说，我们这里是小地方，也没什么可看的，你别抱太多期待。王中正说，和你在一起，去哪里不是风景呢？邢春说，都是套路。话是这么说，她听了还是高兴。

去的地方就是昨晚准备上山的地方，昊天寺公园，火山口边。她说在那里可以找到她的师父，就是她信佛的师父。山脚下各种花都开了，大蓬大蓬的桃花、海棠、梨花、王中正走路的步子也轻快了不少。还有中年女人挎着篮子，在草地里找野菜。两个人走了一圈，快到昊天寺的时候，一个小男孩在阶梯上吹肥皂泡。泡泡那么大，竟然飘到他俩跟前。邢春用手去托没托住，还差点绊倒。王中正抓住她的手，说：

"快看快看，泡泡里能看到我们。"

话音刚落，肥皂泡就落到了地上，消失不见了。进了庙门，邢春挨着在每一尊佛跟前跪拜了一圈，出门见王中正正在那看碑文，便问：你说那些充军发配到此的犯人天天往这上面运石头不累吗？王中正说，这简直就是阿尔贝·加缪在《西西弗的神话》写过的场景啊。我以前也不明白那个搬石头上山的西西弗到底怎么啦，可看到火山口这座寺庙，又好像有点理解了。他好像不是证明自己随便一说，又掏出手机百度，找见一段话给邢春看：

"这个从此没有主宰的世界对他来讲既不是荒漠，也不是沃土。这块巨石上的每一颗粒，这黑黝黝的高山上的每一颗矿砂唯有对西西弗才形成一个世界。他爬上山顶所要进行的斗争本身就足以使一个人心里感到充实。"

到了后山，王中正双手捧在嘴边，大喊了一声。不远处像是有回音似的，也有人喂喂地喊。

　　正是五月，藏青色的山岚铺排得无边无际。偶尔一片阳光从云层里漏下来，打下一地金黄。远远望去，县城一览无余。邢春寻找着她住的地方。她没想到平日里感觉挤挤挨挨的县城，才这么大一点。

　　邢春说，去年你突然不理我，困惑得很，就去问师父，为什么在两个人聊天聊得很愉快的时候，突然就把我拉黑了。这个男人为什么要如此对待我？师父问，你们信里写些什么呀？她说，也没什么，就是寻常的话，可能也有一点点暧昧和一个女人对一个男人的倾诉在里面吧。师父就说，那你去麦城找找他啊，有时候缘分是需要你主动一点的。她说，我们肯定是有缘分的，要不然怎么会这么快见面，又这么快在一起呢？王中正喜欢她用佛法解读，好像这样一来，他和她的行为就显得不是那么疯狂。

7

　　五龙口海鲜市场附近，铁路沿线的楼房靠街的一面，被推土机铲垮了，露出房间的内部，如同屠宰场开肠剖肚的牛羊。捡垃圾的不要命了，拿着氧气罐正忙着切割水泥砖块中的细铁丝。一扇破门上，红色的对联只剩下一半：国泰民安家康健。三楼的柜子里还有粉红色的暖壶，卧室里的紫色壁纸像是刚贴不久。有一家竟然连巨幅婚纱照都没有带走。晾衣绳上，大红鸳鸯图案的床单还在风里缓慢飘摇。朱东说，有时候不想做饭了，来这里吃碗羊杂，买点狗粮，方便得很。现在呢，这些人全被赶走了。

　　男人还在说话，邢春却看见楼上几十米长的白布上写着一行黑色大字：强烈抗议强拆，誓死保卫家园。条幅还在，抗议的人却不知道去哪里了。唯一还在坚持的，就是楼角收破烂的一家人，大大小小的袋子塞得鼓鼓囊囊，都堆到了街边。乱七八糟的砖石把临街一棵泡桐刮得白皮外露，紫色的泡桐花仍是不管不顾地迎天怒放。楼下红色的"拆"字旁，写着一行歪歪扭扭的字：足疗店往西五百米。邢春说，你平时来这里只吃羊杂吗？朱东回过头看了女人一眼，像是在揣摩她话里的意思。

拐进崇善寺，先前的嘈杂完全不见了。邢春进到大殿，挨着佛像跪拜。朱东看了会儿，就去了客堂那边。他坐在五观楼下，听着屋檐下的风铃发出清脆的响声。他举着手机试着录下来，却只能听到呼呼的风声。邢春过来，问他在干吗，他说想把这声音录下来。朱东说，感觉还不错吧？这寺庙唐朝的时候叫白马寺，明朝朱元璋的儿子为纪念母亲，才扩建成现在这个样子。邢春也拿着相机拍了几张照片，嘴上不忘应答，说了句是不是。

转出来，却见一个女人在庙门口脱开了裤子。女人骂骂咧咧的，好像是说庙里的和尚欺负了她。庙里也没人出去制止。几个穿蓝布长衫的僧人似笑非笑，说这个女人不知道被哪里的和尚害了，跑到这里来寻人的晦气。他看着，突然对女人也感到害怕起来。邢春连忙脱下一件衣服，试图盖住裸露的女人，却被一把推开了。邢春无法，只好拉住朱东的手，说快走吧，怎么会这样啊，郁闷死了。

出了巷口，朱东还在津津有味地说道。他说，肯定庙里的和尚欺负了这些善男信女。邢春却跟他急了，说，你凭什么就说是僧人们欺负了她？一个女人发疯，难道非要别人欺负她才会做出这么变态的事？

朱东说，那你对林奕含怎么看？

邢春说，这能比较吗？我认真看过一段她的采访，她说，为何我苦苦挣扎着试图保持知、觉、行的一致，而你们这些混账老男人却不需要，你们学到的东西从不触及心灵，说出的话就像放屁，对他人造成的伤害从不细思，整个人活得支离破碎，自相矛盾，造孽无数，却还喜滋滋地把这些当作自己的人生成就？我要是总结是不是也应该说，男人都不是什么好东西？我不会那样说，我知道如果真有那样的遭遇，就应该站起来反抗，而不是认同你们腐朽甚至是疯狂的价值观。

朱东瞥了一眼邢春，发现她说话的时候语气笃定，嘴角下撇，脸上没有任何表情。有一阵子，两个人没说话。邢春本来牵着他的手，不知什么时候放开了。他们抄小路，试着尽快回去。

突然，一个男孩气咻咻往前冲，后面一个姑娘哭着撵过来，还叫唤："杨武你给我解释清楚。"男的看都没看，顺手就是一巴掌，打得姑娘偏过去两步才站稳。朱东还没反应过来呢，邢春已经冲上前去，嘻嘻地喊道，直问他要干吗？男孩说，我能干吗？我要打死这个贱女人。说着又准备动手，见周围的人越来越多，举起的手又垂了下来。

"小伙子，有什么话不能好好说，干吗要动手？"

"她太不给我面子了，我说任何一句话，她都让我闭嘴。不是一回两回了。"

邢春说："你不要辩解了。你一个男人，你打了人，就是你不对。对一个路人都不能这样，何况她还是你女朋友。"

男孩往后退，想从围观的人群中躲出去，边退边说："我打自己的老婆怎么了？和你有什么关系？"

邢春却紧跟在他后面，说："你是个男人。你是不是认为打女人就特别有面子？"

"你管不着。"

"嘿，今天这事儿我就管定了。不信你再动手试试？你信不信我报警把你送进去？"

男孩眼中闪出一丝寒光，手往兜里掏。朱东见那小家伙长相不善，怕节外生枝，不停地扯邢春的衣服。邢春却是激动得不行，忍不住又说了半天。围观的人也附和邢春。邢春说，真想不到现在的年轻人，怎么敢下这样的狠手。等到男孩走了，邢春才问身边的姑娘住在哪里，要不要给她父母打个电话。姑娘说，平时两个人说笑惯了，谁知道今天就动了手。她一副被打傻了的样子，站起来，不忘拍屁股上的灰，也没说个谢谢，又跟着往男孩离去的方向走了。

"你知不知道，刚才把我吓坏了，你是没见那男孩在兜里掏什么。我敢肯定，那是一把刀子。"

好在一列白色的动车呼啸而过，淹没了朱东的话。

天色完全黑了下来。不过泡桐紫色的花在暗夜里仍是依晰可见。虽然看不见，但朱东知道，那满树满树盛开的，就是紫色的泡桐花。两个人虽然还是你一句我一句地说着话，朱东却是走神了。朱东好像这才认识邢春。他原以为她离过婚，早就自暴自弃了，没想到她还是这么讲求原则的人。他知道，别看他平日虚张声势，偶尔还仗着她的好脾气，挑剔她白色的发根，眼角的皱纹，甚至连她做内衣、弹琴诵经，也要带出几丝嘲讽的语气，其实，她和他不是一路人。现在，他甚至结结实实地感受到了什么是窝囊。他摸着下垂的肚皮，不由一阵羞愧。

洗完手，见邢春穿着平脚底裤歪在沙发上，朱东直喊，天，怎么窗帘也不拉？对面的人全看见了。邢春说，怕什么，我又没做什么见不得人的事。朱东在地上做了几十个俯卧撑，喘着粗气，又要往她身上爬。

邢春说，你有没有发现，我们在一起，除了上床，就是上床，跟真正的奸夫淫妇没什么区别？朱东说，你怎么能这样定义自己呢？我们明明是先有精神交流，才有了后来的一切，好不好？说完，他像是表明自己是真的体谅她，不停地摸着她的头发。

朱东说，我只是验证一下这么多年为你保持的童贞有没有点效果。

"你恶心不恶心？你说白了就是嫌弃我结过婚。你跟那么多女人上过床，居然还这么恬不知耻。"

"唉，我说的是马尔克斯《霍乱时期的爱情》中的桥段。一个老头喜欢一个女人，为了她，一辈子没结婚，没结婚不等于他没有性生活。老了，两个人终于在一起，老头说他为了她，保持了童贞。"

"你的意思是到现在你的精神还没被人污染过？"

"你一个女人能不能不要动不动把这些动词挂在嘴边？"朱东好像严肃了。

朱东说："不行我们结婚啊？"

"结婚？你连个婚都不求，你是不是以为我是个二婚就得白送给你？"

朱东也不接茬，还不尴不尬地笑，说，我们这样的生活真像是老夫老妻了。朱东还在那里唠唠叨叨，说他的懦弱，见周围的人都为了名利往上蹦跶，他也羡慕，却又不得其法。领导让他做先进典型的材料，他也会全身心投入，甚至表扬几句他做事认真，他也会暗自浮想半天，想着他这么配合，有一天，也能有所进步。可惜，没人关心他的付出。他渐渐成了气急败坏的人，说些不合时宜的话，故作清高，好像鄙视他们就能获得心理平衡，就能把他从苟且的人群中区隔开来。他说起对未来的恐惧，好像日复一日毫无变化的生活让他不堪重负。他渴望过有价值的生活，却不知道如何去实现。他甚至都没有怎么去努力。空虚的时候，只是没头没脑地追逐女人，至少认识她的动机就带有非分之想，以为她会是他生活的一条出路。

"我就是想挣点钱，可以让我，让我们过上更好的生活。"

"我都经历了一次失败的婚姻，几段不靠谱的感情，我渴望的是一种不需要法律约束的关系。如果我们真的能好好相处，肯定不是因为法律把我们束缚在一起。"

她没有对朱东说实话。他的焦虑，他的懦弱，都让她想到自己。

她想起先前和王中正好的时候，王中正可能也反复权衡过吧。

邢春说了一半，她好像被自己的想法吓着了。好在朱东只是翻着手机，并没有意识到她在说些什么。在太阳底下，她这回清晰地看到了他黑亮的脸，满是烟垢的牙齿。要论情商聪明，朱东和她之前处过的男人也有一比，就是论起那长相来，还有言谈行事，也不逊于前人。他们的相处是擦出过火花，但那更像是对自我的想象，一点孤寂旅途上的安慰。她甚至隐约有些感激，要不是因为他们的刺激，她怎么明白自己到底需要什么呢？她知道，那些她曾排斥、怨恨的生活，其实早就成了她生命的一部分。可惜两人认识的方式不对，怎么想都流于下作，凭他什么好处，也枉然了。偶尔听见朱东又说及过往，听起来他似乎是用不尴不尬的嫉妒证明他对她的在乎，甚至动情了还要为自己辩解，说什么不这样，如何能认识她之类。邢春常年礼佛供僧，对自己半生所为本就有不少后悔之事忏悔，哪里还能听进男人半真半假的情话。次数多了，她也只是惨然一笑，想着两人平日吵吵闹闹，看起来是三观不合，本质上还是彼此身份不认同，见佛就拜的和什么都不信的，能闹到一块儿吗？后来她想，也许她放弃他，就是从那时候开始的。

8

王中正惦记着去大同的事，一夜也没睡好。天还没亮，就去洗澡。等到天色一点点明亮起来，又光着身子去阳台，等太阳把湿漉漉的身子晒干。从岳父的屋檐下搬出来后，几十年了，每天早上，王中正洗完澡总是喜欢去阳台，顺手捡起一本曾国藩的《经史百家杂钞》，或者《史记》，大声诵读。书里讲的什么意思，他也并不在意。李改兰起初受不了他的怪癖，等到他解释，说是为了锻炼自己在法庭上的口才，便也接受了。后来王牧舟渐渐长大，他才稍微收敛，虽说早上洗漱完还是要去阳台念书，到底没敢脱个精光。又过几年，王牧舟上了大学，王中正又放肆起来。李改兰没少说过他，嫌他几十岁了，也不要脸。肚皮都耷拉下来了，也好意思对着满天日光显摆。王中正听了，也不生气，只是叹气，想着女人到底是从什么时候开始说话夹枪带棒，连点女人应有的羞耻之心都没了呢？

开车到雁门关服务区的时候，他给邢春打电话，说快到大同了。邢春说，我就在麦城啊，在你家楼下。王中正说，不是说好我去看你吗？邢春却在电话里哈哈大笑，说，我就是想看看你妻子长什么模样，刚刚我敲门，你妻子给我开门了。和你描述的完全不一样，你妻子保养得挺好的。

王中正像是掉进了深不见底的火山口，惊起满天蝙蝠在他的脑中乱窜。

"你们说了些什么？"

"没说什么，我就问问你们这个月的煤气该交费了。你们在家做饭的时候挺多嘛，一个月走那么多字。"

"一点都不好玩，你太疯狂了。"

"怎么，你害怕了？"

"我的事情我会解决好，干吗把她牵扯进来？"

"呀，我看出来了。你还是爱着她。"

"这和爱有什么关系？你越界了你懂不懂？"

"我知道，我知道。王中正，你不要生气。我是在麦城，我哪里有胆量去找你妻子？我一个人可怜地在这里吃面皮呢。"

回到麦城，已是下午。接上邢春，王中正也不说话。邢春问，还生气呢？说着手放到了他的大腿上。王中正说，这样一点都不好玩。邢春说，哪个女人不喜欢看后宫戏呢？我们天生就喜欢把自己当成受害者。我也不是喜欢当受害者，问题是正好遇见这一出，我要是不这么表演一番，感觉自己不像个正常的女人。王中正叹了口气，说，都是我不好。邢春说，你别这么说自己，你要是不好，岂不是又在鄙视我没有眼光？王中正看了眼邢春，问，怎么穿这么一件衣服？邢春看了看自己一身黑色蕾丝，问，不好吗？一般是重要场合我才穿的。王中正问，你这回是准备参加什么重要场合？

"准备去你家看看你妻子啊。"

前面的出租车司机别了他一下，王中正恼火得不行，一脚油门上去，快要蹭到车尾，才刹车。邢春双脚死死抵住。王中正反超了对方，又骂了两句，气才顺过来。邢春说，开车赌什么气啊，万一出了事，难受的还是自己。两个人都没有谈未来的事。他还专门解释他的车，说别看这么不起眼，好赖也是 Volkswagen Phaeton，性能好。

一个多年没见的律师同行打来电话，说是有点事情咨询一下。女人在电话里说："我们这里的人都是刁民，难缠得很，你能不能给点开放性的意见？"王中正哈哈大笑，说："我喜欢你说的开放这个词儿！就是，我成天待在麦城这么个地方，人也跟着变得呆了。"女人好像完全明白他在暗示什么。不过，话题很快就到正经事上了。他说事情简单得很，还让她编个百把字的短信过来，他会把她的诉求转给几个关键领导，事情差不多就能成。

挂了电话，王中正说，从前在一个厅工作的同事，这两年跑到北京去了，成了个会油子，到处给人讲课。邢春说，我又不是你老婆，你不用给我解释。王中正说，真没关系。邢春说，你们有没有什么关系和我有什么关系？再说了，你当着我的面故意和别的女人调情，你就是想故意刺激我你不缺女人对不对？

王中正见把话题聊死了，又拍了两下大腿，拧开收音机，说是听首歌吧，上回你带我满大同转悠，一路上放的《Long night of love》

我很喜欢，回来我下了五首，轮番播着听。他好像这么说，她就能理解他对她的在乎。邢春却仍是无动于衷地看着窗外。随着苍凉的旋律飘出来，气氛似乎正在缓解。

到了解放路，王中正说，一起去万达看个电影吧？进了商场，王中正说，给你买身衣服吧，还是休闲点好。等邢春换上优衣库的棉布裙子，王中正牵住她的手，又往四楼电影厅走。

看完电影出来，见对面一座老房子，邢春问是什么地方，王中正说是教堂。两个人也没说要去，脚却拐到了那个方向。一对年轻人在教堂跟前拍婚纱照。他们在里面坐了坐，还不到弥撒时间，也有一些人安安静静地坐在那里。有一年平安夜，王牧舟还带着李改兰来过一回，说在教堂的感觉如何好。王中正当时在徐州帮人打官司，根本没把妻儿的话放在心上。他翻开座位上的一本《圣经》，头一个念头是把它顺走，看到前面盖的章，"圣堂用物，请勿带走"，想着刚刚起心动念都是贪心，不由难为情了一阵。翻了几页《箴言》，却见邢春走到前面弹开了钢琴。房间里走出一个女人，对邢春说，这里只能弹颂歌和赞美诗。邢春讪讪地走开。

出得门来，王中正还感慨了一句，在这样的地方待一会儿，就感觉整个人净化了一样。平日里走到哪里都吵吵嚷嚷，好像到了这里，一下子就能安静下来。两个人又说了会儿对宗教的理解，才去酒店开房。

事后，他坐在马桶上刷微博，不知道怎么看到周云蓬说的一句话："如果我有爱人，就要尽可能地跟他在一起。每次短暂的分别都可能是永远，所以不要心存侥幸，以为还能再见。在一起，更长久地在一起，厌倦了就要诚实地说出来，不要浪费时间，人到中年，时间越来越少越来越珍贵。"

他看得百感交集，还专门复制了一条微信给邢春。结果邢春赤裸着就冲到卫生间，问：

"你是不是厌倦我了？"

"我明明看重的是前半句。"

"那你给我发后半句又是几个意思？"

"你怎么会这样想？"

"你这样背着老婆出来，就不害怕？"她并不是担心他，只是厌倦了没有结果的关系，才委婉地提醒，就这样耗着，终究不是办法。她年纪不小了，认为王中正是个不错的结婚对象。

王中说："你让我怎么办呢？她都不愿意和我吵架。"

好像吵不起架来足以证明他们的婚姻还没有走到破裂的地步。他说他恨不得李改兰无事生非，找他闹点别扭，他也好找到收拾这个烂摊子的理由。他那么讲的时候，也暗暗惊骇，其实他对李改兰并没有讨厌到要离婚的程度。

邢春站在水池边刷牙，没再说话。王中正冲了马桶，去搂邢春。邢春抽出牙刷，递过来一句："真没想到你也是这样的人。"王中正看着镜子里的男女，说，你不要对一个老同志那么没有信心。邢春吐了口牙膏，继续刷着她的牙。王中正抱了会儿，又躺在床上看他的《荒野求生》了。

邢春走到阳台上，推开窗户，贪婪地呼吸了两口新鲜空气，又摸出一盒"南京"，点燃了一支。她努力想看清窗外被改造的工地，影影绰绰，什么也看不清。高架桥上仍有车辆时不时地飞快溜过。远远的，似乎还有狗的叫声。清亮的天空里，一弯细月，几颗星星，照耀着这人世的一切。整幢高楼里，这个叫融田绿洲的地方，只有她一个人把头伸在窗外。

9

李改兰报了个老年合唱团，一到周末就去儿童公园，中午吃饭都顾不上回来。王中正有个小小的疑团一直没好意思问出来，李改兰有一阵子没抱怨赵伯举叫她喝酒的事了，莫名其妙地，动不动又往儿童公园跑。儿童公园他自然也去过，倒不是搞什么跟踪，就是想着家门口就有玉门河公园，为什么女人偏偏跑那么远。到底是什么吸引了她？波浪一般的声音早就出来了，他循着声音过去，只见指挥双拳紧攥，面部表情不知道是生动，还是滑稽，反正那不多的几根头发甩来甩去。李改兰站在一堆中老年男女当中，专注地盯着指挥，嘴巴一张一合。回到家里，李改兰择菜洗菜，仍不忘气沉丹田，有板有眼地嗷嗷哼唱。现在，她坐在那里一页一页翻曲谱，规规整整摞在一起，又用订书机钉好。窗外天黑地黑，河边的杂草被风吹翻，露出灰白的叶背，波浪一般，绵延到远处。

"看来你和赵伯举是真爱啊？"

李改兰又是十点才回来，王中正电视也不看了，劈头就是一句。

"你说什么？"

"我想说什么你不知道吗？你以为我真的相信他是天天叫你去陪酒吗？"

李改兰看了男人一眼，说："王中正，你给我解释清楚，你到底想说什么？"

王中正说："如果你真的爱他，你们就应该结婚。"见李改兰两眼空洞地看着他，好像在期待他的下文，他又说了一句："如果只是平常的通奸，也没必要拆散两个家庭，我敢肯定，这么多年，你之所以一直没提离婚的事，就是因为赵伯举离不了婚。我也想明白了，他为什么酗酒，无外乎就是借酒浇愁。"

"我真没想到你是这么冷血的一个人？你是把我们的关系当成一件案例研究了吗？你研究了多久？是不是一直在想方设法把我弄死？"

架吵到后来，还是王中正动的手。他气急了，一把搂过李改兰，就往床上薅。可惜他一把没薅动。倒是李改兰推了他一下，竟让他倒在了床上。还没钉完的曲谱，散了一地。

王中正卡住女人的脖子，热气喷到她的脸上。他呼哧喘着粗气，眼睛里像要冒出火来。他到底理智了些，想着不能打架。打架解决不了问题。得冷处理。想着这么多年，他和她形同陌路，却还绑架在一起，越发不是滋味。他走进卫生间，顺带着把门反锁上了。洗脸池放着一把水果刀，那是李改兰每天早上刮舌苔用的。他拿起来看了看，刀尖不知撬过什么硬物，都卷了。而她仍是平日用这样一把刀在舌头上刮来刮去，好像完全不用担心刀子的危险。突然把话挑明了，整个人是轻松，却也有一种毫无来由的恐惧，接下来的生活该怎么办呢？离婚吗？他为别人打了那么多年官司，却从没想到类似的程序也会降临到自己身上。他总是刻板地在当事人双方之间说些大同小异的话，对于他们的痛苦，他从不在意。就是和邢春在一起的时候，他更多的是为情欲的发泄感到满足。对于女人正在遭受的精神折磨，他从来没有放在心上。想到自己过去竟然是如此冷漠的一个人，他狠狠捣了一拳，本是想拍自己的脑袋，不料出手太快，一下子杵在镜子上。玻璃瞬间破裂，坍塌一地。

"王中正，你到底想干吗？"李改兰晃着门把手。

听见里面半天没有动静，李改兰又说："王中正，你想离婚，也可以，你先出来，我们把话说清楚。"

"我们没什么可说的。"

"你想好了，我们是不是明天就去办离婚？"

"求求你，别说了。"

"我知道，你一直以来都认为我疯了。你认为我不对劲，所以就从没想过要和我好好沟通。"

"沟通什么？沟通你和赵伯举怎么干的吗？"

"你知道吗？赵伯举今天早上出门的时候就感觉胸闷，不舒服，他还去儿童公园溜达，结果走了半圈就倒在地上。还没送到医院就死了。我不是因为他死了，就想着求得你的原谅。"

李改兰又听见卫生间弄出一片声响。她又疯狂地摇门，说："王中正，我们就不能坐下来好好谈一谈吗？就算我对不起你，你也没必要这么虐待，对我冷暴力吧？"

"你能不能把嘴闭上？你知不知道就因为这些破事儿，搞得我们的生活没了人样？"

"你到底想要我怎样？"

"把嘴闭上。"

王中正看着自己沁在温水里的手，红色的血液在水里一圈一圈浸染开来。散乱在洗脸池旁的玻璃碎片折射出他狰狞的脸。每一块玻璃碎片都有着他的一部分，却又无法拼凑出他完整的模样。他看见眼睛的时候，就只能看到眼睛，他看到鼻子的时候就只能看到鼻子，他看到自己满是油腻的脖子上方，吊着一颗硕大无比的脑袋。他找了块没用过的白毛巾把手裹上。

这样大吵大闹的对话，之前在他们的生活中也出现过几回，甚至两个人都拿出了结婚证和户口本，准备去婚姻登记处再领一个蓝本，只是阴差阳错，不是他有事，就是孩子上学的问题，把这个问题暂时搁置起来了。

家里很安静。

女人侧身躺在床上，好像睡着了。他站在门边看了一眼，又走到另外一个屋，全裸着瘫在床上。好像黑夜仍然有遮挡不住的光亮刺眼，他还戴上了眼罩。他不知道李改兰什么时候进来的。她先是用手不停地抚摸着他，他先还是抗拒，想着这一回得铁下心来。至少戏码都往那个方向演。可身体却彻底失控了。他一把搂住李改兰，他把她的头抬到跟前，说："不要这样好不好？"

可女人却听不见他的哀求。起先他还走神，想的既不是从没见过的邢春，也不是偶遇的随便某个女人。他想起事务所对面卖蛋糕的姑娘，想起送快递的那个黑瘦男孩，两个人无所畏惧地走在清冷的大街上。好像这样想着，就会对李改兰多一点厌恶，就不会被她用如此非人性的手段折磨，可他最终还是放弃了。他想他和她都是两个可怜人。一想到这是两个可怜人干出来的败兴事，他又放松了一点。到后来李改兰骑上去的时候，他还想揭开眼罩。正在扭动的李改兰却像是发现了他的图谋，说："别。这样我感觉自在点。"再到后来，他好像能集中注意力了，好像很体贴的样子，还把双手托在了她的腰上。女人大喊一声的时候，他也忍不住跟着嚎了一下。

10

王中正问朱东想不想赚些钱，说是和善社区为了打造全省示范，想挖掘村里的文化，做一本书。"怎么挖掘，你可以有自己的思路。你想想糊弄下村里，对你写过几本书的人来说，还不是手到擒来？"

和村里的人对接上，又拿到《积善村志》，收集了几条线索。对方的意思是，村里的古建筑虽然都拆了，但也可以采访老人们。还给介绍正在修复的结义庙、龙王庙，说，再过一百年，这些也是古董了，我们做文化眼光要放长远些。风土民俗，好采访，兑点资料，看上去也充实，就是说到村里的几处老宅院，出了问题。好些人都提到村里的天丰院如何富丽堂皇，朱东想着这是个典型，得好好聊聊。哪知道找上门去，碰了一鼻子灰。领路的人也算是个负责干部，说，"文革"期间他们还因为这个院子挨了批，后来平反，又把院子退回来，主人也不敢要。后来终于明白形势太平，住在里边的人陆续搬走，主人又住了进去。哪里知道没过几年，又赶上城市扩张，征地，好不容易收拾好的老房子又被迫拆迁。不提往事也就罢了，现在倒好，又掉头来揭伤疤。主人就没好气，说，"是不是你们想咋就能咋？"领路的说，他这是把我们当阶级敌人，几十年的怨气还过不去呢。我们也不过是为了干活，把气撒到我们头上算怎么回事呢？能有多大仇多大怨，怎么就不能往前看呢？

朱东也没做多少改动，对于天丰院具体的形象没怎么描述，倒是把不少笔墨用在了房子的变迁上。书稿写完，送给积善社区，很快就印了出来。他还等着最后的几万尾款呢，不曾想社区一个电话过来，说是社区党委书记有些意见和他沟通沟通。正是六月天，又挤着公交车，堵了半天，才跑到千禧大厦二十九层。书记半天没见着，人来人往的，听说是上面马上要来检查。快下班时，书记出来了，也没寒暄，劈头就骂：

"你怎么一点政治敏锐性都没有？写出来的稿子都是些什么啊？你以为你表达下自己的观点就能证明你与众不同？拿着我们的钱，我是让你给我们好好宣传正面形象，你倒好，不知道从那历史狗屎堆里拣出来这些东西，你是不是成心恶心人？你还想不想干了？大家都安安心心过日子不也挺好？非要给人添堵，到时候把我也拉下水了，大家都受制，你就开心了不是？"

朱东钱还没拿到手，一口气就忍住了，说了几个抱歉，说是重新修改。

下得楼来，王中正打来电话，问有没有空，说是看了给他妈写的传记，想再聊一聊。便约着一起去桃园路新开的一家江湖菜。见了面，喝了两杯啤酒，朱东还没说他遇到的问题，王中正就说看了他写的传记。只是过于朴素，完全是七大姑八大姨的一些印象拼凑在一起。

"要是再提升一下就更好了。为什么年纪大的人爱抹口红？就是整个人没法看了，得化点浓妆，才得提起精气神。你看，我们孝义这个地方，有我妈这样的人，她是不是能和中华传统美德联系起来说一说？写文章不都讲求文眼吗？这个立意还是得更高一些，要不然说了半天，我妈也是一普通妇女，费半天周折写出来，又有什么意义呢？"

朱东说这样的纪念文章，过于华美，反而失去了原来的意义。见王中正听不进去他的话，又说："要不加点《论语》里关于孝道的论述？"他这么说的时候，突然想起那回清明节在王家祖坟前跪拜的样子，孔夫子说"非其鬼而祭之，谄也"，更是别扭。

王中正还在说着家风家教，说他遗憾的是，没有在父母在的时候好好尽些孝道，反而因为自己琐碎的事情让父母操透了心。他把朱东当成了教堂的忏悔室，说得那么真诚，反而让朱东感到一种无形的压力。朱东想起父母来太原的那段时间，他没有好好陪父母。他总想着自己还年轻，有的是机会，哪里知道，不知不觉就快三十了。王中正每说一句，都像是砍在他的心坎上。

"要不你去我前妻那里了解下情况，她和我老母亲生活的时间最长，平时我上班，都没她们一起朝夕相处的久。"

朱东这才意识到王中正离婚了。

"也不能说是离婚，就是我们两个人都认为应该分开好好想一想。你想想看，我们两个各自经济也独立了，白天不需要对方，晚上回到家也不需要对方，好不容易挤出来点热情，对方还横挑鼻子竖挑眼。"

说完正事，王中正又随意问了一句："最近怎么样？什么时候能喝到你的喜酒？"朱东说："早分手了。"王中正说："听你说过那么多回分手，这回是认真的？"朱东说："最近为写您老母亲的传记，看了好多老书，也看了些佛法方面的书。"王中正静待他继续往下说。朱东讲："突然发现佛法里好多东西早把人看得透透的。死缠烂打那段时期，她动不动就说我始乱终弃，种下不好的因，果报不好，会遭报应。老实说，听她说得多了，我也恐惧。倒不是渴望来世有个好去处，而是真的困惑，认为自己不是一个好东西。只是她说得越多，我越反感，搞得好像我成天在虐待她似的。也是读了些佛法方面的书，才明白，我们这不是好的缘分，好的缘分不会像我们这般扭曲。"王中正快笑岔气："天，你确定你读的是佛法，而不是青年文摘之类的鸡汤？"朱东也跟着笑。王中正说："不得不佩服你们年轻人，你们原谅自己安慰自己的方法太绝了。你开口闭口都是佛法，说得那么一本正经，还以为你会谈出什么不一样的心得，结果就用了这么个稀松平常的理由为自己的背叛和不负责任找到了借口。"朱东没说话。只是跟着笑。也是在笑的过程中，一阵绝望，还有难过，填塞到他的心头。他想着，要不是邢春的出现，他根本没有勇气和前女友分手。等到和邢春相处的时候，他又成了前女友的样子，爱嫉妒，控制欲强。说到底还是自卑啊。一想到他用了这么多心机，对自己更加恼火。朱东看着王中正。他看着这张邢春反复摸过的脸，好像又看见了她。他什么时候才能变得像眼前这个男人呢？他听说王中正在798旁边买了两套房子，现在价值将近两千万。他实在想不明白，他们怎么就可以顺顺当当得到这一切。

"世界跟我想的不一样。"

朱东手里拿着羊肉串，半杯啤酒才喝掉一半，"我找不到自己的位置。"文绉绉的话吓了王中正一跳，从佛法到世界的位置，这些言论似乎和烧烤摊的情境都搭不起来。王中正甚至都能感觉到周围人说话的声音低下去，他们两个人凸显出来了。"喝吧。"王中正举起了酒杯。朱东却是意犹未尽，又说："我突然对做什么都没有自信了，感觉成天都活在焦虑当中。"王中正说："因为没钱，还是因为婚姻？"朱东说："我想不明白人为什么要那样生活。我就是想过得简单些，想不谈什么名和利，可是太难了。"王中正说："推荐你看一本书吧，《冲动的社会》，或许读一读，能解读你的困惑。你就是小说读得太多了，结果多愁善感。应该多看点历史、人文方面的书。"

出得门来，朱东疯了一样给邢春打电话，打了十几个，都无人接听。后来，邢春发过来一条信息，问怎么啦？朱东说，求你接一下电话。邢春却说，有什么话，短信里说吧，现在不方便。朱东有些泄气，挂了电话，又给前女友打电话。前女友没接，但很快回过来一条信息，问有什么事？他说，都还好吧？保重。我做了太多错事，唯一正确的事就是没有再纠缠你。祝福你。前女友说，对错没有绝对的概念，不过处在怎样的境地我一直相信你的善意。他见她好像什么都想开了，想着又去骚扰她，实在是不厚道，就发了三个感激的手势，没再多话。只是有口气憋在心里，怎么也出不去。他本来是想声讨一番邢春，可又实在无力。他算她什么人？他编了长长一封信，没再追问王中正离婚是不是因为她。而是把兼职的事情说了一下，他说他做这些就是为了能去 CC 卡美买个几克拉的戒指，体体面面地向她求婚。

邢春再无消息。到了晚上，她才回过来一条，说是她最近在昊天寺做义工，每天抹灰糊泥。她压根儿就没有接他的话茬。朱东想，看来她是参透了，便没再说那些连自己都不信的话。

他迅速把她的微信、手机号全删掉了。他唯一庆幸的是，他没有记住她的电话号码，这也意味着他喝多了的时候，不会再毫无底线地去骚扰她。

11

王中正问儿子在哪里。王牧舟说在肿瘤医院。他还以为儿子哪里出了问题，也没问清楚，挂了电话就往肿瘤医院走。

还没进病房，熟悉的旋律响了起来，《Long night of love》。他透过玻璃看了看里面，很安静的病房。床上的李改兰很安静。他不知道该不该进去。王牧舟正在给李改兰擦背。王牧舟看见了他，喊了一声。他这才推门进去。

才说了两句话，王牧舟就找了个借口溜了出去。王中正还在装，说，你儿子是不是对我有意见？李改兰说，什么你儿子你儿子，难怪他对你有意见。见王中正不太自在，李改兰又说，明明是儿子长大了。王中正说，难不成他这是懂事了，给我们创造一个独处的机会？说完也没听李改兰说什么，若无其事地翻看病床边一堆处方单。李改兰关了手机音乐，说，别看了，我得的是不好的病。王中正说，一个乳腺增生有这么夸张？两人说了会儿话，后来，王中正就势歪在另一张病床上，拿起手机查乳腺增生方面的信息。李改兰挣扎着起来，走到窗户旁边，又顺势坐在了他旁边。王中正看着宽大病号服里的李改兰，瘦得快要脱了相，忍不住摸了下她的手。李改兰缩了回去。王中正说，我没别的意思。李改兰说，我知道。王中正又说，安吉丽娜·朱丽也切过，真没什么。李改兰说，真没想到，一把年纪了还要挨这一刀。她说她简直不像个女人了。一个女人连胸都没了，还算什么女人呢？王中正说，别这么说。李改兰叹了口气，好像为了证明她不是胡说，抓起王中正的手放到胸口。王中正从李改兰空荡荡的病号服里伸进去，女人的胸扁平，像脱水的丝瓜。阳光从窗外打进来，王中正就那么抓着，好像生怕一放手就伤害到她的自尊。等到王牧舟提着一兜水果推门进来，王中正慌忙放手，李改兰也站起来，把散乱的头发往耳后抹了抹。王牧舟好像完全没有注意到父母间的尴尬，只是把荔枝一颗一颗剥给李改兰，还不忘让王中正也拿上吃。

几十年了，他从没有像现在这般和她朝夕相处过，一天二十四小时都在一起。刚结婚的那段日子，也腻歪在一起，也只能叫作搭伙过日子。到了后来，李改兰单位有了食堂，王中正的事务更忙，两人一个月也在家里吃不上几顿热饭。而现在，他给她擦背，看着她变形的身体，也会想起，当年两人如何在岳父岳母的屋檐下，压低声音，贪婪地寻找着对方的身体。甚至拉起帘子帮她端尿时，听见时急时缓的尿尿声，都会有一种久违的惬意。他许久没这么心安过了。那些久远的往事，简直像是发生在上辈子。

李改兰精神好的时候，两人也说些不咸不淡的话。王中正问，刚生王牧舟那会儿，你和我妈生活过一段时间，你还能想起点啥吗？李改兰说，当然，老太太那么好，我就想，你肯定不是她的亲生儿子。王中正说，我知道你受委屈了，是这样的，我专门请人给我妈写了一本传记，也想听听你说一说咱妈，也算是个念想。

"老太太不是信佛嘛，好几回初一陪她去烧香。我拿上三根就点，她拦住我，只让我点一根。还说，那么浪费干什么，点上一炷，心诚就行了。你说你妈信的是什么佛呢？烧三炷香，是供养佛法僧的意思，她都不懂。不过，后来我明白了，老太太是节俭惯了。她多仔细啊，你是没见过她过口了的样子。当年住筒子楼，她在楼下稍微有点空间的地方搞了好多盆盆罐罐，全种上了菜。多亏了她的精细，那两年，光这一项就少花了多少冤枉钱。"

"这个好。改天见了来采访的人，你就这么说好了。"

"我说什么呢？你是你妈的儿子，你说不就行了？"

"你是你的角度。你是站在儿媳妇的角度。"

"谁知道谁才是你妈的儿媳妇。这个时候想起利用我了。"

王中正叹了口气，说："你看看你。你害病就是因为心眼太小。你白跟了我妈这么多年。佛家说，众生皆是佛。一想到我活在众生的世界中，感觉自己的运气也不算太差。"

李改兰说："王中正你老了，你真的老了，变得婆婆妈妈的了。"

有很长一段时间，两个人也没说话。阳光透过薄薄的窗帘照进来，李改兰鬓角的白发清晰可见。王中正放下胡兰成的《今生今世》，又给她掖了掖被子。感觉腰酸了，站起来，双腿岔开，摇了几圈屁股，这才往卫生间走过去。打扫厕所的阿姨在不停地墩着地上的水渍。他踮着脚尖往里走过去。女人说："没事，你放心踩吧，反正我一天得拖无数遍。"王中正说："就没想过要在这里放两块海绵垫子，得省多少麻烦。"女人说："我的工作就是这个啊。花钱的事，我怎么考虑得到？"王中正还想说点什么，到底一句话也没说出来。洗手的时候，他抬头看了看镜子里的自己。他嘴唇抿得紧紧的，猛一看，还真隐约露出一股女相。

李改兰出院，北沙河快速路也改造好了。他在鞋柜里翻球鞋，竟然找出几双从没有穿过的跑鞋，商标都没剪。他想，兴许是王牧舟的，踩进去，居然刚刚好。穿上跑步鞋朝北沙河走去。灰色的云压在天上，零星的雨点飘起来。杨树卷作一团，梧桐树阔大的叶子翻腾不停。迎着风，他走得并不快。

就是上班，他也不怎么开车了，每天暴走两小时，刮风下雨，也不落下。也有走得浑身冒汗的时候，他仿佛感觉原先肉滚滚的身体正在恢复原形。那些经年累月积下来的脂肪，好像随着他的暴走，都被远远地甩在了后边。

王牧舟谈了个女朋友，准备带回家里。王中正给李改兰打电话，说，要是让姑娘知道孩子是个单亲家庭，也不大好，你要方便，也过来吧。又从王牧舟口中得知这个姑娘爱喝咖啡，打开手机，在春播上订了ILLY咖啡。想了想，又订了两斤松茸。

这天，他正在五龙口海鲜市场买鱼，收到一条信息，圆通公司发来的，说是有他的快递。他连忙回过去电话，说自己去取。从市场一出来，就往敦化路上走。清明刚过，连下了几天雨，大街小巷突然弥漫着绿意。新修的马路两边，刚栽的桃花，粉的白的，挨挨挤挤，开得蓬蓬勃勃。他很少注意到灌饱雨水的树枝，天地一片青灰，雨中的一切都透着亮光。到了巷子口，他也不管积水打湿皮鞋，索性放下伞对着滴着水珠的花不停拍照，还不忘发到朋友圈里。

快递公司的仓库不好找，小巷里的路也破，污水横流，他踮着脚往里走了一截，看见送快递的三轮车多起来。仓库里到处放着包裹。人们忙着装货。有个人过来招呼他，他说先前打了电话，自己来取。来人问是谁打的电话，直接找送货的人。他说是李明。那人就说，那你给他打电话，看看他在哪里。电话拨通了，却也没人接。王中正又去问电脑前的姑娘。姑娘眼睛时不时看着手机里播放的电视剧，手上却也没闲下来，还在不停扫描包裹。问清楚他的住址，姑娘又往刚刚查看过的货架上翻拣一回。也没找见。先前和王中正搭话的中年男人进来，又笑着说，你看看李明的袋子里有没有。结果姑娘翻开角落里码的一堆袋子，一个黑脸男人从大包小包包裹袋里竖起来。姑娘说：

"李明，你要死啊，怎么睡在这里？"

李明揉了揉眼睛，没顾上辩解，只说没送的包裹都在前台放着。到了亮处，王中正这才看清，这个李明不是别人，就是天天在他事务所下面接面包师的那个男孩。

王牧舟带着女朋友进门，王中正还在那和李改兰说快递的事。他说这个李明年纪轻轻，为什么要这么辛苦做快递员。这么耗下去，养得起那个面包烘焙师吗？看到男孩的处境，王中正不知怎么就想起了当年的自己。他想着平日里一旦快递半天送不过来，他对这些送货人也没什么好脸色。他很少设身处地地为别人想过。李改兰说谁不难了，谁都不容易。见儿子进来，李改兰咽下嘴里的话，连忙端水递茶。小姑娘有些受宠若惊的，直喊阿姨别客气，我自己来。李改兰递过一杯，小姑娘双手接过，也不喝，只是抱了会儿，又稳稳放在茶几上。王中正没怎么好意思问，倒是李改兰事无巨细，打听了半天。好多人都在他的朋友圈里点赞留言，说没想到聊城的空气这么好，彩虹如此漂亮。王中正这才发现，他光顾着拍枝头上的花，没注意到雨后的太阳和远处的彩虹。

送走女朋友，王牧舟回来说，女朋友还羡慕你们两个的关系，几十岁了还那么好。李改兰说，王中正你演过了，这不会人家姑娘每回来我们都得这么演一回吧。不行不行，我要回去喂我的狗了。

也许是因为儿子这番话的勉励吧，两个人又走动开了。忙完儿子的婚事，王中正还正式请李改兰吃了个饭，就在铜锣湾的清凉月。才进门，李改兰就说，哎哟喂，你可是越来越讲究了。王中正也不接话，只问她想吃些什么。在这素餐厅能吃些什么呢，王中正点了个五豆献瑞，素牛排，又加了个烩菜。李改兰说别点多了，浪费。不过菜上来，两个人也没怎么说话，只是安安静静地吃饭。暗色调的灯光下，佛歌低低传来，空气中缭绕着淡淡的香味，整个人都放松了。吃完饭，王中正还问李改兰喝不喝茶，见她犹豫，就自作主张，点了一壶小青柑。李改兰说她还蛮喜欢这个地方的，一进来就特别舒服。说是放松了，两个人还是客客气气的，像久未见面的朋友。李改兰先是扭了扭腰，后来索性把鞋蹬掉，先是盘腿打了会坐，后又把腿伸直，活动了下。王中正就是那个时候突然把手伸到桌子下面，握住了她的脚。李改兰呢，也听任他做着小动作。窗外杨树轻轻摇曳，满是尘土的玻璃滤掉了强光，筛进来一片碎影。见四下无人，王中正又凑到李改兰那边，手也拐到了她的胸口。李改兰说，你可以摸摸这里。王中正的脸有些僵硬。李改兰又说：

"我是个残疾人了。"

"别这么说。"王中正像是安慰她，"那个安吉丽娜·朱丽不也切掉了？"

他抬头看了看天花板，好像这才意识到有摄像头，忙把手抽了出来。他像想起了什么似的，说，你记不记得离婚前我们吵的那一架？我并不是真生气。我就是表演给你看的。李改兰说，再提从前有什么意思呢？

"对不起。"

"是我对不起你。你知道，之前——"

"别说了。这两年，我们都不容易。但我们熬过来了不是？"

他们又喝了两壶茶，继续说了会儿王牧舟的工作和婚事。偶尔也夹杂些久远的回忆，每一句话似乎都在证明，原来他和她曾一起经历了那么多事情。王中正不知道，是不是因为人到中年，他和李改兰已经安然度过漫长婚姻的低谷，人和人可以做到如此淡然相处。李改兰说出门忘了给狗喂食，便提前走了。王中正说，你看看，我就没有你的那条狗重要。李改兰说，你怎么能和一个畜生比。狗什么都不说，我也明白它在想什么，你什么都和我说了，我还是不知道你在想什么。王中正说，是啊，做人就是太累，下辈子投胎千万别做人。李改兰说，你倒是想得美。

隔断上放着一溜佛经，他捧着一本《六祖坛经》读了下去。直到餐厅说话的声音渐渐多起来，才意识到又一天过去了。他放下经书，往门口走去。亮黄色的路灯打在街面，柳巷口人来人往，繁华得不像他生活的世界。他拐进美滋每客面包店，围着暗紫色围裙的面包师走过来，笑着问他需要点什么，王中正说他先随便看看。

一叶知秋

胡飞扬

1

在魏沉默的记忆中，自打从娘肚子里钻出来，就恍惚是一个倒霉蛋，很少有过开心的日子。他就像一只蜗牛，成天背着沉重的壳，在这个世界上艰难地爬行着。

魏沉默出生不久，就正好赶上了三年困难时期。由于长期营养不良，以致长得骨瘦如柴。魏沉默的父亲魏老爷子，在 20 世纪 50 年代曾是省城一家厅级单位的政工干部。魏老爷子生不逢时，赶上了那场轰轰烈烈的"反右"斗争。魏老爷子是个四平八稳的人，传统的伦理道德观根深蒂固，他看不惯上面那些极"左"的搞法，因此在会上会下、人前人后忍不住发了几通牢骚，结果被正想抓典型树政绩的本单位头头无限上纲，认定他是动机不纯的"坏分子"，并弄了一份"证据确凿"的材料，上报省里的"反右"纠风办。就这样，不走运的魏老爷子被错划为"右派"，下放到距省城千里之外的乡村鱼木寨劳动改造。魏老爷子后来就在鱼木寨整了个倒插门儿，娶了他落户那家房东的大闺女为妻，草草地成了个家。魏老爷子婚后第二年，他老婆便生下了一个小子，那小子整天像个病猫一样，不哭不叫。根据这个特征，魏老爷子寻思良久，便干脆给那小子取名叫"沉默"。

魏沉默自打记事那天起，就没有过上一天好日子。他整天灰头搭脑地背着一只小木箱，箱子里乱七八糟地塞满了书本纸笔和弹弓、小皮球等物件，就这样稀里糊涂地从小学一直混到高中。正当魏沉默打算高中毕业后回老家鱼木寨干一辈子农民的时候，突然喜从天降，魏老爷子被摘掉"右派"帽子公开平反了！

魏老爷子平反之后，很快恢复了公职，不久即被安排在苏马荡乡教育站任副站长，从此魏家柳暗花明，有了出头之日。

20世纪70年代后期，国家恢复了高考制度。此时已身为乡教育站副站长的魏老爷子，当然不会放弃这个千载难逢的机会，他强行把儿子魏沉默关在屋子里复习功课，第二年便让他参加了高考。

魏沉默没有辜负父母亲的殷切期望，他以优异的成绩考取了省财经学院。

魏沉默大学毕业后，被分配到楚江市财政局工作。又过了两年，他赶上了一个好机会，国家出台了培养选拔干部的"四化"政策，各单位开始重用知识分子。那时候，魏沉默所在的楚江市财政局很难找出几个年轻的大学生。于是，魏沉默未费吹灰之力，很快就被提拔为楚江市财政局预算科科长。

财政局预算科是个肥缺，魏沉默手里掌握着上百万预算资金的审批权，几乎每天都有人上门求他批条子，因此他整日里吃香的喝辣的，满嘴流油，俨然成了市财政局的二当家。没过两三年工夫，魏沉默就从一只瘦筋筋的泥猴儿变成了一个腆肚肥臀的小胖子。那几年，魏沉默要风得风，要雨得雨，真是享尽荣华，风光无限。

正当魏沉默官运亨通、踌躇满志的时候，对外开放、招商引资、繁荣经济的浪潮席卷了这座位于祖国西南部的偏僻城市——楚江。

面对这座城市经济异常落后的严酷现实，楚江市政府的头头脑脑们运筹帷幄之中，决胜千里之外。他们决定在这座弹丸小城，新筹建一家以吸引外资为主的楚江市城商银行。通过筹建班子紧锣密鼓地努力工作，没过多久，省里的正式批文就下来了，3000万元注册资本金也很快到位。接下来，楚江市政府就开始面向全市物色城商银行领导班子人选了。

就在这个节骨眼上，大腹便便、满肚子坏水的钱文部粉墨登场了。

肥头肥脑、官瘾十足的钱文部，人称钱胖子。他早先是个当兵的出身，文化水平不高。在部队服役期间，钱文部就不能算是个好兵。他在部队待了不到两年，因忍受不了部队站岗出操、野营拉练的艰苦，就偷偷地开了小差，当了可耻的逃兵。钱文部逃回家之后，无事可干，在社会上闲荡了两年。后来，他打听到有一个远房亲戚黄连举在楚江市商业局当副局长，就攀龙附凤，千方百计地拉近了这层关系。再后来，钱文部通过这位远房表舅的帮忙，被招工到楚江市百货公司门市部当了一名营业员。

钱文部极善于溜须拍马投机钻营，他在楚江市百货公司干了三年，结果七混八混，竟然混上了副总经理职位。钱文部在楚江市百货公司工作的第四个年头，他那个远房表舅黄连举当上了楚江市商业局一把手。钱文部觉得时机成熟，就串通财务科长，凭空捏造罪名，诬告曾经提拔过自己的百货公司总经理贪污公款。楚江市商业局随即派员调查处理，钱文部心狠手辣，甩出一堆早已策划好的"证据"。面对这突如其来的事变，总经理毫无思想准备，一时很难解释清楚。于是，以局长黄连举为首的楚江市商业局党组武断地做出决定，责令总经理停职审查。此后不久，钱文部就堂而皇之地坐上了楚江市百货公司总经理这把交椅。

钱文部当上楚江市百货公司总经理还不到一年时间，忽然又从官方传出消息，他的远房表舅黄连举荣升为楚江市委副书记。钱文部闻讯喜出望外，当即大宴宾客，为表舅摆酒庆贺。席间，钱文部不离表舅左右，极尽殷勤，深得表舅欢心。表舅醉眼蒙眬地拍着钱文部的肩头，张狂地说："胖子，日后有老舅吃的，就不缺你喝的！老舅走马上任之后，一定逮个机会，再让你官升一级，也不枉了你对老舅的一片孝心！"

钱文部抑制不住内心的兴奋，美滋滋地说："胖子的一切都是老舅爷给的。今生今世，胖子一定不辜负老舅爷的栽培。老舅爷指到哪里，胖子就打到哪里！"钱文部那一副卑躬屈膝的奴才相，简直令人作呕。

黄连举果然没有食言，就在他出任楚江市委副书记不久，正好碰上市里筹建楚江市城商银行。于是，当市委和市政府物色楚江市城商银行行长的时候，他便鼎力推荐钱文部出任该行行长。那个时候，楚江的市民们金融意识还很淡薄，许多人甚至包括不少当地官员普遍认为，一个银行行长并没有什么了不起，不过就是一个"票号"的大掌柜而已。因此，推荐钱文部的任职报告几乎未费什么周折，便一路绿灯直达省分行人事处。没过多久，关于钱文部同志担任楚江市城商银行行长的任职批复就下来了。就这样，钱文部匪夷所思地钻进了金融界。

由于楚江市城商银行是一家新筹建的金融机构，不但没有一分一厘的不良资产，而且还拥有相当充足的资本金；加之市里方方面面又给予政策上的倾斜与支持，客观上给这家银行带来了广阔的发展空间。钱文部到任后，决定抓住这个机遇，大力拓展金融业务。他首先面向社会网罗人才，结果很快物色到一批精兵强将，从而为楚江市城商银行的发展壮大奠定了基础。

2

在楚江市城商银行面向社会招揽人才的时候，钱文部忽然想起一个能人来。这个能人就是魏沉默。当年钱文部还在担任楚江市百货公司副总经理时，就曾与魏沉默有过交往。那时候，魏沉默刚从大学毕业回到楚江，兴之所至，便纠合一帮文学青年，创办了一家名为"野草"的诗社。胸无点墨的钱文部为了给自己脸上贴金，附庸风雅，带着两首狗屁不通的歪诗，再三央求加入"野草"诗社。社长魏沉默扛不住他的好说歹说，只好同意他加入诗社。有一年，"野草"诗社在全市举办诗歌朗诵大赛，要求诗社社员每人创作一首诗歌参赛，钱文部冥思苦想，仍然未能写出一首能上得台面的参赛诗歌。一气之下，钱文部躲进厨房，自己煮了一碗面条充饥。这时候，他忽然诗兴大发，随口吟出一首打油诗："毛泽东思想金光照，我在厨房里受煎熬；你搞你的诗朗诵，我吃我的粗面条！"后来这首打油诗在楚江被传为笑谈。当然，那一次诗歌朗诵大赛，魏沉默拿了头名状元。

钱文部一直打心眼里佩服魏沉默的才气，他打好小算盘，决定要不惜一切手段把魏沉默挖过来。

钱文部安排人事科科长老张向市财政局连续发了两份商调函，可魏沉默没有任何反映。钱文部终于明白，以魏沉默现在的身份和地位，是不太可能轻易被挖过来的。看来不动动脑筋，那还真是不行。兵法曰：三十六计，攻心为上。不抛出一个香甜的诱饵以夺其心志，魏沉默那小子怎么可能轻易地吞钩呢？

于是，在一个月明星稀的夜晚，钱文部亲自前往市财政局宿舍，找到了魏沉默。

魏沉默见钱行长屈尊光临，颇感意外，急忙敬烟奉茶，好一阵客套。

钱文部开门见山地说："魏科长，你架子好大呀！我们给你连发了两封商调函，你竟然理也不理！"

魏沉默有些尴尬地掩饰着说："在钱行长面前，我魏某哪里敢摆什么架子呀！只因上个月我连续到外地出差，前两天刚回来，还未来得及考虑此事嘛！"

钱文部微微一笑："既是如此，那好吧，魏科长，我现在就请你郑重考虑此事吧！我真诚地希望你能尽快加盟我行，以一展你的经纬之才！"

魏沉默故作矜持地说："经纬之才实不敢当。只是魏某在市财政局混得也不算太差，就这样一走了之，实在是有些割舍不下呀！"

钱文部把烟屁股在烟灰缸中掐灭，耐着性子说道："我钱文部是个直筒子脾气，你是知道的。魏科长，咱们打开天窗说亮话吧，你到楚江市城商银行来工作，我姓钱的决不会亏待你的。你只要好好地干上三年两载，我一定提拔你当个副行长。我这人向来是说话算话的！"

魏沉默沉吟半晌，终于心动："那好吧，钱行长，我就到贵行来为你效犬马之劳吧。不过，君子一言重于千斤，我希望钱行长能够信守今日之诺言！"

钱文部爽快地紧握着魏沉默的手说："魏科长，你尽管放心吧。我钱某虽胖，但也并非食言而肥之辈！"

就这样，因为钱文部一句不负责任的承诺，魏沉默放弃了楚江市财政局预算科科长的优越职位，调到楚江市城商银行当起了办公室主任。

魏沉默在楚江市城商银行苦苦地熬过了整整十个年头，到如今头上已钻出几缕恼人的白发，可他却依然窝在办公室主任这个位置上，没有丝毫升迁的迹象。对此，魏沉默百思而不得其解，想想自己眼前的这道坎老是迈不过去，难道仅仅是因为钱文部不能信守自己当初的诺言么？这中间一定还有更为深刻的原因。

面对着堆积如山的材料和鸡毛蒜皮的琐事，魏沉默整天愁眉苦脸，痛感英雄无用武之地。每当他看见钱文部那臃肿的身躯，就烦，就恨。不管怎么说，那老东西耽误了自己最宝贵的十年青春，这笔沉重的损失今生再也不可能挽回。魏沉默暗暗发誓：钱胖子，你让我沉没十年，我就叫你不得好死！

不在沉默中爆发，就在沉默中死亡。

魏沉默仇恨的双眸中隐伏着浓浓的火药味，他像一只凶猛的猎鹰一样，每时每刻都在寻找着捕捉猎物的最佳时机。他与钱文部乃至整个楚江市城商银行领导层的矛盾冲突，已是箭在弦上，大有一触即发的态势。

3

魏沉默懒懒地在宽大的席梦思床上翻了个身，感觉到初夏的阳光从镂花窗格中斜射进来，刚好暖洋洋地照在了自己肥白的大屁股上。他揉了揉惺忪的睡眼，继续赖在床上，想着他的心事。

最近从省城里传出风声，据说省城商银行有位领导颇为欣赏魏沉默的才华，并已在省分行党委会议上提出应将其纳入地市行处级干部考核计划。因此，魏沉默极有可能晋升为楚江市城商银行副行长。对魏沉默来说，这个机会实在是太重要了。他如今已近不惑之年，早已过了35岁这个科级干部和处级干部的黄金分割线。因此，诡计多端的魏沉默处处谨小慎微，就像一只企图偷鸡的狐狸，狡猾异常。

上个礼拜天，魏沉默带着见面礼，专程拜访了一位投机政坛的成功人士。这位成功人士大名蒲知高，原任楚江市财政局局长，曾是魏沉默的顶头上司，如今已是这座城市炙手可热的副市长，主管全市财政金融工作。蒲副市长的马脸上长着一只鹰钩鼻子，头顶半秃，两只招风耳朵像一对把手极不协调地安装在圆滚滚的脑袋上，一双阴鸷的眼睛时刻警惕地窥视着这个险恶的世界。

蒲副市长果然是位高人，他首先详细地询问了魏沉默有关楚江市城商银行领导层的情况，然后精辟地分析道："小魏，你一定知道，孙子兵法中有擒贼先擒王之说。但是，既为王者，必不至于轻而易举地束手就擒。常言道，堡垒最容易从内部攻破。因此，你必须在市城商银行领导层中不惜一切手段，制造事端，挑起内乱，让他们几个头头鹬蚌相争，然后浑水摸鱼，寻找最为有利的突破口，果断出击，釜底抽薪，方可取而代之！"

蒲副市长的一通高论，让魏沉默佩服得五体投地，他鸡啄米似地连连点头说："蒲市长之言，令学生茅塞顿开。感谢蒲市长为我这个小学生指点迷津。倘日后魏沉默有出头之日，一定涌泉相报！"

事过不久，魏沉默果然找到了一个突破口。为此，他精心设计了一场"斗地主"的赌局。

就在一天晚上，魏沉默如愿以偿，他终于有幸同楚江市城商银行决策层的三位核心人物——行长钱文部、副行长欧阳锋、行长助理黄志龙坐在了赌桌上，开始了那场别有用心的"斗地主"赌局。那场残酷的赌局从头天傍晚开始，一直斗到翌日"东方红"。魏沉默不但没有票子进账，反而输掉了差不多两万块。可他虽然输了钱，却比赢了钱心情还要舒畅，因为他是最大的赢家。魏沉默沾沾自喜，他的阴谋得以初步实现，他预感到决策层三个头头之间的突破口已经被他撕开了。

魏沉默想起昨晚的通宵酣战，就觉得过瘾。钱文部、欧阳锋、黄志龙这几个政客算什么东西？在老子姓魏的面前，全是一帮地道的蠢猪！那几个脓包，被老子愚弄了，可是却都还蒙在鼓里！

"斗地主"是20世纪末才兴起的一门新奇的赌技，据有关专家考证，这门赌技发源于九省通衢的武汉市。此赌技的玩法平中见奇，是在传统的54张扑克牌上花样翻新，既可3人开"斗"，也可4人设赌。赌注可大可小，大至成千上万，小到几毛几元。3人的"斗法"是：先由庄家发牌，最后补牌3张，共取牌20张；而两位闲家则各取牌 17 张。若庄家赢牌，则闲家通输；若闲家胜出，则庄家通赔。4 人的赌法与 3 人的赌法大致相当，但要去掉两张大小王，仍然先由庄家发牌，最后补牌 4 张，共取牌 16 张；而 3 位闲家则各取牌 12 张。因 4 人赌较之 3 人赌风险更大，且牌型更为复杂，所以更加讲究叫牌和卡牌的技巧。在赌桌上，常常因为一个牌点的误差，造成惨重的经济损失。如今"斗地主"早已风靡天下，甚至连三岁小孩也知道是怎么回事。

魏沉默是"斗地主"的高手，有一次，他在一家地下赌场，曾经创下过奋战三天三夜赢钱 18 万元的惊人纪录。然而，道貌岸然的魏沉默却深藏不露。他所在的工作单位，以及圈外人士，根本无人知晓他是一个嗜赌成性的赌徒。同事们大都认为他是一个老实巴交勤恳敬业的好干部。

昨晚的赌局，魏沉默看起来是个输家，其实他暗中主宰了整晚赌局的胜负，他始终不动声色地把握着牌桌上瞬息万变的形势。昨晚开局的赌注是"五幺"，即 500 元、1000 元，"关底"（即一张牌都未能开出）翻倍 2000 元。魏沉默的意图是让钱文部大出血，让欧阳锋成为大赢家，进而使钱文部恼恨并报复欧阳锋。为了达到这个目的，魏沉默明修栈道，暗度陈仓，每当钱文部开出关键牌点的时候，魏沉默就开牌拆打，甚至不惜牺牲自己的利益，多次出老千暗助欧阳锋。到了后半夜，钱文部携带的十万元现金已输了个精光，他昏头昏脑地连呼道："他娘的！老子手臭，手臭！"就准备拆局不赌了。

魏沉默见状，觉得钱文部还输得不够惨不到位，就假惺惺地说："哎呀，钱行长，胜败乃兵家之常事嘛！你看，我不也输了差不多两万块吗？这样吧，我借给你 5 万元扳本，你一定会连本带利赢回来的！"

这时候，行长助理黄志龙刚刚"转火"，才赢了不足五千元，他看到欧阳锋已赢了十万出头，很是眼红，也想多赢一些，就竭力怂恿钱文部："钱行长，把你往日的大将风度拿出来吧！你看看人家欧阳副行长，都赢了十多万了，我们也该杀杀他的火气，让他出点血才对呀！"

欧阳锋看到自己今晚赌运奇好，心中窃喜，显出一副无所谓的样子说："钱行长，看你今晚输了不少，我们就陪你再赌几圈吧！"

魏沉默冷眼看着欧阳锋那副猫哭老鼠假慈悲的丑恶嘴脸，心中暗骂道：你个不知天高地厚的老东西！老子今晚出老千倒便宜了你这个坏东西。到时候，老子要你连本带利地吐出来！

钱文部终于抵不住扳本的强烈诱惑，从魏沉默手中借了 5 万元现钞，再度杀入赌局。

其结果可想而知，钱文部所借的 5 万元赌资很快又输了个精光。

输了整整 15 万元人民币的钱文部盯着大赢家欧阳锋，血红的蛤蟆眼中隐隐透出杀机。

魏沉默惬意地打量着楚江市城商银行这三位决策人物，预感到烽烟已经燃起，他的脸上掠过一丝冷酷的笑意。

4

楚江市城商银行党委扩大会议在该行五楼会议厅举行，会议由行党委书记、行长钱文部亲自主持，副行长欧阳锋、行长助理黄志龙、财务总监夏雪萍、总稽核杨积尔、纪检委书记宋进坚等五位行党委成员全部参加会议，人事科长老张和行办主任魏沉默列席会议。

钱文部扫视着庄严肃穆的会场，拿腔捏调地说："同志们，我们今天这个会议的主要议题是，传达贯彻上级有关文件精神，部署和落实我行的机构改革和干部人事体制改革，并具体安排全行下一步的各项工作。下面，就请行长助理黄志龙同志先给大家传达总行和省分行的两份重要文件。"

满脸粉刺的黄志龙故作姿态地品了一口茶，然后摇头晃脑地开始宣读文件。

黄志龙读完文件，钱文部又接着振振有词地说："同志们，我们楚江市城商银行经过十多年的发展，目前已具有相当规模，本外币存款余额已突破15亿元大关，各项贷款规模累计已达到12亿元，在全市经济领域占据着举足轻重的地位。但是，在当前市场竞争和金融竞争日趋激烈的前提下，我们决不能满足于现状而裹足不前。在确保传统业务正常发展的同时，我们还要抓好新的业务品种。大家说，是不是？"

参会人员交头接耳，一阵低声议论，纷纷表态说："那是，那是！"

钱文部双手往下一压，示意大家安静："当前，市中国银行、市农业银行、市建设银行、市工商银行等四大家国有商业银行，相继推出了声势浩大的信用卡业务。大家都看到了，满街都是长城卡、金穗卡、龙卡和牡丹卡铺天盖地的广告。而我们楚江市城商银行，在信用卡业务方面还是个空白。根据这种状况，我们决不能坐以待毙。经请示省分行同意，决定成立楚江市城商银行信用卡部。"

钱文部停顿了一下，目视着人事科长老张说："张科长，你把文件拿出来，先给大家宣布一下。顺便说一说，由于前段时间各位行领导忙于到基层网点督办存款开门红工作和文明优质服务劳动竞赛活动，人事科在形成这个文件时，来不及和各位党委成员开会商量，今天就算是和各位行领导正式通气了。"

在楚江市城商银行，有这样一个惯例，每当在形成重大决议之前，为防止别人反对，老奸巨猾的钱文部总是采取先发制人的招数，事前把红头文件先签发好了，然后才在会议上"通气"。这种突如其来的马后炮，常常令人措手不及，你甚至还没有反应过来，就已经被他将死了军。

人事科长老张从文件夹中掏出文件，照本宣科地念起来：

楚银人字 [××××] 年第 ×× 号文件

经中共楚江市城商银行党委研究，并报请省分行人事处批复，决定成立楚江市城商银行信用卡部。此项工作由副行长欧阳锋同志分管。

聘任施建阳同志为楚江市城商银行信用卡部经理；同时免去施建阳同志原任楚江市城商银行保卫科科长职务。

×××× 年 ×× 月 ×× 日

人事科长老张刚把文件宣读完毕，大家便纷纷议论起来。

财务总监夏雪萍是个极善于察言观色的跟屁虫，她抢先发言，高调赞同："成立信用卡部是我行业务发展的一件至关重要的大事，我坚决拥护钱行长的决定！我个人认为，由施建阳同志担任信用卡部经理、欧阳副行长分管该项工作的人事安排是非常合适的。"

总稽核杨塌鼻子，本名叫杨积尔，此人生就一副道貌岸然的面孔，塌鼻梁上架着一副水晶镜片，不时滑落下来，根据这个特点，同事们便暗中送了个"杨塌鼻子"的外号给他。杨积尔是个炮筒子，他忍不住打断夏雪萍的发言，忧心忡忡地说："钱行长，信用卡部是个专业性极强的高风险金融机构，依我看，不但施建阳同志不适合搞这项工作，而且让分管党群机关的欧阳副行长分管信用卡，也是很不适当的！"

纪检委书记宋进坚，诨名叫作"宋不倒"。因此人是棵墙上芦苇，风吹两面倒，惯于阳奉阴违两面三刀，活像个丑陋的不倒翁，因此大家便给他起了这个雅号。宋进坚听杨积尔如此直言不讳，便附和着说："杨总所言极是，施建阳同志只是个部队复员转业的干部，一点也不懂金融业务，干个保卫科长还能勉强凑合，安排他去搞信用卡，恐怕不恰当吧！要是出了问题，我们怎样向上面交差呀？"

这时，喜欢当面讨好上司的马屁精黄志龙揣摸着钱文部的用意，发表了与杨、宋二人截然不同的意见："我看钱行长代表行党委所做的这个安排，并无什么不妥，不懂业务可以学嘛。再说，由欧阳副行长亲自抓信用卡工作，说明行党委对此高度重视，欧阳副行长完全有能力当此重任！"

钱文部脸上写满了难以捉摸的表情，眼中射出阴贼贼的目光。他盯着欧阳锋不容置辩地说："欧阳副行长，全行的信用卡工作就交给你了。希望你拿出勇气来打好这个硬仗！"

欧阳锋好大喜功，并未多加考虑，当即表态说："钱行长，你就放心吧，我一定努力打好这个硬仗，力争使我行的信用卡业务走在全市各家商业银行的前列！"

总稽核杨积尔和纪检委书记宋进坚，听见死要面子活受罪的欧阳锋自愿接过了这块难啃的臭骨头，相互会心地对视了一眼，暗自嘲笑道：这个不知天高地厚的欧阳锋，真是个扶不起来的刘阿斗！

魏沉默虽然一言未发，但却对钱文部的伎俩洞若观火。他暗地里冷笑道：好一个借刀杀人的圈套！欧阳锋，你这次死定了！你已经落入了钱胖子精心为你设置的陷阱，可你还压根儿不知道，真是个地道的蠢猪！

钱胖子见大家没有异议，便阴笑着挥了挥手，宣布散会。其后事态的发展，完全是在钱文部的意料之中。

楚江市城商银行信用卡部成立之后，由于经理施建阳和分管副行长欧阳锋完全不懂信用卡业务，最终酿成了一桩异地信用卡恶性透支诈骗案件，造成 1400 万元巨额资金损失，使楚江市城商银行的声誉一落千丈。

这起信用卡恶性透支诈骗案的主犯，名叫林本韵，是一个异常奸诈的家伙。他瞅准楚江市城商银行信用卡部刚刚成立业务生疏的时机，挖空心思，通过层层关系结识了施建阳。接着，林本韵打通关节，骗取验资证明；并暗中贿赂楚江市工商局官员和税务局官员，搞定营业执照和税务登记证，堂而皇之地办起了一家皮包公司。然后，林本韵打着公司总经理的金字招牌，找到施建阳，在信用卡部顺利办理了卡户登记和申领公司信用卡等手续。

林本韵的第一步计划得逞之后，便开始了他罪恶的诈骗行动。他先在他的公司卡户上存入十来万小额资金，然后在异地取现，接着又很快存入，如此这般，循环往复。当林本韵与信用卡部的资金往来超过100次之后，逐渐在信用卡部建立起良好的"信誉"。这时，林本韵见时机成熟，便贿赂施建阳，同时拉拢腐蚀信用卡部其他工作人员。接下来，林本韵投石问路，谎称他的公司近日有一笔生意，急需30万元资金短期周转，向施建阳提出透支申请，并声称愿意承担透支罚息。起初施建阳犹豫不决，但抵不住林本韵的花言巧语，最终签批授权取现。林本韵透支取现后，施建阳十分担心他不能按时还款，但十天后，林本韵不但连本金带罚息全部清偿，还给他的公司卡户上多存入8万元。于是，施建阳觉得他的担心完全是多余的了。这之后，林本韵的透支额度从30万、50万、100万，直到300万，连续在他的公司卡户上滚存滚取，如此资金往来竟达到59次之多，却并未引起施建阳和分管副行长欧阳锋的警觉。

在林本韵与楚江市城商银行信用卡部资金往来八个半月之后，这个狡猾的狼外婆终于露出了真面目。他秘密潜往外地，持公司金卡，在数天之内，分数十次在九家支行恶性透支，共计透支金额达到1400万元之巨。林本韵的诈骗阴谋得逞后，立即携款潜逃。而楚江市城商银行信用卡部时隔两个月之后才发现。这一下可急坏了欧阳锋和施建阳，他们知道难辞其咎，慌慌张张派人四处寻找林本韵的下落。结果只是白白花掉了十几万元差旅费，连林本韵的影子都没有见到。欧阳锋和施建阳走投无路，急得像热锅上的蚂蚁，焦头烂额，坐卧不安。

5

时隔不久，省城商银行信用卡公司业务部到楚江市城商银行进行信用卡专项稽核检查，查出了这宗巨额恶性透支诈骗案，检查组当即采取紧急措施，向楚江市城商银行行长钱文部通报了此事，并责令钱文部迅速向公安机关报案。

阴险的钱文部早就料到会有此种结局，他立即通知保卫科将欧阳锋和施建阳软禁在会议室，以防止他们逃跑。在会议室里，钱文部假惺惺地对欧阳锋和施建阳二人说："二位兄弟，我钱某对不住了！由于你们的严重失职，给国家造成了如此惨重的经济损失，如今我也救不了你们，请你们不要怨恨我，我只有公事公办，马上向市公安局报案，以争取司法机关对你们进行宽大处理。"

呆若木鸡的欧阳锋和施建阳，就这样傻乎乎地做了钱文部的政治牺牲品。

楚江市公安局接到楚江市城商银行的报案后，当即引起了局领导班子的高度重视。市公安局经侦支队奉命抽调精兵强将组成专班，北上长春、哈尔滨，南下广州、海南岛，纵横七个省区，历时两个月之久，终于在华中重镇武汉市郊一户隐蔽的出租屋中，将负罪潜逃的恶性透支诈骗案主犯林本韵抓获归案。经突击提审，案犯林本韵已将1400万元巨款挥霍一空，导致国家这笔巨额资金损失无法挽回。

不久，楚江市人民检察院正式介入此案。他们对案件进行了认真细致地审查，认定证据确凿，事实清楚，并很快向楚江市中级人民法院提起公诉。经市中级人民法院一审判决，以诈骗罪、行贿罪和造成国家资金重大损失罪，判处本案主犯林本韵死刑，剥夺政治权利终身；以渎职罪判处施建阳有期徒刑五年。同时决定进一步追究分管副行长欧阳锋的严重渎职责任。

欧阳锋身陷危局，惶惶不可终日。他预感到自己罪孽深重，终将难以逃脱法律的严厉制裁。

山雨欲来风满楼。欧阳锋的预感很快得到了应验。

那是深秋时节的一个上午，天气阴沉沉的，萧瑟的秋风嘶叫着挤进雄伟的楚江市城商银行办公大楼。这时候，一辆警车戛然停在大楼门外，旋即从警车上跳下三个全副武装的公安干警。三位干警径直走到四楼行长办公室，严肃地向行长钱文部说明来意，并递交和办理了有关法律文书和拘留手续，然后就把副行长欧阳锋带走了。

欧阳锋在被楚江市公安局看守所拘留收审的开头几天，老是遮遮掩掩，避重就轻，不肯如实坦白交代自己的问题。这天早上，办案人员再一次提审了欧阳锋，可他却依然耷拉着脑袋，一声不吭。办案人员威严地呵斥道："欧阳锋，你不要装蒜了！抬起你的头来，好好看看你头顶上高悬的国徽和我帽子上闪亮的警徽！党和政府的政策你是清楚的，你只有老老实实地交代问题，并配合我们办案，你才会有出路。"

欧阳锋抖抖索索地佝偻着身子，心虚地抬起头来，不敢正视办案人员犀利的目光，显出一副唯唯诺诺的熊样。

办案人员双眼紧紧地逼视着欧阳锋，满腔正义，不怒而威："欧阳锋，你不要执迷不悟。一切消极的抵抗都是徒劳和愚蠢的！你既然不肯交代，那就这样吧：我们再给你一天时间，你可以在拘留室里认真地反思反思，再来主动给我们谈你的问题吧！"

在光线昏暗的拘留室里，欧阳锋像一匹受伤的草原狼，烦躁不安地踱来踱去。透过被铁栏牢牢固定的小窗缝隙，他看到遥远的天边，有一只离群的孤雁，在乌蒙蒙的云层中拼命地扇动着翅膀，挣扎着奋力向前飞行。直到那只孤雁化成了一个小黑点，最终在天尽头消失得无影无踪的时候，他才从沉思中回过神来。

奋飞的孤雁给欧阳锋带来了某种启示，也给他带来了一点儿勇气，他决定坦白交代自己的部分经济问题，以争取司法机关的从宽处理。同时，他还决定检举揭发行长钱文部的重大经济犯罪嫌疑问题，以求戴罪立功。

6

一缕阳光顽强地穿过铁栏小窗，斜射进拘留室内，照在欧阳锋阴郁而苍白的脸上。欧阳锋从拘留室逼仄的床上爬起来，木然地揉了揉浮肿的眼泡，犹豫良久，终于按响了门铃。

门外的执勤看守"哗"的一声移开拘留室门上的铁制挡板，厉声喝问："欧阳锋，你想搞什么名堂？"

欧阳锋不敢正视执勤看守犀利的目光，慌乱地说："报告政府，我要坦白交代！"

于是，执勤看守打开拘留室的铁门，押出欧阳锋，来到专案组办公室。

欧阳锋主动向办案人员坦白交代了他多次参与嫖娼赌博，以及暗中收受恶性透支诈骗案主犯林本韵行贿款美金 3 万元的犯罪事实，并表示要马上通知其妻退缴赃款。此外，欧阳锋还向专案组检举揭发行长钱文部有重大经济犯罪嫌疑，并提供了极其重要的破案线索。

鉴于欧阳锋认罪态度较好，又能积极主动地退缴赃款，加之他在被市公安局看守所拘留期间检举钱文部，有戴罪立功的表现，因此，楚江市人民检察院在提起公诉时充分考虑了这些因素。市中级人民法院依据"坦白从宽、抗拒从严"的原则，在量刑时从轻发落，仅以渎职罪和受贿罪判处欧阳锋有期徒刑两年，缓期两年执行。

黄志龙得知此情后，趁火打劫，决定彻底搞垮欧阳锋。他当即向楚江市人民检察院揭发欧阳锋避重就轻，交代问题不彻底。同时检举欧阳锋在楚江花园以他女儿的名义，购买了一套价值200万元的豪华别墅，实属巨额财产来源不明。

黄志龙的检举，引起了市人民检察院的高度重视。经专案组查实，确有此事。于是，再次提审欧阳锋。在铁的事实面前，欧阳锋无法抵赖，只得坦白交代了楚江花园那栋200万元的豪华别墅，乃是诈骗犯林本韵贿送所得。

鉴于欧阳锋隐瞒犯罪事实，楚江市中级人民法院撤销原判，依法从重判处欧阳锋无期徒刑，剥夺政治权利终身，并追缴个人全部非法所得，同时没收其位于楚江花园的那幢豪华别墅。

欧阳锋被楚江市中级人民法院公开宣判之后，行长钱文部立即主持召开楚江市城商银行第四届职代会和全行党员大会，通过了开除欧阳锋公职和党籍的决定。钱文部端坐在主席台上，带着一脸不可名状的表情，痛心疾首地说："同志们，欧阳锋的犯罪，使我们受到了一次深刻的警示教育。我们大家都是干银行工作的，成天和钞票打交道，谁过不了金钱关，谁就会跌进犯罪的深渊！大家想想，欧阳锋为什么会走向堕落？我看就是过不了金钱关，拜金主义害了他！"

钱文部道貌岸然地一通高论，深深打动了大家的心，在全行员工中引起了共鸣。大家交头接耳，议论纷纷，为欧阳锋的犯罪而深感惋惜。财务总监夏雪萍因平时与欧阳锋私交甚厚，欧阳锋的落马令她伤心不已，她克制着揪心之痛，强忍住眼眶中打转的泪水不让它掉下来。而行长助理黄志龙则在一旁幸灾乐祸地冷笑，坐在他身边的纪检委书记宋进坚讨好地打量着他，悄声问道："黄行助，我看你笑得这般开心，肯定是人逢喜事精神爽嘛。欧阳锋一倒台，你就该顶他的缺当副行长了。到时候可别忘了请我老宋喝杯喜酒呀！"

"宋书记呀，看你说的。要真有那一天，我黄某还指望着你老哥子多多抬举呀！"黄志龙悄声答道。

"黄行助，你就莫瞒我老宋了。看你这副喜气洋洋的样子，一定是升官有望！"宋进坚有些狐疑，附在黄志龙的耳边轻声说。

"宋书记呀，难道你还看不出来吗？我这是在望着咱们的钱行长冷笑哩。因为我忽然想起了一句古训，好像是《增广贤文》中说的'但将冷眼观螃蟹，看他横行到几时！'"黄志龙阴险地悄声说，那模样透出几分张狂。

宋进坚打量着皮笑肉不笑的黄志龙，忽然心有所悟。他细细地品味着黄志龙的话外之音，再没有吭声。

宋进坚是个城府极深的老滑头，他断定黄志龙获得了极为重要的内幕消息，并且在近期内将会有所行动。

果然，在这次会议之后，黄志龙就开始在行内拉帮结派，网罗党羽，并采用封官许愿、施予小恩小惠等手段培植自己的势力范围，逐渐形成了一个小圈子。

黄志龙早就打好了如意算盘，他的第一步行动计划，就是要千方百计地当上副行长，然后再挖空心思过河拆桥，浑水摸鱼，排除异己，寻机掀翻钱文部，最终搞定楚江市城商银行一把手的位置。

7

欧阳锋的垮台，给黄志龙这个野心家带来了千载难逢的机遇。

此时，钱文部还在台上，虽然风声吃紧，但他依然牢牢地控制着楚江市城商银行的局势。狡猾的黄志龙明智地看到了这一点，他决定充分利用这个环节，进一步骗取钱文部的信任，力图使钱文部把自己作为副行长的后备人选，上报省分行人事处考核。

由于黄志龙极善于伪装，因此钱文部对他的印象还算不错。黄志龙抓住钱文部嗜赌如命的秉性，约了几个在社会上有头有脸的赌友，每天晚上都陪着钱文部"斗地主"或打麻将，并且几乎每次都有意让他赢个千儿八百块，弄得钱文部心里很舒坦。不消半个月功夫，黄志龙的感情投资获得了预期的回报，钱文部对他的信任度陡然升温，已私下流露出提拔他的意向。

项庄舞剑，意在沛公。黄志龙眼看着时机日趋成熟，于是他决定再加一把火，力争尽快把生米做成熟饭。

大约在一个月之后的一天夜晚，钱文部神不知鬼不觉地钻进了黄志龙精心布设的圈套之中。

那天晚上，楚江的夜空繁星闪烁，一弯新月高悬在雄伟的楚江市城商银行办公大楼楼顶。

钱文部心情很好，丝毫没有即将钻进圈套的感觉。他潇洒地开着他的专用轿车，以平稳的中速驶向他们聚赌的地点——楚江夜总会。

钱文部将车停好之后，便直奔夜总会408包房。满脸堆笑的黄志龙和另外几名赌友早已恭候在这里。

钱文部和赌友们礼节性地打了个招呼后，就坐上赌桌掷"风"定位，摆开了赌局。

那晚，钱文部手气特好，开局不到3个小时，就已进账两万多块。约在半夜12点钟光景，赌局进入了高潮。

就在这时，408包房门外响起了急促的敲门声。赌兴正浓的钱文部、黄志龙和众赌徒们来不及躲藏，就被破门而入的两名警察逮了个正着。两名警察铁板着面孔，威严地喝令钱文部、黄志龙和众赌徒靠墙站好，当场收缴堆在桌上的赌资20多万元，然后将钱文部等人塞进警车，带到城郊派出所审查处理。

这时候，派出所所长黄志虎威风凛凛地走了过来，他声色俱厉地把众赌徒训斥了一通，然后责令众赌徒配合民警做好笔录，写下保证书，并分别罚款 5000 元。平时器宇轩昂的钱文部，此时自觉颜面扫尽，低着头不敢吱声。

处罚完毕，派出所所长黄志虎黑着脸喝令钱文部和黄志龙到所长室去一趟。钱文部不知底里，以为黄所长还要拘留他们，吓得浑身筛糠，战战兢兢。

三个人刚刚走进室内，派出所所长黄志虎立即转身把门关上，然后换上一副笑脸，亲切地拍着黄志龙的肩头说："老弟呀，真是大水冲了龙王庙，自家人不认自家人了。他们怎么把你给抓来了？"

黄志龙故作惶恐地说："大哥，天晓得这是怎么回事？怪只怪你手下的警察有眼无珠，认不得你这个堂兄弟呀！"

派出所所长黄志虎一本正经地打量着钱文部，对黄志龙说："志龙，我看到这位老哥的笔录和保证书上所写的工作单位也是楚江市城商银行，我猜想他一定是你的同事，也是你的好朋友吧？所以，我就把他跟你一起叫过来了。"

黄志龙诡谲地笑着说："大哥呀，你真是慧眼识人。这位老哥是兄弟的莫逆之交，他是我们楚江市城商银行的经警，大名刘保卫。"黄志龙撒了个弥天大谎。

派出所所长黄志虎讪笑着说："刘老哥呀，得罪，得罪！不好意思，让你受惊了！"

钱文部得知眼前这位派出所所长和黄志龙是堂兄弟，绷紧的神经顿时松弛下来。他尴尬地笑着说："哪里，哪里。黄所长言重了！您是执行公务，我刘保卫给您添麻烦了！"

黄志龙紧紧抓着黄志虎的手，做出一副屈辱的样子向他求情："大哥，今天小弟和刘老哥幸好栽在你管辖的城郊派出所，要不然可就麻烦了。大哥，请你看在我们兄弟的情分上，高抬贵手，放我二人一马吧！"

黄志虎沉吟良久，故作为难地说："好吧，志龙，谁叫我们是嫡亲的堂兄弟呢？这天大的干系就让我来给你们承担了吧！我会删除你们的笔录，让你们走得干干净净，不留丝毫隐患。"说罢，他拿出钱文部和黄志龙二人的保证书，以及钱、黄二人的罚款单据，掏出打火机，将它们烧成灰烬。

钱文部被派出所所长黄志虎的"义举"和黄志龙的"赤胆忠心"深深感动了。他哪里知道，这一切却是黄志龙和他的堂哥黄志虎联袂主演的一出双簧戏！

当二人千恩万谢地离开派出所之后，钱文部异常亲切地拍着黄志龙的肩头说："志龙呀，好好干吧。我姓钱的一定会报答你的！"这时的钱文部已没有了半点上司的派头。

黄志龙竭力压抑着内心的狂喜，不动声色地说："钱行长，谢谢您的信任！"

搞定钱文部之后，黄志龙又开始了他的下一步行动计划。

没过多久，黄志龙秘密赶到省城，专程拜访了省分行人事处处长童条万，并给童条万送了一份重礼。

童条万在全省金融系统是一个重量级人物，有准确消息说，他即将荣升为省城商银行纪委书记，北京总行已派人前来考核过，并已通过了民意测验。眼下童条万春风得意，踌躇满志，仿佛提前坐上了省城商银行纪委书记这把交椅。

童条万是黄志龙好不容易才靠上的一棵大树，黄志龙曾多次向他行贿，二人暗中交往已有三四个年头。欧阳锋因信用卡恶性透支案被撤职后，楚江市城商银行即将物色一名副行长的消息，就是童条万私下透露给黄志龙的。黄志龙是一个顺着杆子往上爬的家伙，当得知童条万的暗示后，立刻上蹿下跳，四处活动，千方百计做好了升迁的基础工作。

"童处长，志龙这次前来拜望您，也没有什么好东西孝敬您老人家，只带来两条'地产烟'让您品尝品尝，真不好意思，让童处长见笑了。"黄志龙一副十足的奴才相，巴结的眼神在童条万的宽皮大脸上扫来扫去。

"志龙呀，你不必老是这么客气。我知道你是无事不登三宝殿的，说吧，下边的基础工作做得怎么样了？"童条万接过"地产烟"放进里屋。他当然知道黄志龙这两条"地产烟"的含金量。童条万是一个赌棍，经常偷偷溜到澳门去豪赌。"条"是麻将术语，在他们那个圈子里，"1条"就是10万现钞，"2条"就是20万元进项。

"童处长，倘不出意外的话，下边的基础工作应该算是到位的。半数的中层干部支持率和民意测验满意率，我想应该不成问题。再说，钱文部行长已将我作为副行长后备人选上报了省分行。至于上面的工作嘛，那就全靠您老人家多多操心了。"黄志龙媚笑着说。

"志龙呀，你就放心吧，老童一定让你梦想成真。下个月，我就亲自带人到楚江来考核你。"童条万亲切地拍着黄志龙的肩头，大包大揽地说。

听了童条万的亲口承诺，黄志龙的心中有了底。

果然没过多久，省分行人事处处长童条万像个黑社会老大一样，颐指气使，吆五喝六，带着手下的几个虾兵蟹将，乘坐波音747客机飞到了楚江。

黄志龙像个贱奴才，亲自开车到机场去迎接童条万。当童条万一下飞机，黄志龙就手捧鲜花迎上前去。黄志龙像伺候他的老祖宗一样，接过童条万的行李，奴颜婢膝地说："童处长辛苦了，欢迎首长到楚江市城商银行检查指导工作！"

"真他妈废话！谁不知这姓童的狗屁处长是专为你黄志龙升官发财而来的。既想当婊子，又想立牌坊！"与黄志龙随车同到机场迎接的办公室主任魏沉默暗自冷笑，心中一阵作呕。

童条万一行到达楚江市城商银行后，行长钱文部为了炫耀自己的实力，特地邀请了他的表舅——市委副书记黄连举，以及楚江市方方面面的头面人物前来作陪，并在楚江市最上档次的红玫瑰美食城举行了隆重的欢迎宴会。接风宴会结束后，钱文部吩咐魏沉默将楚江市本地客人一拨一拨分头送走。接下来，钱文部又在本市最开放的小香港洗浴美容中心为童条万精心安排了洗尘节目，并特地挑选了两个漂亮小姐与童条万陪洗桑拿，弄得童条万乐不思蜀。

次日上午，童条万让黄志龙通知钱文部到宾馆住地开了一个碰头会。童条万当着黄志龙的面，开门见山地向钱文部说明了来意。钱文部正好见风使舵做个顺水人情，他当即表态说："楚江市城商银行副行长候选人，非黄志龙同志莫属。看来童处长是和我想到一起去了！"

童条万微笑着给黄志龙递了个眼神，黄志龙心领神会，他抑制着狂跳的心，带着发颤的嗓音说："谢谢童处长的信任，谢谢钱行长的栽培！"

当天下午，童条万在楚江市城商银行会议室主持召开全行中层干部会议，37名科级以上干部参加了会议。童条万首先振振有词地讲了选拔干部的重要性，以及有关考核干部的组织原则。然后就像征性地进行了一个简单的考核仪式。为了掩人耳目，考核表上也居然把魏沉默作为副行长候选人列在黄志龙之后。魏沉默拿着考核表暗自好笑，他深知自己仅仅只是个陪衬，因此并不抱任何奢望，他决定弃权。

考核很快结束了。省分行人事处干部科吴科长按照顶头上司童条万的意图，装模作样地统计考核表，然后煞有介事地填写了几张表格，交给钱文部。钱文部十分清楚这种暗箱操作的鬼把戏，看都不看，就在表格上签了字。

就这样，黄志龙的任职考核就算是顺利通过了。

大约又过了十多天时间，省分行关于聘任黄志龙同志为楚江市城商银行副行长的任职文件就正式下达了。

8

楚江市公安局根据欧阳锋检举揭发的钱文部的重大经济犯罪问题，局党组决定成立专案组，秘密对犯罪嫌疑人钱文部进行立案侦查。

按照欧阳锋提供的破案线索，专案组一行五人南下深圳，在深南中路抓捕了岛川经贸公司经济人孙德海。专案组以涉嫌巨额诈骗罪连夜对孙德海进行突审。面对专案组的突然袭击，孙德海毫无心理准备，讲了六年前伙同海南琼港房地产开发公司总裁——港商杨比基，以投资开发琼北度假村为由，通过楚江市城商银行行长钱文部，分三次向该行贷款 1.5 亿元人民币的事实。

为了取得铁的证据，专案组不顾疲劳，乘轮船越过琼州海峡，神速抵达海口市，找到海南琼港房地产开发公司，将正欲出国到加拿大旅游的总裁杨比基逮个正着。

杨比基是个狡猾的港商，为避免引火烧身，他叫秘书将当年琼港房地产开发公司、岛川经贸公司和楚江市城商银行有关共同投资开发琼北度假村的法律文书、融资协议和贷款合同找出来交给专案组查阅。

杨比基操着生硬的普通话，回忆当年的情景说："1992 年，邓小平同志发表南方谈话之后，敝公司为支援大陆经济建设，决定在海南投资兴建琼北度假村。当时敝公司尚有 1.5 亿元人民币的资金缺口，岛川经贸公司的经济人孙德海先生得知此事，便主动牵线搭桥，介绍敝公司向楚江市城商银行贷款。当时，敝公司按市场行情付给了孙先生800 万港币的活动费和中介费。孙先生还真有通天的本事，他果然为敝公司解决了那 1.5 亿元的资金缺口。"

专案组组长盯着杨比基，柔中带刚地问道："贵公司在分次办理那1.5 亿元人民币贷款时，杨总裁曾给过楚江市城商银行行长钱文部不少酬劳金吧？"

杨比基眨巴着两只金鱼眼，狭黠地说："敝公司真诚感谢钱文部行长阁下为我们提供的资金支持。但楚江市城商银行与敝公司的资金往来，都是通过中介单位岛川经贸公司经济人孙德海先生代为署理，敝公司并未直接付给钱文部行长阁下任何酬金。而且那笔 1.5 亿元人民币的贷款，敝公司已于年前连本带息全部偿还。倘有何经济纠纷，当与敝公司无关。各位先生还有何见教，尽可直接与孙德海先生详谈。"

杨比基的秘书客气地从专案组组长手中拿回法律文书、融资协议和贷款合同等资料，深表歉意地说："真是不好意思，杨总裁马上要去加拿大，各位倘没有别的事情，我们这就告辞了，请各位自便吧！"

专案组组长知道跟杨比基这条狡猾的老狐狸缠下去不会得到更多的证据，再说他已在不经意间获得了极为重要的线索，也就从容不迫地挥手与杨比基告辞了。

专案组带着孙德海回到了楚江市公安局。当晚，专案组即将有关本案的侦破情况向局领导作了翔实汇报。

局领导兴奋地听完汇报，当即决定从孙德海在琼港房地产开发公司拿走的 800 万港币中介费一事上撕开缺口。

孙德海是个软蛋，没几个回合，就彻底坦白交代了那 800 万港币中介费的下落。原来，孙德海几经周折，在楚江市找到钱文部，终以500 万港币的巨额贿赂办妥了 1.5 亿元人民币的贷款。剩下的 300 万港币，他自己将其中的 200 万装入了腰包，仅给岛川经贸公司上交了

100 万港币的中介费了事。

由于证据确凿，犯罪事实充分，楚江市公安局立即神不知鬼不觉地拘捕了犯罪嫌疑人钱文部。在铁的事实面前，钱文部无法抵赖，只得低头承认了受贿 500 万港币的犯罪事实。令钱文部意想不到的是，这件事已经过去六年多时间，不料今日东窗事发，真是天网恢恢，疏而不漏。

专案组在侦查钱文部受贿一案时，意外地发现钱文部还与港澳黑社会集团有联系，曾利用自己银行行长的身份，以楚江市城商银行和地下钱庄为操作平台，多次直接参与黑社会集团的洗黑钱活动，并从中攫取巨额"手续费"据为己有。

楚江市公安局不久即将钱文部一案移交给市人民检察院。市人民检察院对此案进行仔细审查后，以巨额受贿罪、严重渎职罪和洗钱罪，很快向市中级人民法院提起公诉。市中级人民法院根据《中华人民共和国刑法》有关法律条款，依法判处钱文部无期徒刑，剥夺政治权利终身，并同时没收其个人全部财产上缴国库。

钱文部一案大白于天下之后，最伤心的莫过于楚江市委副书记——钱文部的表舅黄连举。黄连举曾多方奔走活动，试图为钱文部洗脱罪名，但终因钱文部受贿数额巨大，又参与洗黑钱大案，铁证如山，最终无力回天。

那是一个阴沉沉的日子，楚江市委、市人民政府为了加大惩治腐败和打击严重经济犯罪的力度，在楚江市人民广场召开了盛大的公捕公判大会。那天，楚江市城区万人空巷，市民们纷纷扶老携幼来到广场。上午 9 点 30 分，数十辆警车鸣着尖利的警笛，押送着钱文部、欧阳锋、孙德海等 14 名经济犯罪分子来到广场上的宣判台前，接受人民法院的公判。

楚江市城商银行纪检委书记宋进坚、总稽核杨积尔、财务总监夏雪萍和新任副行长黄志龙等几位行领导班子成员，带领全体员工准时来到人民广场参加公捕公判大会。眼下，这几位掌握着楚江市城商银行大权的头面人物，各自怀着复杂的心情，凝目注视着昔日自己的顶头上司，而今却抖抖索索站在宣判台上的钱文部和欧阳锋，故作镇静地等待着公捕公判大会的开始。

魏沉默独自站在广场边上的一个角落里，惬意地审视着垂头丧气的钱文部和欧阳锋，想着这两个曾经不可一世的家伙为了金钱，竟然铤而走险步入歧途，最终落得今日的可耻下场，嘴角不禁漾起了一丝嘲讽的冷笑。

9

钱文部倒台之后，鉴于楚江市城商银行群龙无首，全行一片混乱的局面，省城商银行党委召开紧急专题会议，研究由谁来牵头负责楚江市城商银行的全盘工作问题。

省城商银行党委书记兼行长陈元彪扫视了一遍与会的七名党委成员，开门见山地说："同志们，想必大家都已知道楚江市城商银行原行长钱文部出事了。钱文部贪赃枉法、严重渎职，并参与非法洗钱，已被关进了监狱。眼下，楚江市城商银行一盘散沙，业务量急速下滑，面临崩溃甚至停业的危险。我们必须尽快确定该行牵头的一把手人选，以解决眼下的燃眉之急。现在请大家议一议，提名研究吧！"

与会的七名党委成员都知道楚江市城商银行是个烂摊子，不但问题复杂，而且派系斗争十分严重，上至行长钱文部，下至副行长黄志龙，甚至财务总监夏雪萍、纪检委书记宋进坚、总稽核杨积尔，几乎人人都与省分行领导层有着千丝万缕的关系。这些党委成员个个都是千锤百炼的人精，在摸不准老大陈元彪的意图前，谁都默不吭声。

见会场陷入冷清的状态，陈元彪干咳了两声，喝了一口茶，然后故作无奈地说："同志们，既然大家都还没有考虑成熟，那我就先来提个名，欢迎大家发表不同意见！"

这时，与会的七名党委成员见老大发了话，开始骚动起来，纷纷言不由衷地附和道："还是只有陈行长才能总揽全局。陈行长的提名一定错不了！"

在一片奉承声中，陈元彪笑逐颜开。他稳腔稳板地接着说："本来，由我直接提名是不太恰当的，但是各位又不肯发表高见，那我只好先说了。我看楚江市城商银行财务总监夏雪萍同志相当不错，可以考虑先让她担任代理行长，主持该行工作。试用一年后，如果她能当此重任，就正式下文任命她为该行行长。"

分管人事工作的戴副行长极善于见风使舵，他赶紧附和着说："按照目前楚江市城商银行领导班子的现状来看，由夏雪萍担任代理行长是最合适的。大家都知道，该行情况极其复杂，欧阳锋和钱文部这两个败类已先后被判刑收监；黄志龙刚被提拔为副行长，管理经验明显还不够火候；而纪检委书记宋进坚和总稽核杨积尔二人资历不相上下，如提拔其中一人，则另一人肯定不服气，势必从中作梗，惹是生非，于工作十分不利。所以，权衡再三，只有夏雪萍才是不二人选！"

分管财务运营的周副行长接过话头说："呵呵，戴副行长不愧是管人事的，分析得头头是道嘛！我是分管财务口子的，对财务总监夏雪萍这个人还是比较了解的。总体来说，她除了性格有些软弱外，其他各方面都是不错的。陈行长慧眼识人，考虑任用她是颇为明智的。常言道，柔能克刚，夏雪萍是楚江市城商银行领导班子中唯一的女同志，聘任她为代理行长，既可以缓解当前的矛盾，又可以平衡各方面的关系，真可谓两全其美啊！"

行长陈元彪满意地点点头，不失时机地征求其他各位成员的意见。

见大家没有异议，便武断地说："既然大家没有不同意见，这事就这么定了！请戴副行长马上安排人事处长老童带队去楚江市，按聘任高管的程序对夏雪萍同志进行任职考核，力争在一周之内办好履新就职手续！"

翌日早晨，省分行分管人事的戴副行长就安排人事处长童条万前往楚江市城商银行，对该行财务总监夏雪萍进行银行高管任职考核。

童条万来到楚江后，当天晚上就马不停蹄地连夜主持召开楚江市城商银行党委班子扩大会议，该行副行长黄志龙、财务总监夏雪萍、总稽核杨积尔、纪检委书记宋进坚等四名党委成员参加会议，办公室主任魏沉默、人事科长老张列席会议。

在此次党委扩大会议上，童条万忧心忡忡地指出：楚江市城商银行因连发大案，行长钱文部和副行长欧阳锋均先后被判刑收监，导致全行一片混乱，眼下面临着崩溃解体的危险，对此，在座的各位领导要有清醒的自救意识，要齐心协力，共渡难关。

童条万抿了口茶，扫视了一遍与会众人，将目光停留在黄志龙脸上，又接着委婉地传达了省分行党委拟聘任财务总监夏雪萍为代理行长的决定。

一石激起千层浪。童条万的讲话刚结束，会场上便开始骚动起来。夏雪萍满脸绯红，抑制不住内心的狂喜，激动得手足无措，把桌上的茶杯都碰落到地板上，茶水溅了一地。总稽核杨积尔、纪检委书记宋进坚和人事科长老张三个人心怀鬼胎，交头接耳，低声议论着。只有魏沉默不动声色，仿佛与他无关一样。

黄志龙大惑不解地凝视着童条万，脸色铁青，垂头丧气，像一只泄了气的皮球。他怎么也想不到，省分行党委会让这个性格软弱、平庸无能的女人来当代理行长。

童条万的办事效率不可谓不高。他果然在一个星期之内全部办妥了夏雪萍的银行高管任职考核手续。夏雪萍做梦也没有想到，楚江市城商银行代理行长的美差，竟会奇迹般地降落到她的头上。

一个星期之后，省分行人事处长童条万带着红头文件，在楚江市委组织部部长的陪同下，再次来到楚江市城商银行。旋即由童条万亲自主持召开了全行员工大会，宣布任命夏雪萍为楚江市城商银行代理行长。夏雪萍走马上任，从此开始了她的官场生涯。

10

看似性格软弱的夏雪萍，其实并不简单。这个30多岁的女人工于心计，深藏不露。她原是楚江市民族丝绣厂的财务科长，而这个厂一直都是楚江市城商银行的贷款扶持企业，因贷款业务往来频繁，长期以来，该厂与楚江市城商银行保持着密切的资金方面的联系。一来二去，负责该厂财务工作的夏雪萍自然就与楚江市城商银行高层混熟了。在一次银企联谊舞会后，颇有几分姿色的夏雪萍顺理成章地与行长钱文部勾搭成奸。后来，夏雪萍所在的那家民族丝绣厂因管理不善，以致资不抵债，最终破产关门。厂子破产后，面临失业的夏雪萍就央求钱文部，把她调到楚江市城商银行当了一名结算会计。夏雪萍进入银行工作后，使出浑身解数，不到两年时间，就被钱文部作为"优秀人才"破格提拔为财务总监。

夏雪萍的前夫是楚江市高级中学的一名化学教师，那位化学教师成天醉心于他的化学实验和教学工作，忽视了对妻子的感情投入，而夏雪萍又是一个性格外向耐不住寂寞的女人，结果结婚仅三年多时间，她就红杏出墙攀上了钱文部这棵大树，最终导致夫妻感情破裂，协议离婚。她离婚后，心甘情愿地当起了钱文部的情人。

夏雪萍是个顺着杆子就会往上爬的机灵女人，她当上楚江市城商银行财务总监后，就开始频频跑省城拉关系。她利用所谓的"汇报工作"之机，千方百计傍上了省城商银行行长陈元彪这个更大的靠山。所以，陈元彪才在关键时刻提名启用她，她也才有机会出人头地，最终成为楚江市城商银行一把手。

谁也没有想到，夏雪萍会被省分行任命为代理行长，这件事犹如一枚重磅炸弹，在楚江市城商银行管理层中炸开了花。副行长黄志龙、总稽核杨积尔和纪检委书记宋进坚等几位高管心怀鬼胎，各打各的算盘。杨积尔和宋进坚二人老谋深算，消极地静观事态的发展；而急于上位的黄志龙则恼恨得咬牙切齿，连着好几个晚上睡不着觉。

狂妄的黄志龙越想越来气，他认为自己是副行长，理应当之无愧地主持全行工作，哪里会料到半路杀出个程咬金，竟被夏雪萍这个女人抢占了先机。

黄志龙极不甘心，妒火中烧，他思前想后，决定专程到堂哥黄志虎家中去一趟，请这位诡计多端的派出所所长给自己出出主意。

这天夜里，黄志龙与黄志虎兄弟俩相约见面。在黄志虎家内室，黄志龙把他的意图与想法和盘托出。黄志虎耐着性子听完了堂弟的陈述，沉思良久，脸上露出阴险的表情，狞笑着说："志龙，我是搞刑侦出身的，我们公安有句行话，叫作'找不到线索破不了案，舍不得孩子套不住狼'，你既然存心要把夏雪萍拉下马，那你就干脆出点血，弄点经费，由我来安排两个手下的得力兄弟，帮你查一查夏雪萍的隐私，一旦逮住了她的狐狸尾巴，那你就稳操胜券了！"

黄志龙喜上眉梢，一拍大腿："哈哈，大哥，我就知道你有办法！费用的事情你不用操心，我早就准备好了，这是三万块，你先拿去安排，这事就拜托大哥了。等兄弟我日后坐上了一把手交椅，大哥以后所有的开支全部包在我身上，你只管拿发票来，我全额给你报销，兄弟绝不食言！"

黄志虎不动声色地接过三万元现金，奸诈地说："老弟的事那就是我的事，你只管放心好了！现在你仔细想想，给我提供点有价值的线索。你发现那个夏雪萍有什么特别不对劲的地方吗？比如金额较大的消费开支、非同一般的吃穿用度、特殊的人际关系等等。"

黄志龙抓耳搔腮，思考了半天，狐疑地说："据我观察，夏雪萍在消费方面并不张扬，吃穿用度比较节俭，也没有别的什么不良嗜好。但是她离过婚，又有几分姿色，是个耐不住寂寞的女人。她调入市城商银行是通过原行长钱文部签批接收的。我隐隐感觉到，她与钱文部的关系不同寻常，但又找不到任何蛛丝马迹。不过，这可能是一条有用的线索。"

黄志虎闻言，喜形于色，胸有成竹地说："老弟，真是苍蝇不叮无缝的蛋，你提供的这条线索太重要了！我这就派人暗中去深查一下钱文部和夏雪萍的隐秘关系，我就不信撕不开突破口！志龙，此事事关重大，必须从长计议，你一要有耐心，二要装得若无其事，千万不可打草惊蛇！"

黄志龙像鸡啄米似的频频点头："那是当然，我一定守口如瓶。大哥，一切就按你说的办吧，我等着你的好消息！"

大约三个月之后，黄志虎神神秘秘地约见黄志龙，得意扬扬地把他们查到的关于夏雪萍的情况告诉了黄志龙。他们查出，夏雪萍在个人生活方面刻意装出一副低调简朴的样子，其实她离婚后一直住在一套价值300余万元的高级临江别墅里，还拥有一套200平方米的黄金商铺用于出租。而夏雪萍的家庭背景并不富裕，她的父母都是普通退休职工，家族中也没有人经商或投资兴业。那幢高级别墅和那套黄金商铺是她五年前调入市城商银行后才暗地里购置的，外面几乎没有人知道。据别墅区保安和她的邻居反映，经常有一个胖胖的中年男人来她的别墅幽会，我后来查看了别墅区的监控录像，确认那个胖男人正是你行已判刑坐牢的原行长钱文部！

黄志龙听完堂哥的介绍，狂笑着说："哈哈，大哥，你真厉害，一下子就揪住了夏雪萍的狐狸尾巴！毫无疑问，夏雪萍就是钱文部养的二奶。那幢高级别墅和那套黄金商铺肯定是钱文部给她买的。"

黄志虎接着问："志龙，那下一步你打算怎么干呢？"

黄志龙不假思索地说："我就去找夏雪萍直接摊牌，胁迫她知难而退，把位置让给我。她如果不听话，我就把她的隐私抖出来，并检举揭发她，她性格软弱，一定会就范的！"

黄志虎说："上兵伐谋。老弟这一招确实高明，这就叫兵不血刃，对付一个弱女子绰绰有余！"

黄志龙心急如火，说干就干。第二天下班以后，他戴着墨镜，开着朋友的私家车，暗暗地尾随在夏雪萍的车后，一直跟着她的车进入了别墅区。

黄志龙躲在远处的车内，紧紧地盯着夏雪萍，待她把车停进车库后，然后像贼一样溜下车，偷偷地跟过来。

粗心大意的夏雪萍并没有发现一直尾随在后的黄志龙，等她打开自家的别墅大门时，黄志龙一闪身蹿上前来，着实把夏雪萍吓了一大跳。

黄志龙不由分说，几乎是逼着夏雪萍，同她一起走进了客厅。

面对这位阴险歹毒的不速之客，夏雪萍猝不及防。她语无伦次地说："黄……黄……黄行长，你……你是怎么找到我这里来的？找我……有什么事吗？"

黄志龙打量着夏雪萍装修奢华、金碧辉煌的别墅，皮笑肉不笑地说："嘿嘿，想不到夏行长是个不显山露水的大富豪啊！我还知道你有一处200平方米的黄金商铺呢，就在市东区。我是个爽快人，实话跟你说吧，我想跟你做一笔交易！"

夏雪萍知道，她见不得人的隐私已经被黄志龙掌握了，她的心理防线一下子崩溃了。她魂不守舍地问："黄……黄……黄行长，你……你想做什么交易？"

黄志龙奸诈地说："嘿嘿，夏行长，你是千万富婆，什么都有了，还在乎一个代理行长的位置吗？我都快 40 了，可还是个副职，我希望你能成全我。你可以身体不适或者其他什么理由，向省分行提出辞职，然后鼎力推荐我担任市城商银行行长！如果我俩的交易顺利达成，你的隐私我绝不会向任何人透露，就烂在我肚子里了！"黄志龙毫不掩饰，赤裸裸地说。

夏雪萍脸色煞白，仿佛周身的血液都凝固了。她颤抖着说："黄……黄……黄行长，容我……考虑考虑，行吗？"

黄志龙露出一脸奸诈的表情，冷冷地说："夏行长，你还考虑什么呢？夜长梦多，搞出麻烦来，你可别怪我！"说罢，他头也不回地摔门而出。

夏雪萍恐惧地看着黄志龙嚣张离去的背影，瘫倒在沙发上，她被这突如其来的事件彻底击垮了……

然而，事态并没有朝着黄志龙预设的方案发展。第二天，夏雪萍没有来上班，第三天仍然没有看到她的人影。她的手机也一直处于关机状态，微信、QQ 和电子邮箱也找不到她的任何讯息。夏雪萍就这样离奇地失踪了。

于是，市城商银行保卫科向市公安局报了警。

行长失踪，事关重大。市公安局立即抽调警力，组成专班，四处寻找夏雪萍的下落。

一周之后，几位民警终于在夏雪萍的别墅里发现了她的尸体。经法医鉴定，夏雪萍系服毒自杀。

对于这个无言的结局，市城商银行全体员工均感到莫名其妙。好好的一个行长，怎么会在毫无征兆的情况下服毒自杀了呢？只有心怀鬼胎的黄志龙知道这件事情的真相，他虽然装得若无其事，但还是为那桩交易的失败而深感惋惜。

11

黄志龙是个贪得无厌的野心家，他并不满足于只当个副行长，早就觊觎着楚江市城商银行一把手的位置。因此，他处心积虑，不惜采取一切手段排除异己。主持工作的代理行长夏雪萍的自杀，使他如愿以偿，心花怒放，他迫切等待的又一次升官发财的机会终于来了。

但是，黄志龙还有两个强劲的竞争对手，这就是总稽核杨积尔和纪检委书记宋进坚。这两个家伙也虎视眈眈地盯着一把手的交椅。杨积尔和宋进坚在官场上摸爬滚打了半辈子，对黄志龙的蠢蠢欲动早就洞若观火。卧榻之侧岂容他人酣睡？针对黄志龙咄咄逼人志在必得的态势，杨积尔和宋进坚为了共同的利益，决定联手相抗，发誓要把黄志龙彻底击垮。

在一个周末的晚上，宋进坚邀请杨积尔到楚江茗香茶楼品茶。二人包了一个雅间，点了一份极品铁观音、一盏苏菲方糖和几碟时令果品。宋进坚深谙茶道，因此不需茶楼小姐侍候，自行冲制了一壶工夫茶。

宋进坚和杨积尔一边细细品茶，一边密谋策划。

宋进坚阴阳怪气地说："杨老哥，黄志龙那个臭小子，入行还不到六年时间，刚刚混了个党委班子成员，可是却野心勃勃，不知天高地厚，他才当副行长没多久，又盯上了行长的宝座，咱们千万不能让那臭小子得逞！"

杨积尔气呼呼地说："宋老弟和我都是楚江市城商银行的创始人，

楚江市城商银行的天下是老子们打出来的，他黄志龙有什么资格当行长？他当个副行长就已经算是便宜他了。本来，按资历和实绩来说，他那个副行长的职位应该属于魏沉默那个老实坨子！"

宋进坚煽动道："杨老哥，凭你的业务管理能力和老资格，这楚江市城商银行一把手的位置非你莫属，你应该当仁不让，兄弟我一定鼎力支持。我心甘情愿在你手下干事，却容不下黄志龙那个狗东西在老子面前指手画脚！"

杨积尔不假思索地说："宋老弟，咱俩谁跟谁呀？咱兄弟这么多年的交情，我当行长和你当行长，还不都是一样的么？总之，不能让黄志龙那个臭小子爬上去了。一旦他爬上去了，是决不会给咱哥俩好果子吃的！"

宋进坚品尝了一口工夫茶，忧心忡忡地说："黄志龙那小子鬼得很，跟省分行人事处处长童条万是铁杆关系，就像童条万的干儿子一样。听说省分行还有个副行长因得过黄志龙的好处，也对他颇为欣赏。因此，我们千万不可小看那臭小子的活动能力。杨老哥，咱们得想办法来个狠招，打蛇打七寸，要整就整他于死地！"

杨积尔眼中渐渐露出凶光，恶狠狠地说："看来是老子拿出撒手锏的时候了！"

杨积尔停顿了一下，夹了两块苏菲方糖置于茶杯中，然后皮笑肉不笑地说："宋老弟，你就等着看好戏吧，看老子把铁证给那个姓黄的臭小子搞定了，就让他到大牢里去做他的行长梦吧！"

宋进坚闻言大喜过望，兴奋地说："杨老哥不愧是搞稽核的，我知道你一定有办法摆平黄志龙那个狗东西！"

原来，杨积尔猛然间想起了一件往事——

那还是前年春节期间，杨积尔有个名叫祝龙彪的嫡亲表弟到楚江来给他家拜年，祝龙彪是川渡县建筑公司的总经理，承建过不少大型建筑工程。酒酣耳热之际，祝龙彪感叹现在的建筑工程不好搞，吃拿卡要的黑心人太多，一个工程做下来，费心费力，其实也挣不了几个钱。

杨积尔笑着说："表弟呀，你就不要给表哥装穷了，你再怎么不挣钱，也总比我这个拿工资的要强之百倍吧！"

祝龙彪不以为然地说："那也不见得，我做工程还有亏本的时候呢！"

杨积尔觉得很奇怪，就问道："怎么会有这种事呢？钱都被什么人赚了呢？"

祝龙彪笑道："可以说，凡是与工程沾边的人都多少能赚到一些。比方说，我那年承建的川渡河桥梁建筑工程，你们楚江市城商银行业务部经理黄志龙就狠赚了老子一笔，结果是他赚了，我却亏了！当然，黄志龙并不知道你是我的表哥。要是他知道了我俩的这层亲戚关系，他既赚不了钱，更不会帮我的！"

杨积尔来了兴趣，吃惊地问道："老弟，黄志龙与川渡河桥梁建筑工程毫无关系，他怎么会赚了呢？"

祝龙彪说："老哥，你有所不知，当年我承建川渡河桥梁建筑工程，手头资金严重不足，后来通过关系，找到黄志龙，求他帮忙贷款1500万元，并以我们公司全部资产作为抵押。哪曾想黄志龙年纪不大，可胆量却远远超过他的体重。他开口便向我索要10%的回扣。我说给100万行不行，他断然说不行，150万一分钱不能少，你愿贷款就尽快办手续，不贷就拉倒！我央求他说，我整个工程做下来，扣除材料、工钱、运输费、税金、管理费等项开支，能赚到150万算是顶天了。表哥，你猜那姓黄的他怎么说？他竟说，你难道不会偷工减料吗？不会使用低价钢材、水泥吗？你只管把钱赚到手，还管它那么多干啥？那时候，刚刚出了震惊全国的綦江彩虹桥垮塌事故，豆腐渣工程害死了那么多人，我岂敢拿人命当儿戏？但是，我因与业主方已签订了建桥合同，倘不能按时完工交付使用，我就要赔付200万元违约金，无奈，我只得硬着头皮找黄志龙贷了1500万元。"

杨积尔气愤地打断祝龙彪的话，骂道："想不到黄志龙还这么心黑手辣？"

祝龙彪接着说："川渡河桥梁建筑工程建成通车后，财务决算出来了，我一看，只赚了135万，老子白亏了15万。黄志龙那个狗东西不费吹灰之力，却净赚了150万，刚好是老子亏损额的十倍！表哥你说，这公平不公平？"

杨积尔恨恨地说："真是不公平到顶了！"

祝龙彪喝了口茶，眼中透出阴贼贼的目光，接着说："不过，老子的钱也不是好拿的，万一哪天公司转不动了，兄弟我走投无路的时候，我就带着手下的兄弟们去找黄志龙讨回我的150万，谅那个狗东西不敢不将款子退给我！"

杨积尔大吃一惊："表弟，你那150万早进了黄志龙的腰包，你哪有办法讨回来呢？"

祝龙彪狡黠地笑道："我早知道黄志龙不是什么好东西，当时我就留了一手，黄志龙找我索要150万回扣的事，我暗地里用微型录音机录了音，我有铁的证据，他如何抵赖得了呢？"

这件事虽然已经过去两年多时间了，可杨积尔依然记忆犹新，不料如今此事竟成了置黄志龙于死地的重磅炸弹。

第二天早晨上班的时候，杨积尔谎称有笔大宗业务必须亲自前去处理，给办公室主任魏沉默打了个招呼。魏沉默说派车送送吧，杨积尔说不必麻烦了，又不是很远，我顶多耽误一两天就回来了。

杨积尔直奔川渡县城表弟祝龙彪家中而去。

祝龙彪刚好在家。兄弟俩见面后十分亲热，先叙了一通家常话，接着杨积尔便开门见山地说明了来意。

杨积尔苦笑着说:"表弟呀,老哥有一件事求你帮忙来了,你不会见死不救吧?"

祝龙彪不以为然地说:"有什么大不了的事,说得这么严重?"

杨积尔说:"就是那年拿了你150万黑心钱的黄志龙,如今他想当行长,就拼命踩着我的肩膀往上爬。一旦他爬上去了,你老哥我就只有喝西北风去了。我实在受不了这窝囊气,就只好来找你这个大救星了!"

祝龙彪说:"老哥呀,我一不是执法官员,二不是姓黄的顶头上司,我能帮你什么忙呢?除了穷得有几个臭钱外,我可是一无所有啊!"

杨积尔说:"看看,你把老哥看成什么样儿的人了!我不要你的钱,我只是想向你借一件东西,用完后,就立刻还给你。"

祝龙彪说:"我当是什么大不了的事呢,原来你大老远地跑来,只是想借一件东西!老哥尽管开口说吧,你无论借什么东西,我都会借给你的!"

杨积尔说:"君子一言,驷马难追。你既已答应借给老哥,就不得反悔了哟!你手头上不是有黄志龙向你索要150万回扣的微型录音磁带吗?我就是来找你借这盘录音磁带的。"

祝龙彪沉吟了一会儿,有些犹豫地说:"老哥的事就是我的事。不过,此事千万要保密,以免引火烧身惹出祸端啊!"

杨积尔说:"这个请老弟放心,我自会倍加小心的!"

祝龙彪起身走进内室,从保险柜中拿出那盘微型录音磁带,郑重其事地交给了杨积尔。

杨积尔大功告成,喜滋滋地回到了楚江市。

杨积尔回家后,当即打电话告知宋进坚此事。宋进坚马上兴冲冲地赶到杨家，二人躲在书房里，连夜将录音磁带复制了三份。随后，二人精心炮制了三封检举信，连同录音磁带一起，装入三个信封，定好明天一大早就去邮局，分别挂号寄给省纪委书记、省城商银行行长和楚江市委书记。

正当黄志龙做着当楚江市城商银行行长的黄粱美梦的时候，他哪里想到半道杀出了程咬金，揭发他索取巨额贿赂的检举信已经满天飞舞了。

12

由于省纪委书记到北京参加全国纪检监察工作会议，而楚江市委书记此时则正好带着一帮人马到上海招商引资去了，因此，杨积尔和宋进坚寄出的那三封内容相同的检举信，省城商银行行长陈元彪最先收到了。

陈元彪阅罢检举信和听过录音磁带后，觉得此事非同小可，当即做出批示，责成省城商银行纪委和监察部严肃查处此事。

这时候，童条万刚刚由省城商银行人事处长提拔为纪委书记。他得到行长陈元彪的批件后，仔细阅读了那封检举信，并反反复复听了那盘录音磁带。他铁青着脸，愤然道："黄志龙这狗东西！这小子怎的这般不谨慎，捅下这么大的娄子，真是活得不耐烦了！"

童条万烦躁地在屋子里踱来踱去。他跟黄志龙是拴在一条绳子上的两条蚂蚱，深知不将此事尽快平息，迟早会连累到自己的。

思谋良久，童条万拿起了电话。很快，电话那端传来了黄志龙毕恭毕敬的应答声。

童条万在电话里将黄志龙好一顿臭骂，黄志龙只好忍气吞声。末了，童条万将那封检举信传真过去，并给黄志龙说了录音磁带的事。

黄志龙当即吓得冷汗如雨，他就像一条疯狗，在屋内窜来窜去，彻夜难眠。次日清晨，黄志龙用冷水洗了把脸，头脑顿时清醒了许多。他决定去川渡县城查查那盘录音磁带的来龙去脉。

黄志龙带着两个从社会上找来的打手抵达川渡县城后，径直找到了川渡县建筑公司总经理祝龙彪的驻地。

但是，祝龙彪全家已经人去楼空了。

原来，祝龙彪深知黄志龙心毒手狠，知道那盒录音磁带一旦曝光后，黄志龙一定会报复，甚至行凶杀人，因此已于不久前悄无声息地举家搬迁到南方一个发达的城市享清福去了。

后来，黄志龙终于从祝龙彪的邻居家中打听到祝跟杨积尔的亲戚关系。

黄志龙顿时心如明镜，他马上意识到这一定是杨积尔串通祝龙彪在暗中做了手脚。

黄志龙回到楚江不久，忽然得到内部消息，得知楚江市人民检察院即将介入调查此案，黄志龙彻底绝望了。

黄志龙眼露凶光，恶狠狠地盯着杨积尔的背影，狞笑道："姓杨的，你个老东西，坏了老子的好事，老子就让你不得好死！"

狗急跳墙的黄志龙完全失去了理智，他决定铤而走险，雇凶手干掉杨积尔。

于是，黄志龙暗地里花 15 万元钱雇到了一个外地杀手。

杀手将他的杀人计划告知黄志龙。黄志龙觉得无懈可击，就当下付给杀手 10 万元现金，约定干掉杨积尔后再付给他 5 万元。

黄志龙再三叮咛杀手，一定要干净利落不留尾巴。事成之后，立即远走高飞，偷渡到国外去。

果然，在一个月黑风高的夜晚，那名凶残的杀手寻机干掉了杨积尔，并将杨的尸体大卸八块装入麻袋，沉入了郊外一个池塘中。

　　杨积尔失踪一案，震动了楚江市。市公安局立即组织精兵强将全力侦破此案。不久，几名公安干警在郊外的池塘中找到了杨积尔的尸体，经法医鉴定，确定为他杀。

　　杨积尔被杀案，迅速引起了楚江市委、市政府领导的高度重视。市领导严令市公安局限期破案，彻查凶手并予以严惩。

　　大约半个月之后，追捕组在云南边境逮住了正欲越境外逃到柬埔寨加入国际贩毒集团的那名杀手。

　　杀手彻底交代了作案经过，并供出了受雇杀人的有关情节。至此，杀人幕后真凶黄志龙浮出水面。

　　这时候，省纪委书记已从北京开完全国纪检监察工作会议回来。他看到检举黄志龙的信件和录音磁带后，当即指示楚江市委迅速调查处理此案。

　　此时，楚江市委书记也刚刚从上海招商引资归来，他正好看到那封检举信和录音磁带，同时也知道了黄志龙雇凶杀人的暴行。当他得到省纪委书记的指示后，立即主持召开有市纪委书记和市公、检、法三家领导人参加的案情分析会，详细部署了有关秘密抓捕黄志龙的方案。

　　由于保密工作做得不严，有一个公安败类，就是那个城郊派出所所长——黄志龙的堂哥黄志虎，他得知了抓捕黄志龙的消息后，马上偷偷给堂弟通风报信。黄志龙闻讯，大惊失色，当即决定携款潜逃。

　　黄志龙高价雇了一辆出租轿车，连夜从楚江市出发，经哈尔滨，直奔中俄口岸城市绥芬河，企图从这里偷渡到俄罗斯，转道再去意大利。

　　大约四天之后的一个深夜，两辆警车悄然驶入了绥芬河一家旅馆院内。

　　数名警察推开三楼一间卧室，一拥而入，当场给正在酣睡的黄志龙戴上了手铐。

一名警官掏出逮捕证，威严地说："黄志龙，你雇凶杀人，被逮捕了！"当即喝令警员们将面如死灰的黄志龙押了下去。随即，两辆警车鸣着警笛，呜的一声绝尘而去。

黄志龙被捕后，不久即因谋杀罪和索贿罪，数罪并罚，终被判处死刑，剥夺政治权利终身。

经省公安厅和省人民检察院查明，省城商银行纪委书记童条万因与黄志龙一案有关，并同时犯有受贿罪和渎职罪，数罪并罚，被省高级人民法院依法判刑。这个曾经不可一世的政治流氓就这样成了阶下囚，到了他该去的地方。

那个给黄志龙通风报信的城郊派出所所长黄志虎，也同样受到了法律的严厉制裁，被楚江市人民法院依法判刑。

13

黄志龙被处决后，大约过了半个月时间，全省金融系统以"讲政治、讲作风、讲正气"为主题的"三讲"法制教育活动拉开了序幕。

鉴于楚江市城商银行的复杂局面，省城商银行党委决定派工作队进驻该行，督导全行开展"三讲"法制教育工作。

在楚江市城商银行法制教育工作动员大会上，省分行法制教育工作队队长郑重其事地说："同志们，我们要从楚江市城商银行发生的这一系列惨痛的案件中吸取经验教训。从宏观上说，这一切都是因为我们的金融干部不讲政治、不讲作风、不讲正气造成的。通过开展以'三讲'为中心的法制教育活动，我们要重新选拔一位德才兼备、符合政治条件的领头人，以带领楚江市城商银行走出低谷，渡过难关！"

台下响起了稀稀落落的掌声。

魏沉默无精打采地龟缩在角落里，并没有认真领会省分行法制教育工作队队长的讲话精神。他的脑海中不断地闪现着钱文部、欧阳锋、杨积尔、黄志龙等人明争暗斗、血腥搏杀的场景。他暗自感叹道：自然界的生存法则真是太残酷了！笼罩在楚江市城商银行上空的浓重阴霾何时才能烟消云散呀！

转眼之间，魏沉默做出了一个无奈的决定，他要退出这场残酷的官场竞争。曾经炫目的副行长光环，在他眼中陡然失去了意义。

魏沉默的隐退，使宋进坚这个野心家少了一块绊脚石。

这时候，楚江市城商银行的领导班子，已经名存实亡，确需换血调整了。

两个月时间转瞬即逝。楚江市城商银行的法制教育工作除了花费几万元招待费之外，基本上流于形式。唯一产生的实质性成果，便是确定了该行的一把手人选——就是那个老谋深算藏而不露的纪检委书记宋进坚，他即将被省分行任命为楚江市城商银行行长兼党委书记了。

那天，宋进坚和魏沉默等人去楚江机场送别省分行法制教育工作队一行之后，宋进坚意味深长地拍着魏沉默的肩头，假惺惺地说："魏主任，你当办公室主任都已十多年了，你是老资格了，只要我们拧成一股绳，你一定会有前途的。过几年我就要退居二线了，将来楚江市城商银行还不是你的天下！"魏沉默听出了宋进坚话中有话，但他只是淡淡地笑了一下，早已对这种变相的封官许愿提不起丝毫兴趣。

魏沉默盯着宋进坚沾沾自喜而又极其虚伪的神态，禁不住一阵阵恶心。

14

听说楚江市副市长蒲知高即将被降职交流到一个贫困县去当副县长的消息后，魏沉默决定去看看自己的老上级。

魏沉默独自来到蒲家。昔日这里门庭若市，如今却显得冷冷清清。蒲副市长人还未走，可茶就凉了，魏沉默禁不住感慨万端。

心情抑郁的蒲知高见魏沉默来访，连忙招呼他来到已显得凌乱的客厅里喝茶聊天。一通寒暄之后，蒲知高关切地问起了魏沉默的现状。

于是，魏沉默平静地讲述了近两年来楚江市城商银行所发生的一切变故。

蒲知高得知魏沉默在仕途上依旧没有丝毫进步，仍然当着那个倒霉的办公室主任时，沉默良久后说："小魏呀，人说天下乌鸦一般黑，而官场之黑远胜于乌鸦。当年我曾给你出了个主意，只可惜你利用官场之争从内部攻破敌人堡垒之后，并未穷追猛打。你只是坐山观虎斗，幻想乌纱帽会从天上掉下来，结果却一次又一次被更为阴险之人占了先机。小魏呀，你已错过了最好的升迁机遇。"

魏沉默连连点头称是。

魏沉默品了一口伍家台贡茶，又将宋进坚封官许愿，意图拉拢自己的事告知了蒲知高。

蒲知高城府很深地说："据我所知，宋进坚是个奸诈小人，卧榻之侧岂容他人酣睡？他是想利用你，你不要对这种人抱任何幻想！"

魏沉默问道："蒲市长，那我下一步棋该怎么走呢？"

蒲知高说："人挪活，树挪死。依我看来，小魏呀，你不宜再待在楚江市城商银行了，应设法跳出那个是非圈，以免城门失火，殃及池鱼。"

魏沉默说："其实我也是这么想的，只是犹豫不决，尚未最后拿定主意。"

蒲知高说："你应当机立断，切不可瞻前顾后。只可惜我如今即将被发配到一个偏僻的山区穷县，已经自顾不暇，实在没有办法帮你了。小魏呀，你就好自为之吧！"

魏沉默从蒲家出来的时候，已经繁星满天。深夜的冷风钻进他的衣领，他不禁打了个寒战。

眨眼之间，漫长的夏季就要过去了。那天，魏沉默下班回家，一个人走在空旷的大街上，忽然发现一枚枯黄的树叶从路边的梧桐树上飘落下来，魏沉默忧郁地凝视着那片凋零的落叶，暗自感叹道：一叶知秋，既然秋天已经来了，冷酷的冬天还会远吗？

百无聊赖、意冷心灰的魏沉默决定请几天公休假，在中秋节期间独自外出旅游散散心。

皇城故宫，苏杭胜景，五岳秀色，椰风海韵，这一切对魏沉默来说，早已没有了多大的吸引力。这次魏沉默选择了一条新开辟的黄金旅游线。这就是位于祖国版图西南部，处于当今西部大开发旅游热点的恩施大峡谷和比邻的利川腾龙洞。据说这两处旅游胜地峰奇洞美，山险水秀，古时常有神仙出没，颇有仙家境界，凡人到此一游，自会沾染许多仙气，驱散心头的阴霾，必然变得心胸旷达，乃至脱胎换骨。

15

中秋节前，魏沉默辞别家人，背着简单的行囊，独自踏上了旅途。

在三天的旅程中，魏沉默抛开一切烦恼，尽兴游览了奇峰耸秀、怪石林立、巍峨壮观的恩施大峡谷。他站立在大峡谷的绝壁栈道上，惊叹大自然的鬼斧神工；他来到奇峰"日天笋"下，欣赏朝天"一炷香"的雄姿；他游走在峡谷幽深的云龙河地缝，拍照戏水，流连忘返。晚间，他还满含激情地观摩了大峡谷风景区耗资亿元打造的山水实景剧——《龙船调》，他被实景剧惊世骇俗的大制作和龙船艄公与土司女儿的涅槃绝恋深深震撼。这几天他过得特别的开心，将自己完全融入了神奇的大自然之中，他的心灵得到了陶冶和净化。

三天之后，魏沉默抵达旅程的下一站——位于鄂渝边区利川市境内的腾龙洞，他决定在这里度过一个难忘的中秋佳节。

腾龙洞据称是中国第一大洞、亚洲第二大洞，堪与世界著名洞穴卡尔斯巴德洞一争高下。洞中有奇山秀水，奔腾的夷水清江穿洞而过，形成卧龙吞江的千古奇观。洞内雄奇险峻，空旷无比，可屯兵储粮，甚至可供直升机起降。美丽的钟乳石晶莹剔透，鬼斧神工，形成成百上千个奇妙的自然景观。洞中还有美轮美奂的激光秀和民族歌舞《夷水丽川》的大型现场表演。置身其中，顿觉天地悠悠、宠辱皆忘。

魏沉默游完腾龙洞，顿感自己的渺小，所有的忧愁随风飘散，有渐入化境的感觉。

魏沉默随着如织的游人走出洞口，信步向洞外山道上走去。走不多远，魏沉默被山道边的一个算命幡吸引住了目光，只见那幡上写道："指引迷途君子，提醒久困英雄。"那幡下坐着一个年逾半百的算命先生。魏沉默心念一动，意欲抽签算卦，打算去看看后半生的运程如何。

魏沉默走到算命摊子前，与算命先生打了个照面，当即吃了一惊，想不到这个年逾半百的算命先生不是别人，竟是原楚江市委副书记黄连举。

原来，黄连举由于钱文部一案受到牵连，因玩忽职守、用人失察而被开除党籍，免职罢官。这黄连举乃是一个脓包，毫无真才实学。被免职后，只好躲在这里以算命骗钱为生。

　　黄连举认出了魏沉默，神情颇为尴尬，但他到底是当官的出身，脸皮厚，很快就镇定下来，主动与魏沉默打起了招呼。

　　黄连举讪笑着说："这不是小魏吗？你怎么一个人游腾龙洞来了？"

　　魏沉默嘴角挂上了一丝嘲讽："哟，想不到在这里碰上了黄副书记，真是幸会幸会。您怎么当起算命先生来了？"

　　黄连举一脸沧桑地说："三十年河东，三十年河西，谁也料不到自己的运程。一切都是命中注定，又何必苦苦追寻？有容乃大，无欲则刚。小魏呀，那官场是权力场，是生死场，是火海刀山，有什么意思？还是当算命先生好啊！只是要当一个好的算命先生还真不容易呢，你看看，我这里的易经、八卦、九宫、推背图、孔明神算、麻衣神相，莫测高深，够我学到老，用到老呀。"

　　魏沉默调侃道："看来我还真是不虚此行呢，想不到有缘在此碰上您这个神算。那么，就请您给我算算下半辈子的运程吧！"

　　黄连举煞有介事地看了看魏沉默的骨相和面相后说："小魏呀，我看你尘缘难断，官运难了，后半辈子还会升大官发大财呢！"

　　魏沉默说："这唯心和唯物的界限，还真是难以找到准确的分界线哩。您说我还要升大官，可是我自己却早已死了当官的心，官从何来呢？"

　　黄连举说："这就是辩证法。你想当官的时候当不了官，你不想当官的时候，老天爷却偏偏要你当官！"

　　魏沉默说："看来您这是在奉承我。您给我算的命呀，那是彻底算错了。实话跟您说了吧，我已打定主意，不在楚江市城商银行干了。我准备跟您一样自谋生计。"

　　黄连举说："跟我一样当个算命先生，那有什么出息？"

　　魏沉默说："我可不会当算命先生。我准备近期就回银行辞职并买断工龄，然后自谋生计，天马行空，活个自由自在！黄先生，告辞了！”

魏沉默说罢，从皮夹子里抽出一张 100 元面值的大钞，冷笑着递给黄连举，转身走了。

黄连举贪婪地抚摸着那张崭新的百元大钞，十分惋惜地自言自语道："小魏可真是一个难得的人才呀，可惜被埋没了。要是我黄某还在楚江当市委副书记的话，我一定会提拔重用他！"

黄连举久久地凝视着魏沉默渐渐远去的背影，直到他化作一粒微小的尘埃，在山那边落了下去。

这时候已是傍晚时分，暮色渐浓，氤氲的晚岚从腾龙洞脚下的山麓冉冉升起并四处弥漫开来，那洞顶上明晃晃的巉岩和周边诡异的峰岭，在平缓流过山麓的夷水清江的映衬下，恍如海市蜃楼。魏沉默回过头来，深情地远眺暮色中若隐若现的腾龙洞，心中五味杂陈，百感交集……

蜜　橙

杨胜应

1

十一月，蜜橙成熟。流萤辞去在县农业局上班三个月的工作，回到家里等长庚上门提亲。三年恋爱，长庚不知多少次说到结婚。流萤听着不腻，愈加感到满足和幸福。她不止一次憧憬未来。阳光下，她和长庚带着孩子，在田坎上散步，在丛林湾采摘蜜橙，或者是在刀背梁放羊、流水溪洗衣服、游泳。谁说城里人和农村人不同？长庚就没有明显区别。阳光，诚实，有理想。要是他带着丝毫城里人对农村人的不屑，流萤绝对不会和他交往。长庚不仅仅嘴上说，还打算付诸行动。婚后，他将跟着流萤留在她老家荒山村，凭着他们在农大学到的本领，做一番大事业。

月光透明，灯光摇曳。带着木雕的窗前，流萤坐在书桌边想着。能够遇到长庚是自己这辈子最大的幸福。流萤渐渐被长庚高大、英俊的身影迷住了。身后小门被人推开，流萤的母亲珍珠轻轻地走了进来。年逾五十的珍珠，个子高挑，虽然皮肤粗糙，但面部的轮廓证明着她年轻时的美貌。要不如此，怎么可能生出流萤这美貌如花的女儿呢？萤儿，想什么呢，如此入神？珍珠轻轻地说。流萤吓了一跳，连忙起身摇头说没什么。随即问母亲什么事，这么晚了怎么还不睡。她不想让母亲看出她脸蛋上的绯红和做贼般的心思。妈，明天要去丛林湾采蜜橙，你都说两遍了，我都记到心里的。保证按时起床。流萤以为珍珠是来提醒她早点儿睡觉。明天还要早起。珍珠是过来人了，哪里看不出流萤的神情。她内心直打鼓，难道女儿处对象了？不对啊，要是处对象了怎么从来没有听她说呢？要是真处了事情就难办了。她今天已经答应二妹代红星村唐刚他妈说媒。要是反悔，可就落了乡亲们的口舌。要了一辈子面子的珍珠怎能接受。萤儿，你是不是有什么事情瞒着我们。珍珠试探地问。没有。妈你想多了。流萤赶紧说明。瞧你魂不守舍的样子，你是不是处对象了？珍珠追问，她得弄清楚，要是流萤真的处对象了，她也只好回拒唐家的说媒。妈说什么呢？我还这么年轻。流萤有些底气不足，但还是隐瞒事实。她想给父母一个惊喜，提前说了惊喜就没有了。真没有？珍珠暗喜，面露微笑。真没有。我保证。流萤也笑了。大学都毕业了，也该处对象了。珍珠嘀咕着。妈有个事情要和你说。明天用不着你去采蜜橙，你和我去红星村一趟。珍珠说到这里就断了话。她得通过流萤的表情来揣度对方的心思。去红星村做什么？流萤不解。眼下正是蜜橙采摘时刻，镇上来了许多外地收购商，可以卖个好价钱，虽然她家的蜜橙不多，但也不应该错过这机会。你还记得唐刚吧？你初二时的同桌。唐刚？那个整天挂着鼻涕的家伙？流萤说到这里笑了。十三岁的唐刚，还像个六七岁的小孩，鼻涕不断。流萤和他同桌，经常奚落他。不过，唐刚只和她同桌一学期就转去了县城一中。两人从此失去了联系。妈，你说他做什么？流萤脑瓜子很快转过来，疑惑地看着珍珠。记得就好，记得就好。他早已不是那鼻涕娃了。如今和你一样大学毕业，在县规划局工作，哪像你……珍珠说。妈，你还是说重点吧。流萤害怕珍珠扭住她辞职回村创业的事不放，絮絮叨叨的她都听得两耳长茧了。我答应你二姨代唐刚他妈向你说媒。明天和我去一趟，你们见见面。如果不满意，也不勉强。珍珠解释着。不行。流萤哪里知道老妈会说相亲，她毫不犹豫地拒绝。这都什么年代了，还流行这一套。只是见见面，又不是立刻拍板。要是不同意，我可不替你在你爸面前说好话。珍珠拿出撒手锏。流萤顿时气馁了。如果没有老妈说好话，以父亲那顽固守旧的思想，绝对不可能让她留在老家。怎么办？就是见见面，应该问题不大。但是长庚知道了会生气吗？先和长庚商量商量吧。流萤做出决定。她道，妈，这相亲的事情，可否容我想想？明天早上回复你。流萤撒娇似地看着珍珠。珍珠爱怜地没有多说。从流萤的表情她已经看出女儿动心了。好。珍珠说完，便转身离开。

她和长庚的事情一直没有跟家里说，本想给二老一个惊喜。谁料惊喜没送到，"惊恐"却先来了。该如何向长庚开口？她此次单独回家还有个任务，长庚要她向父母提前说明。要是长庚知道自己还没有说，会不会多想？要是没有这出相亲的戏，长庚自然会理解。但计划赶不上变化。该怎么办呢？小屋内流萤来回踱步。刚才美好的景象完全被突如其来的事驱散。时间流逝，流萤相信长庚会理解她。毕竟她是好心。电话拨过去，自动叫停。再拨过去，还是叫停。第三次响了两声，电话接通。喂，长庚。流萤有些委屈。长庚还是第一次呼叫几遍才接她电话。萤萤怎么了，怎么这么晚还不睡？我都睡着了。长庚美梦被吵醒，很轻柔地问候着。流萤便把发生的事情向长庚全盘说出。长庚沉默了几十秒，最终同意了。流萤激动得抱着电话嗯嗯地亲了好几个。征得了长庚的同意，流萤却难以入眠。脑海里不断发出有关唐刚的信息。她十分好奇唐刚转学后的一切。他会不会很帅呢？和长庚比起来，到底谁更有魅力？迷迷糊糊的，流萤总算睡了过去。梦中，流萤感觉到一个年轻人始终跟着她。她往什么地方去，对方便跟到什么地方。流萤觉得自己遇到色狼了。她想叫，但叫不出声来。她想快步跑，但就是迈不动步子。焦急、担心、惶恐，让流萤陷入绝望。但那男子始终和她保持一定距离，像保镖，又像路人，始终没有对她做出任何出格的事情。反倒对她十分关心，但又只限于远远地传递着那种可以依靠的感觉。

2

　　红星村与荒山村比邻。唐刚家与流萤家蜜橙栽植地丛林湾相隔两里地左右。第二日清晨，迷迷糊糊的流萤被叫了起来。匆忙洗漱，连淡妆都不着的流萤便跟着上路了。流萤并不是不喜欢化妆，偶尔还是会淡淡地化一些，这样可以彰显她的美貌。但不想相亲成功的她连没有休息好双眼出现的黑眼圈都懒得遮掩。

　　一路上珍珠都在念叨着唐刚的好。流萤一句都没有听进去。她完全被沿路的风景吸引了。亮堂的水泥路无限延伸，尽头总在茂密的丛林处，给人柳暗花明又一村的感觉。路两边的土地栽满蜜橙和蓝竹。碗口大的蜜橙挂得满树都是，阳光下，漫山遍野闪动着金色的光芒，宛如天上的星星，一夜全落在了地上。高大挺直的蓝竹，下面光秃秃的，像列队站好的士兵，而上面茂密青翠的叶子，风一吹就沙沙地响。优美的曲调宛如天籁之声。太美了，这正是流萤一直梦想生活的地方。她更加坚定了回家创业的想法。

　　蜜橙是凤鸣镇的支柱产业，每年都给镇上带来很好的收益。经过七八年的发展，如今的凤鸣镇村村都种上了蜜橙。最近两年，镇上大力招商引资，据说，一个台商已经决定在镇上落户，投资兴建饮料加工厂。这无疑是一个好势头，把蜜橙加工成饮料等产品，老百姓的收入将会进一步提高。虽然整个凤鸣镇产业发展好，但荒山村步伐不齐。这让在农业局上班的流萤很闹心，她要回家创业，带领乡亲们一起致富。荒山村所种蜜橙是镇党委政府领导下达任务指标才选择种植的，种植面积还不到全村土地面积的三分之一。青壮年劳动力流失严重。

流萤相信，在她和长庚的努力下，荒山村一定能从后进村变为先进村。他们已经规划好了，要发动所有村民，能够种蜜橙的地方全都种上，不能种的荒地、坡地、山地全都种上蓝竹。蜜橙可以卖给饮料加工厂，蓝竹可以做成凉席、竹篮、竹椅等生活用品。

一个小时后，流萤和珍珠到了红星村。红星村是全镇典型的新农村示范点。小洋楼三三两两的依山而建、错落有致，再加上门前屋后种植的蜜橙、蓝竹等果木，房屋和果木相映成趣。流萤越看越爱。大姐你们来了？村口，二姨已经等候多时，见她们出现了老远就朝她们招呼着。二姨嫁在红星村十多年了。当时外公一家全部反对，连已经外嫁的珍珠也反对。那时候的红星村没有通村公路，收入微薄，是全镇最差的村。但二姨还是坚持嫁了过来。如今的日子过得很好。说实话，珍珠有些嫉妒和羡慕。但想到自己家虽然破败一些，毕竟送出了一个大学生，她就不再多想。在当地，能够送出大学生的家庭，绝对是乡亲们称赞的家庭。流萤因为长年在外读书和二姨显得生疏。但礼貌不能少，流萤笑了笑算是回礼。真是女大十八变，小萤越来越好看了。也不知道唐家二小子有没有福气。二姨乐呵呵地说着，一个劲儿地盯着流萤看。上身穿着长袖，外加一个披肩，下身穿着七分紧身低腰牛仔裤，把流萤的身材毫无保留地展现了出来。前凸后翘，十分惹眼。流萤本不喜欢这样的打扮，但和长庚认识后，长庚喜欢她这样穿着，她渐渐就习惯了。三人寒暄了一会儿，便转身朝唐刚家走去。唐刚家在村西头，比较偏僻。

红星村建设得不错，但也只是部分相对集中的村民。像唐刚家那样偏远的农户并没有纳入到集中居住的规划范围。按照镇党委政府领导的意思，如此偏僻的地方没人来看，搬不搬迁，无伤大雅。唐刚家还是砖木结构的老房子，被风雨侵袭得厉害，很残破。没有人不想住好房子，但要送唐刚读书，唐刚的父亲唐明举和母亲蓼兰有心无力，只能凑合。但唐家并没有因此被大家瞧不起。唐刚是全村第一个考上大学的。有他的光环，谁会看扁他们？如果不是因为流萤也是大学生，而且也在县里工作，蓼兰怎么可能托人向杨家提亲？转过几个弯道，下了几道缓坡，穿戴整齐，等候在岔路口的唐家四口人进入三人眼里。如果换了别的女子，蓼兰肯定没有这份诚意，但想到名声不亚于自己儿子的流萤，蓼兰很热忱。她不但要全家到路口等候，还把屋子收拾得干干净净，水果和中午待客的食物也已准备妥当。素来小气，目空一切的蓼兰，她今天的行为让全家人刮目相看。特别是唐明举，好像再次深入认识了自己的女人。大家都没有说什么，毕竟在唐家，真正有话语权的不是唐明举父子，而是蓼兰。蓼兰说什么，做什么，全家没有谁敢反对。

本该唐家去人到杨家拜访，但流萤二姨自作主张，定为唐家。她这样做有几层意思。一是招待的开销可以替杨家省了；二是杨家也可以顺便看看唐家家境；三是也想看看唐家态度是否真诚。虽然她喜欢做媒，但这次是自己的亲侄女岂能马虎。再说，她这样安排，玲珑的流萤肯定会明白，何况，能够给红星村第一个大学生和荒山村第一个大学生牵成连理，一旦事情成了，她在全村的面子就更大了。

看见唐明举、蓼兰、唐强、唐刚一家四口穿戴整齐，宛如过春节般的庄重和喜悦，流萤二姨备感舒畅，笑得仿如花朵绽放，人没到笑声已至。流萤却不为所动。她偷偷地察看着唐刚家的情况。一眼扫过，唐家的情况便尽收眼底。整体印象还好，唐刚显得有些木讷、羞涩，头老是低着，不敢正眼瞧她，和读书同桌时没有什么两样。至于唐刚的大哥唐强，则赤裸裸地盯着流萤上下狠看。毫无保留的目光，仿佛看穿了衣服包裹中流萤的丰满的身体，让流萤很反感。在唐家人的热情招呼下，几个人进入了唐家的堂屋。唐家确实够贫穷的，屋内没有一件值钱的家什。好在这些家具干净，毕竟贫穷不是终身的，富裕可以随时争取。流萤暗自评价着。唐家是一字排开的五间砖木结构老房。一头是厨房，一头是厕所和柴房，中间是堂屋，也就是客厅，紧靠堂屋的是两间卧室。流萤好奇他们一家四口人是怎么住下的？唐刚父母睡一间，剩下的两兄弟应该是同住一间房。

因为是两人的相亲见面，饭后不相干的人纷纷托词离去。二姨回家喂猪，珍珠去丛林湾摘蜜橙。唐明举则拉着蓼兰上山，唐强本不打算走，但被出门没有几步便返回来的蓼兰强行拖走。堂屋内，流萤和唐刚陷入了沉默。流萤好奇地看着坐在对面低头的唐刚。唐刚确实不错，样貌清秀，有才华。如果不是因为心里有了长庚，她倒乐意与这样的人相亲。特别让流萤内心触动的是唐刚的身材和昨晚梦境中的奇怪男子有些相似。她当然知道，不可能是他。自初二分别后，她这是第一次和唐刚相遇。流萤见他如此羞涩，忍不住想要打趣对方。微笑着的流萤道，唐刚，我不好看吗？唐刚连忙摇摇头。为何低头不看我呢？我，我……唐刚一阵结巴。看来你还没有长大啊，还是那鼻涕不断的小男孩。流萤说到这里忍不住扑哧一声笑了出来。不是。唐刚脸红脖赤地抬起了头。流萤见好就收。毕竟没有人愿意提起以前被大家奚落的事情。喜欢我吗？流萤身子朝隔着的桌子靠了靠，上身趴在桌上，36C罩杯的乳房被挤得更饱满、圆润。唐刚脸更红。刚刚抬起的头瞬间低得更低。流萤明白，凭魅力，对方肯定心动。不逗你了，实话给你说吧。答应来见你，是我想留在老家创业，但父亲不同意，我得靠我妈说好话说服我父亲，这才作为条件和你见面。至于我们能够牵手，你就别想了，我已经处了对象，他在县农业局上班。过两天就会来我家提亲。知道吗？他愿意和我一起回家创业，换是你做不到吧？流萤一口气地说了许多，说到情深处，充满柔情。

慢慢抬起头来的唐刚看得痴呆了。唐刚确实喜欢流萤，初中同桌的时候就喜欢。久违的感情再次冒出，他很激动。他不知道该怎么办。

自己喜欢的女人已经有对象了，自己没有了机会。如今的流萤更加让他迷恋了，成熟、妩媚，却又带着活泼可爱。难道自己真的就没有机会了吗？唐刚内心十分不甘，但又无可奈何。流萤越说越有劲，唐刚越听内心越烦躁。必须得控制，唐刚去厨房喝了一口凉水，凉水进入身体，让他烦躁的心很快平稳了过来。

　　再次回到座位，平静下来的唐刚死死地盯着流萤看，时不时地用目光在流萤露出来的乳沟上扫射几眼，又快速地移开。面带笑容，仿佛一个真诚的听众。或许说得累了，流萤便不再一个人说，而是询问起唐刚的生活。俩人渐渐进入了正常的交流中。说到了分开后的情况，说到了将来的生活。甚至都真诚地祝福对方能够永远幸福美满。俩人谈得甚欢的时候唐强回来了。他走到门口，见俩人交谈甚欢，便掉头又离开了。不过，并没有走远，而是去了门前不远处的蜜橙林地里。他随手摘了一个，剥开就吃了起来。吃得很慢，目光游离，也不知道在想什么。

　　时间飞快流逝，流萤见已是下午两点，她便起身告辞。唐刚说送她回家。流萤拒绝了。流萤并不打算回家。她得去丛林湾帮父母摘蜜橙。唐刚有些失落和不舍，但还是转身回屋了。回屋后他开始收拾行李，想停假回去上班。唐强再次回到屋子。他看了唐刚一眼，便去柜子翻找东西。随后翻出一套上山干活穿的破旧衣服换上。一句话也没有说，再次离开了。唐刚本想和唐强说几句，但见唐强没有和他说话的意思，也就算了。从小俩人就不怎么和睦。唐刚性格温和，唐强刚猛好胜、游手好闲、无事可做，经常和人打架斗殴。这次他还是在县城混迹多年以来第一次听话地按时赶回。

　　流萤从唐刚家离开后慢慢朝丛林湾走去。她只要翻过一道山梁就可以看见自家的蜜橙林地。这山梁道路崎岖，丛林密布，荆棘横生，流萤的穿着让她不得不小心。爬到梁顶，流萤坐在草地上休息。刚坐下，便听见有人快步上山。这里是红星村和荒山村的捷径。在这收割季节，有村民过路很正常。流萤没有在意，她起身准备遥看自家蜜橙林地。突然，一个人飞快地跑了过来。流萤被一只大手捂住了嘴巴，并被对方紧紧贴身抱住。流萤想叫叫不出声，便使出浑身的劲挣扎，但没有用。那人拽着她往密林丛钻。小腿传来阵阵划伤的疼痛。流萤内心充满恐惧。她已经感觉到接下来自己将会面临什么遭遇。那人似乎对这地方很熟悉，很快就来到一处空地。那人用力在流萤的脖子上拍了一下。流萤只感觉到两眼冒金星，头晕目眩，浑身软了下来。那人把流萤放在地上，摸出一个胶布，把流萤的嘴巴和眼睛封住，再用胶布把流萤的双手反绑在身下。随后，那人脱掉了自己的裤子，又脱掉了紧紧贴身穿在流萤身上的七分低腰牛仔裤。那人看到流萤的洁白的卡通内裤有些惊讶，但很快就被流萤洁白的皮肤、充满弹性的双腿和神秘浓郁的倒三角迷失。那人猴急地扑向了流萤。她顿时叫了起来，却发现声音只在喉咙里转动，接着发现自己双手紧紧地被绑着压在自己身下，双眼也被什么东西死死的封住，眼睛虽然看不见，她却知道发生了什么事。她顿时绝望了。疼痛、屈辱和绝望让她意识模糊。十多分钟后，那人扬长而去。整个过程，除了下身强烈的疼痛，流萤只记得对方兴奋到顶点时，用牙狠狠咬住她的右肩，发出含糊不清的雄性的声音。

3

第二天流萤在刀背梁被人强暴的消息就散播开了。珍珠像个泼妇，到处臭骂那些胡说八道的人。信息传播得很快，逐渐成为乡亲们茶余饭后的话题。流萤终于明白了什么叫流言如刀。她不仅仅身体遭受创伤，心灵的创伤更深。她想到了死。珍珠把自己也关在屋子里，哪里也不去。整日落泪叹息。饭也没有人做，更没有心思吃，蜜橙也没有心思采摘。

几天一晃而过。这天上午。流萤早早起来，开始梳妆。并翻出从县城新买的那套红色衣服穿在身上。流萤等待着长庚的到来。大约十点钟长庚来了。珍珠开的门。见是一个陌生青年，她有些惊诧。长庚很冷静，他开口叫了声阿姨，说是来找流萤。流萤闻声走出了小屋。长庚说，我已经知道了，我们分手吧。长庚的话宛如惊天大雷。把流萤轰得昏死过去。

已回城上班的唐刚在半个月后才知道流萤被强奸的事。他惊呆了，深深的自责让他疼痛万分。他假也不请就打的往家里赶。一路上他都在想着，只要流萤愿意，他娶她。

得知唐刚要来看她，流萤拒绝了。二老本来对唐刚也有些怨言，当初要不是因为去他家见面，或者唐刚坚持送流萤回家，一切都不会发生。但看着唐刚真诚的态度，善良的二老心软了，特别是唐刚保证说，只要流萤愿意，他就娶她，这很宽二老的心。

把唐刚放进来。二老就离开了。但流萤并没有让唐刚进屋。唐刚的真诚，没有打动流萤死寂的内心。但说得多了，久了，流萤内心有些动摇。真的，唐刚要是真心愿意，不嫌弃她，她有些冲动想答应。唐刚是一个男人，而且是一个前途大好的男人。她不想因为她这样的祸水让唐刚的将来变得晦暗起来。唐刚如今的表现很男人，再也不是羞涩的小男孩。

但流萤没有肯定的答复。

唐刚知道，这事情不是瞬间能够解决的，他决定用时间和行动来感化流萤。唐刚转身离开了，他决定辞职回家创业，来陪伴流萤，让流萤感受他的真心。看着唐刚毅然转身离开，流萤知道唐刚说得到做得到。她有些冲动，真想冲出去抱住对方，哭泣着答应他。但最终还是忍住了，只流下两股泪水。流萤脑海里全是唐刚离去时，说要辞职陪她在家创业的肯定声音。这让流萤充满希望。

院外站着的二老一字不落地听了去。二老不相信唐刚会为了流萤辞职。看着唐刚毅然离去的背影。二老在内心默默祷告，希望唐刚说的是真的。

第二天，唐刚辞职回家的消息传到了杨家。带来消息的是蓼兰。面对蓼兰气势汹汹上门寻事，本就恼火的珍珠十分不满。二人当场就吵了起来，半斤八两，吵得不可开交。二人骂得很惬意，可把流萤气得不行。因为蓼兰太恶毒了，什么话伤人就骂什么话。比如，你们流萤什么东西，在没有出事之前就已经和别的男人睡过觉，她是个不要脸的女人，早就是破鞋了，活该倒霉等等。还说，流萤那穿着打扮，就是故意招惹色狼的。这样的话流萤难以忍受，她只得强行把珍珠拉了回来，任由蓼兰叫骂。蓼兰没了对手，只好怏怏而走。蓼兰离开后，杨家陷入沉默，悲伤充斥着屋子，谁也不说话。良久，平息下来的流萤觉得一阵恶心，忍不住干呕起来。二老吓了一跳。问流萤什么地方不舒服。流萤摇摇头，有些迷茫。珍珠顿时想到了一个严峻的问题。难不成怀孕了？她被自己的想法吓了一跳，要是真怀孕了，事情就糟糕了。珍珠把流萤拉进了小屋。面对脸色不对的珍珠，流萤有些不解。孩子，你，你可能怀孕了。流萤顿时愣住了，目光呆滞，怀孕这个词让她惊悚。也不一定，我只是猜测。不要担心，我去医院买几张试纸。珍珠急忙说。她害怕流萤再次被伤害。珍珠离开后流萤的思绪顿时扩散开。她在大学的时候就意外怀孕过三次。每次都让她饱受惊吓，特别是下身被冰冷的铁器撑开，再被冰冷的铁器肆无忌惮的搅动，捣鼓，那种刺骨的疼痛让她浑身颤抖。在第三次堕胎的时候，医生严肃地警告她，下次再怀孕，不可以人流了，否则以后再也当不成妈妈。记得每次怀孕都会出现恶心、干呕，难道自己真的怀孕了？流萤顿时陷入焦虑当中。珍珠很快就买回来试纸，经验证，确实怀孕了。流萤呆住了，该怎么办？这个孩子肯定不能要。但要是再次选择人流，以后自己就有可能怀不上了。这该如何是好？流萤怀孕让二老也陷入了焦虑当中。要是被乡亲们知道，更不得了。最好的办法就是赶紧找个人家把流萤嫁出去，希望隐瞒住。这节骨眼儿上去什么地方找个合适的人家嫁出去呢？对于流萤的情况，周围的人们都知道得一清二楚。想要短时间内嫁出去根本不可能。二人对视了一眼后，心有灵犀地想到了唐刚。对，就是唐刚。他的决心和行动让二老看到了希望。珍珠决定亲自去找唐刚。动之以情，只要能够接受流萤，对方无论什么要求他们都愿意尽力满足。唐刚自从辞职回家后，并没能够顺利地进行计划，回到家就被限制了自由。二老轮着给他做思想工作。珍珠想见唐刚根本不可能。也不知道唐刚什么时候能够自由。

　　二老内心难以安定，决定双管齐下，迅速找媒婆物色可以接受的男方。经过几天的折腾，媒婆找了好几家，结果别人一听是流萤直接摇头拒绝。没有媒婆愿意给他们家做媒。杨林山想到了村长杨林波，求他帮忙。杨林波，四十出头，左腿略有伤残，走起路来一颠一簸的。十年前结过婚，残疾后老婆便带着孩子改嫁了。当杨林山找到村长说明来意以后，杨林山被村长骂得狗血淋头。说，现在都什么时代了，还那么守旧。村长是杨林山的隔房堂兄，为人正直，仁义。对于流萤的遭遇他十分同情，也知道唐刚的事情。他决定亲自去红星村唐家走一趟。有村长出马，杨林山悬起的心稍微放下。

4

　　村长虽然主动担起牵线搭桥的责任，但在杨林山离开后他就有些后悔了。这不是平常的小事。他和红星村村长唐世才通过电话后，探了探对方的口气，对方说他就不该管这事，说不定事没有办好，反倒惹人嫌。村长就更加后悔了，但是说出去的话犹如泼出去的水，是不能收回来的。他是村长，也是流萤的伯父，在这事上不能退缩。这只能怪他一时冲动。之前蓼兰在杨林山家的泼妇表现他没有亲眼见过，只是道听途说，所以并没有在意，收拾泼妇他是很有办法的，只是听了唐世才的话之后，他才知道蓼兰到底有多么的厉害。那个被守旧思想毒害的老女人，什么都豁得出去，蛮横无理。自己敢去唐家，那女人就敢把自己赶出来。说不定还会给自己泼脏水。但村长还是相信自己有耐心、有能力解决这件事情。

当天下午村长便行动了。他并没有直接去唐家，他去了唐世才家。他得让唐世才分担一点儿。毕竟唐世才在红星村做了十多年的村长，蓼兰再蛮横，也会给他一些面子。唐世才有些支吾。别的女人还好说，这蓼兰还真让他有些畏惧。俗话说，坏人好做，小鬼难缠。蓼兰就是这样的小鬼。一旦招惹，那就是无休无止。见唐世才犹豫，杨林波就不干了。用话刺激对方。唐世才在全镇当村长的时间最长，最见不得别人说他处理不了村里的事情。杨林波三两句话就让唐世才牛气涌现。

唐世才牛气哄哄地带着杨村长朝唐家赶去。老远就看到蓼兰在院子里晒苕粉。白花花的苕粉正被蓼兰摊开在薄膜上。嫂子，晒苕粉啊？唐世才笑呵呵地打着招呼。哟，村长大人，什么风把你吹来了？蓼兰直起身，笑呵呵地回应着。眼光却是看向杨村长的。杨村长是个陌生人，她心生警惕。两手在围裙上擦拭了下，并没有让二人进屋。听说唐刚回来了，在家吗？唐世才边说边往堂屋走去。唐刚在县城上班啊，没在呢。你有什么事情给我说一声，我转告他。蓼兰脚步一横，挡在了面前。唐刚，唐刚。唐世才张嘴就大叫。哪个？唐刚闻声应道。唐世才盯了蓼兰一眼，明显说，你竟然骗我。蓼兰并没有畏惧，反而是脸色刷的变了，声音也冷了。村长，唐刚身体不舒服，你就不要去打扰他了。有什么事以后再说。蓼兰，你这样做就不对了，我找唐刚有正事，你拦着我做什么？唐世才有些生气，沉声道。见唐世才生气，蓼兰也不敢过分。得罪了唐世才，以后的低保就很难弄到了。好吧，但是我希望你不要说与村上无关的事，特别是与荒山村有关的。蓼兰很直接，她可不想等唐世才说出来了才反对。好，满意了吧？唐世才内心暗笑，等见面了我想说什么，你还管得了吗？蓼兰打开锁着的门。唐世才有些生气，指责蓼兰。你这是搞的哪出戏，怎么把唐刚锁在屋里，这是犯法你知道吗？不要以为他是你儿子就可以为所欲为。你这样的行为已经侮辱到村上的形象，小心我告你。村长，瞧你说的。锁门也犯法？我还是第一次听说，你就别蒙骗我这老太婆了。有什么事情赶紧说，我还要带着唐刚去看病。蓼兰说完进了唐刚的屋子。屋内有两张小床和一张旧抽屉桌及两个布制的衣柜、三把木椅子。此外再没有别的家具了。地上坑坑洼洼，不小心走路都会摔跤。墙壁上贴有海报和几张妖艳的女星的画像，海报和画像都泛黄了，但依然可以看出那些画像上人物的妖艳和裸露。唐刚神色不好，衣服皱巴巴的，头发乱糟糟的，哪里有当初意气风发的样子。叔，你坐。唐刚礼貌地招呼。唐世才没有坐，看着蓼兰说，嫂子，你去忙吧。我单独和唐刚说几句话。不行。蓼兰咋咋呼呼的。这。唐世才没有料到蓼兰的反应这么大，像吃了火药。妈，你先出去吧。叔找我肯定有正事要办，都是村上的事，你不能知道。唐刚见过杨村长，知道对方是荒山村的村长，自然就明白对方的来意了，便对蓼兰解释。不行，这是我家，要谈公事去村委会。蓼兰一屁股坐在椅子上，一点儿没有离开的意思。妈。唐刚有些无奈。住嘴，你还知道我是你妈。我生你养你，供你读书容易吗？你现在长大了，翅膀硬了，嫌弃我了不成？蓼兰竟然流泪哭诉起来。三人手忙脚乱。妈，别哭，要留下就留下吧。唐刚道。毕竟在蓼兰家里，唐世才虽然是村长，也无权赶别人走。他也不招呼杨村长坐。看着唐刚只说了一句话。这是荒山村杨村长，替杨林山来说媒的，如果愿意，给对方一个答复。什么，好你个唐世才，你当老娘的话是放屁？蓼兰一听，气呼呼地站起来，作势向他扑过去。唐世才冷冷地看了蓼兰一眼道，注意态度，如果你再这样，小心明年的低保没有你家。蓼兰的气势瞬间减退，但很快就恢复了。唐世才，休想要挟我。低保我不但要，现在我还要把你赶出我家。说完就在屋子找扫把真打算赶唐世才。唐刚见状，无可奈何。只好对唐世才说，会尽快给对方答复。唐世才见机转身就离开了，走出百多米还听见蓼兰追出来骂骂咧咧的声音。一路上唐世才和杨村长都很沉默。唐世才无奈地笑着告诉杨放心，唐刚答应的事情，他一定会做到。

唐世才二人离开了，蓼兰拿着扫把命令唐刚坐在椅子上。唐刚只得坐下。儿啊，就算我求你了，辞职的事情我可以不管，但流萤的事不准答应。凭你的才干想娶什么女子娶不到手？为何非要喜欢流萤那破鞋？妈，不准你这样说流萤。唐刚眉头皱了下，有些生气。什么，敢吼你老娘，谁借你的胆子？是我在说吗？是我一个人在说吗？整个镇的人都在说，你叫我不说，你去叫别人不说啊？蓼兰气得想给唐刚几扫把。但唐刚毕竟是自己最疼爱的儿子，她忍住了。妈，别人说是别人的事，我不允许你说，这辈子我就认定了流萤，你休想把我们分开。你，你这个混球你想气死我啊？蓼兰扔掉扫把，一屁股坐在地上伤心地哭泣起来。唐刚伸手去牵她，牵不动，反倒刺激了蓼兰，蓼兰干脆躺在地上。唐刚无奈，他知道自己母亲的德行。干脆不再劝阻，也不再伸手，起身快速离开了。蓼兰没有想到向来温顺的唐刚会不顾她的死活转身离开，爬起来就去追。一人追，一人跑，顿时引起了许多村民的注意。大家都不知道唐家发生了什么事情。但隐约知道肯定和荒山村的流萤有关系。关于唐刚为了流萤辞职的事情，早已经传播开了。

年迈的蓼兰自然追不上唐刚。唐刚很快就消失在了蓼兰的视野中。蓼兰并不气馁。她气呼呼地转身去了村委会。唐世才不在，她又掉头去了唐世才家里。唐世才刚进门。蓼兰扭住他就不放，死缠烂打的要唐世才给一个说法。唐世才气得冒烟。还好老婆在家。老婆见势不对，找了几个村妇帮忙把蓼兰拖走了。蓼兰气得乱吼乱叫，还动手乱抓乱扯。蓼兰被几人拖到村口才放开。见几个女人没有离开的意思，蓼兰干脆转身往荒山村赶去，她要大闹杨家。

其实唐刚并没有跑多远。他偷偷地藏在村口的一片蜜橙林内。他知道自己母亲的脾气，不达目的誓不罢休。既然她坚决阻止自己和流萤在一起，自己必须得采取非常手段。他趁母亲去找唐世才的时候再次返回家里。他想把户口本取出来直接去找流萤把结婚证办了。有了结婚证，就得到了法律承认。至于婚礼可办可不办。当然，要在红星村继续生活下去，婚礼肯定是要办的。到时候再想办法，走一步算一步。出生于五十年代的蓼兰根本就不知道户口本对于结婚的重要性，也没有想到唐刚会来这样一手，所以户口本还是放在老地方。唐刚轻松地就拿到了，然后抄近路，从刀背梁往流萤家赶去。到了流萤家和流萤父母说了自己的意思，二老万分支持，毫不犹豫把户口簿交给唐刚。流萤有些犹豫，但想到肚子里的孩子和长庚的薄情以及唐刚的认真，她最终选择跟唐刚去办结婚证。离开前，唐刚和流萤父母说了一些自己母亲的情况，便带着流萤去县城了。

二人离开后，杨林山便和老婆子上山去了。他们才没有那么笨，坐等蓼兰上门骂娘。唐刚带着流萤很快就上了去县城的车。车上流萤没有说话，心事重重。她觉得自己像木偶，任由别人掌控。但想到自己不答应唐刚也没有办法。倒是自己这个木偶并不完全合格，还有自主意识。很快流萤又想到自己怀孕的事，她没有时间耽搁。再过些时间肚子就会一天天地大起来，到时候怎么见人啊？但就这样和唐刚去办结婚证吗？如果告诉唐刚我怀孕了，怀的是那淫贼的种，他会在意吗？或许不会在意，也许会在意。我该怎么办？想到自己的具体情况，想到父母操碎掉的心。既然唐刚为了她这个不再干净的女人可以做得如此轰轰烈烈，想必也不会在意。流萤最终下定决心，什么都不说，隐瞒到底。

凤鸣镇离县城并不远，二十多分钟就到了。婚姻登记处就在车站附近，三五分钟就可以到。半个小时后两人顺利地拿到了结婚证。看着大红的结婚证，看着结婚证照片上两人紧紧依靠在一起的神情，流萤觉得内心有暖流流过。唐刚笑呵呵的。唐刚确实很高兴，他终于如愿以偿，能够和流萤在一起了。今天是他们大喜的日子，唐刚决定和流萤去庆祝一下。下午五点半，在迎宾酒楼正吃饭的唐刚电话突然响了，是唐强打来的。他犹豫了片刻，还是接了电话。原来是蓼兰打唐刚的电话唐刚不接，便打了唐强的电话，叫唐强务必把唐刚找到带回家。蓼兰去杨家没有找到人，她便觉得唐刚肯定和流萤私奔去城里了。唐强对唐刚的事情不关心，但听说唐刚带着流萤私奔，他顿时来了兴趣。听唐刚说和流萤在迎宾酒楼吃饭，唐强坚持要来。虽然对唐强没有什么好感，但毕竟是亲兄弟，唐刚只好应允。唐强十多分钟就赶了过来。落座后显得很热情，特别是喝了两杯后更热情。一个劲地说唐刚有勇气，把美貌如花的流萤牵住了。流萤对唐强肆无忌惮盯着自己看十分反感，低头自吃。她确实不好说什么。现在已经是唐家的女人了，有些事情不能由自己的性子来，凡事都得多思考。唐强以后将是自己的大哥，她作为弟媳，要知道尊重。唐强还拍着胸口说，家里交给他去处理，保证很快他们就可以回家。也不知道唐强是怎么做到的，半个小时后唐刚就接到老妈同意他带流萤回家的信息。既然老妈答应了，唐刚也懒得去想唐强到底是怎么做到的。二人回去的时候顺便问了下唐强要不要回去，唐强说暂时不行，他得去帮朋友跑一趟车，估计三五天就会回来，到时候一定赶回家为二人祝贺新婚。二人便不再多说。唐强看着二人的背影沉思，特别是盯着穿着牛仔裤臀部性感的流萤，嘴角嚅动，似乎在回味什么。

5

这天，天气很好，太阳浑圆浑圆的脸蛋红得像搽了胭脂的待嫁女子。整个荒山村，阳光普照下，金光闪闪的蜜橙闪烁在茂密的枝叶下。火红的枫叶在冷风的吹拂下一片接一片地飘落。仿佛一声声叹息，也仿佛走向另一种新生活。唯独逐渐占据这片水土的蜜橙，它们四季常青的树叶青翠欲滴。

这天是流萤出嫁的日子。流萤去镇上做了头发，也化了妆，换上了大红的嫁衣，红红的盖头还没有披上，凌乱地放在她的手边。她在等。她不知道唐刚为何坚持要用八抬大轿来迎娶自己。现在的时代早已经不信这一套了。但唐刚和流萤的父母都很执着地坚持。她小时候看过抬花轿的场面。第一次见的时候她很好奇，也很羡慕。坐在上面一定很惬意，但她年纪还小，没有资格去坐。现在她长大了，资格有了，没有来由的内心一阵难过。

杨林山穿了新衣服，在堂屋进进出出。他请了整个村的村民，有亲戚，有朋友，也有什么关系都没有的人。总之整个村的人都请了。当然，也有外村的，像红星村村长唐世才。杨林山始终把笑挂在脸上，见人就往外掏东西，左边口袋是糖果，右边口袋是香烟。见女给糖果，见男给香烟，这是荒山村的规矩。杨林山做菜很有一手，他曾经给无数有喜庆的家庭做过菜。现在，喜庆终于轮到他家了。遗憾的是，他却不能亲自下厨。他万分愧疚，觉得对不起亲朋好友。为了表示歉意，杨林山只得打起精神，十分热乎，事事都过细，到了极致。珍珠则这儿指点指点，那儿指点指点，吩咐前来帮忙的亲朋好友们务必做到细心。她忙来忙去，其实什么事情都没有做。没事的时候，她便独自回了屋子，安静地待着，也不知道在想什么。她其实在想，昨晚上自己该交代的都已经交代了。流萤那孩子应该不会犯糊涂。昨晚上她去了流萤的房间和流萤说了好久的话。最重要的是交代流萤，一定要守住怀孕的秘密。千万不要听从唐刚的意思，什么还年轻，暂时还不想要孩子，要创业什么的鬼话。结婚了，成人了，要孩子是理所当然的事情。如果做得好，掐指算算，孩子出生，时间相差不大，那玩意儿，早几日和晚几日出生没有谁会怀疑。流萤知道母亲的意思。流萤看了看身边的红盖头，无奈地笑了笑。现在的时代，使用红盖头的人已很少了，想不到她一个大学生，不迷信、不封建，却要返古一次。流萤不再纠结这个问题，她把这红盖头当成道具，做戏的道具。这场戏很多人都喜欢，带着神秘。

时间到了。院子一阵喧哗。作为证婚人和媒人的村长到了。村长认真负责地把院子和堂屋检查了一番，十分满意地点了点头。杨林山始终跟在后面。检查完毕，杨村长才笑呵呵地接过烟，点燃，吐出一口烟雾。说，山兄弟你的面子我可是给了不少哦。我长这么大，还是第一次抽烟。杨村长很快到了流萤的小屋，语重心长地说，孩子啊，嫁出去就是别家的人了。在别人家受什么委屈尽管回自己的家里来寻求支援。放心，我们整个荒山村都会支持你的，绝对不让唐刚那小子欺负了你。他本想说唐家，但突然想到蓼兰那疯女人，便改口为唐刚那小子。流萤没有说话，只是轻轻地嗯嗯点头答应。见流萤心情低落，杨村长也就不多说话，他交代，待会儿唐刚来抱她的时候一定要好好的拿捏下唐刚。要憋足气，把身子使劲往下沉。身子越重，唐刚越吃力，她以后在唐家的日子越好过。

花轿来得很准时。七点整的时候，迎亲的唢呐便由远及近地传了过来。等候多时的孩子们轰然跑开，到路口看热闹去了。村长和杨林山二人走到门口准备迎接。花轿和流萤小时候见过的没有两样。花轿前后各有四人，总共八人抬轿，俗称八抬大轿。走在花轿前的是举着牌子的执事，后面跟着吹唢呐的，敲鼓的，提灯的。轿子后面才是迎亲的队伍。唐刚在众人的呼叫中到了她的小屋。手拿塑料花束的唐刚动情地跪在流萤的面前，说萤萤嫁给我吧。我一定让你做全世界最幸福的女人。流萤内心感动，一直控制着不流泪的她忍不住了，眼泪哗啦啦地流了下来。唐刚见状，起身抱住了她。有力的臂弯，让流萤娇小的身子软了下来。流萤忘记了村长的交代，闭上眼睛，任由唐刚在人们的吆喝中抱着她进了花轿。

到了唐家，流萤担心拜堂的时候唐家的两个老人不会在场。但想象和事实不一样。二老不但在场，而且都非常高兴，还给流萤封了个大红包。拜完堂，流萤就被送进了新房。房间是唐刚和唐强以前住的那个房间。布置得张灯结彩，喜庆无比。蔚蓝色的壁纸和闪烁的灯饰覆盖了房间原来的模样。房间内有一张大大的席梦思，上面放着从流萤家带过来的新被褥。崭新的家具摆放有序，梳妆台、电视机、电脑等等。因为家具多，屋子的空间就显得小了。这些家具都是流萤家里给钱买的。唐家很穷，想要购置这些东西是不大可能的。吃饭的时候流萤没有出去，她早上已经吃过父母准备的汤圆了。不易消化的汤圆没有让她感觉到饥饿。她就在屋子内，安静地等待着屋外亲朋好友们吃饭。饭还没有吃完，唐刚急匆匆地推门而入。只说了句简短的话，换衣服，我们马上去县医院，大哥出事了。流萤不知道唐强出什么事了，能够让唐刚如此焦急，肯定事情不小。换好衣服，流萤跟着唐刚出了门。父母要留下来招呼宾客，无法脱身。只是交代他们两人一定要及时传递消息，他们随后就会赶来。

6

　　唐强出车祸了，虽然跳车逃离死亡，但他的双腿却被轧断了。流萤二人赶到县医院的时候唐强已经送进急救室。新婚的喜悦完全被车祸冲淡。两人情绪低落地等候在手术室外。下午两点钟二老急匆匆地赶来了。痛不欲生。蓼兰抱头痛哭。哭泣和撒泼的时候完全不一样。凌乱的头发被她扯掉不少，她是真正地痛在心里。流萤觉得十分悲伤，看着蓼兰，她脑海里闪过一个想法，这女人会不会认为是自己的婚姻影响到了唐家？流萤赶紧阻断自己的想法，她立即否认，这是迷信，这个年代谁还会相信这些？但想法刚停，哭泣中的蓼兰突然就冲向了流萤，抓住流萤的头发一阵猛扯，嘴里恶毒地咒骂着，应了流萤的想法。蓼兰疯狂的举动吓了唐明举和唐刚一跳。赶紧起身试图分开两人。但精神陷入疯狂的蓼兰劲儿特别大，死死地抓住流萤的头发不放，好在手术室的门突然打开，医生从里面走了出来。住手，闹什么闹，这里是医院，不是菜市场。医生威严的声音，犹如惊天雷鸣。吓得蓼兰顿时松了手。流萤趁机逃离了。头皮火辣辣的，脸蛋火辣辣的，流萤咬牙硬是没有流泪。唐刚爱怜地抱着她。医生，医生，我儿子怎么样了？蓼兰回过神来，疯狂地抓住医生的手，焦急地问。你们是伤者家属？唐明举等三人连忙点头。伤者已经醒过来了，生命无危险，但双腿没了。医生说完就走了。蓼兰等人呆了。医生的话无疑是晴天霹雳。受不住打击的蓼兰，当场昏了过去。唐明举只好抱着她。因为唐强刚醒，还需要一个稳定观察期。几个人都没能够见上唐强。直到傍晚时分，他们才接到医生的通知。一是交钱，二是可以和病人见面。蓼兰去见唐强，唐明举和唐刚去筹钱。流萤则一个人待在医院。听说除了医疗费，还有车祸损失也要好几万，加起来差不多要十来万。听到这个数目唐家人全蒙了。流萤主动把自己得到的红包全部上交。但这也是杯水车薪。流萤只得向家里求救。杨林山赶紧想办法，但最终也只筹集到三万块，这三万块大部分都是办婚宴收取的礼金，婚宴的开销还没有支付，珍珠本不同意，但想到女儿才嫁过去，如果做不好，唐家肯定会给她脸色看，珍珠也只有咬牙接受这个事实。流萤家能够拿出三万块钱，唐家十分感动，就连蓼兰也对流萤说了声感谢。好在把医院的费用筹集够了，但赔偿的费用还没有着落。唐家没有松气，第二天唐明举带着唐刚继续筹钱去了。蓼兰走出病房叫住了流萤。她说要去办一件事，希望流萤帮忙照顾唐强。流萤点头答应了。

　　蓼兰离开后，流萤第一次走进了唐强的病房。唐强没有睡觉，呆呆地看着窗外。窗外是蓝蓝的天空，天空中有白云移动，时不时有几只鸟或几片树叶划过。流萤，你说这世上真的有地狱和天堂吗？唐强问。不知道。流萤老实回答。坏人是不是都要下地狱，只有好人才上天堂呢？唐强继续问。流萤继续回答，不知道。两个"不知道"让唐强回头看向流萤。此次唐强的目光很温和，澄明，再也没有了前几次那赤裸裸的欲望。流萤，你是个好女人，但命运对你太不公了。你不要多想，好好地和唐刚生活下去，哥相信唐刚会对你很好的。唐强说得很认真，也很煽情。流萤第一次产生错觉，这还是唐强吗？唐强脸色复杂，他或许知道自己就算以后做很多好事，可能也改变不了在流萤心目中的地位。沉默了一会儿，唐强继续开口。你知道我是怎么说动父母同意你们的婚事吗？流萤的内心咯噔了一下。这是她和唐刚一直奇怪的问题。流萤显得很平淡，但内心却捣鼓得厉害。很简单，我告诉他们，强奸你的人就是唐刚。唐强死死地盯着流萤的表情，一字一句地说着。什么？流萤震惊得张大了嘴，她很快说道，你怎么能够这样对他们说？我知道不是他，但他也有责任。要不是和他见面，你也不会出这样的事情。我知道他喜欢你，也不在乎你的过去，所以我才这样说，只有这样你们才能走在一起。唐强淡淡地说。为什么？你为什么如此好心？流萤十分疑问。知道吗？我和长庚认识。我看不惯他对你的绝情。更何况，你已经怀孕，再不赶紧结婚，一旦肚子大了，到时候怎么办？你，你怎么什么都知道？流萤惊慌了。这可是她的最大秘密。你知道我怎么和长庚认识的吗？唐强把话题转移到了长庚的身上。他两次提到长庚，流萤觉得事情没有那么简单。怎么认识的？流萤好像不怎么在意。他父亲在公安局上班，而我经常犯事，便和他父亲渐渐地熟悉了。有一天他父亲托我做一件事。唐强说到这里有些愧疚地看着流萤。什么事？流萤身子没有来由的震颤了一下。宋局长说他儿子在大学谈了个对象，他作为长辈得为儿子的幸福考虑，他得阻止。他已经为儿子找了一个很好的对象，是县委副书记的女儿。我本不想答应对方，但我有把柄在他手中，我要是不答应，他可以叫我把牢底坐穿。我只好同意了。我需要找长庚了解他大学女友的信息。本以为他不会告诉我，我就有借口拒绝了，但他毫不犹豫地告诉了我，而且还许诺，事成后给我一笔钱，给我在政府部门找一个稳定的工作。我就这样和长庚认识了。

　　唐强越说越让流萤内心不安。宋局长只是叫我去恐吓对方，希望她能够知难而退。但长庚却叫我毁掉对方的名节，这样才能够彻底地断绝二人的关系。这小子够狠，比他父亲厉害多了。我当时呆住了，没有看出他瘦小的个子，内心却很强大、狠毒。别，求、求你别说了。流萤不是傻子，她已经明白了。她出事是别人的阴谋。而且还是她深爱几年的男人。流萤哭泣着跑出了医院。却在门口和一个人撞在了一起。抬头顿时愣住了。那人便是宋长庚。在宋长庚的身后站着蓼兰。你！流萤！两人同时叫出声。流萤用力推开宋长庚，跑出了医院。宋长庚看着流萤的背影，隐约觉得不对劲。而蓼兰则讨好地说，长庚，到了，到了。到了病房，唐强见到宋长庚，挣扎着打算起来打宋长庚。蓼兰急忙摁住唐强。宋长庚说阿姨，你可否出去下，我有话要和强哥说。蓼兰觉得奇怪，但见唐强点头，她只好离开了。

病房内陷入短暂的安静，两人相互看着，谁也没有说话。你好狠。唐强先开口。强哥，你误会了，那只是意外，我发誓。宋长庚委屈地说着。

我要告你，让你身败名裂。唐强说。

唐强，你要考虑清楚，检举我，你还有后路吗？宋长庚凶狠地说道。

我差点儿命都没了，我还有退路吗？可笑啊，宋长庚，你没有想到我没有当场死掉吧？上帝可怜我，也可怜流萤，让我捡回来一条命，我活下来就是要收拾你的，相信不用多久，你就会知道结果了。唐强狠狠地说着。你找死。宋长庚愤怒地向唐强扑了过去。双手死死地掐住唐强的脖子。唐强感觉到一阵窒息，他只感觉到自己离死亡越来越近了。住手！就在唐强要断气的时刻，医生和蓼兰走了进来。医生见状急忙大吼一声，让宋长庚本能的被惊吓而停止。蓼兰急忙跑过去，一把拽住宋长庚。也不知道她哪里来的力气，一下把宋长庚从床上弄到了地上。医生赶紧给唐强进行诊断，蓼兰也焦急地扑过去看。这个当口，宋长庚一溜烟跑了。他再也没有了当初的冷静，他得抓紧时间回家，跑路。自己所做的一切都已经暴露，走迟了就糟糕了。宋长庚跑得非常快。眨眼消失在了医院对面的街道。

7

正在组织召开单位职工大会的宋子伦接到儿子的电话，他冷静地给大家说了几句鼓励的话，这才把会议主导权交给了自己的副手张华忠。叫司机把他送到了宋长庚躲避的位置。宋子伦走上去就是一巴掌，把宋长庚抡了个整圆。说，你到底做了什么？宋子伦身为政法委书记兼公安局局长，一身官威就让宋长庚十分受压，更何况他发怒的时候。宋长庚胆怯地把事情的来龙去脉如实讲出。宋子伦本来是叫宋长庚代他去看望好友的儿子，结果好友的儿子竟然是唐强。宋子伦沉思了片刻便给医院打了个电话，他要去见见蓼兰。既然唐强是蓼兰的儿子，看在自己的面子上，希望能够化解此事。此刻的蓼兰正抱着醒过来的唐强痛哭，值班领导杨院长找到了她。事关隐秘，杨院长悄悄地把蓼兰带去了他的办公室。蓼兰尽管不解，但见是医院领导，她也只得跟着去。

　　把蓼兰带到了办公室，杨院长便离开了。蓼兰一个人在办公室坐也不是站也不是，内心忐忑不安。作为一个地道的农村妇女，虽然平时骄横跋扈，但真正遇事时内心却很惶恐。到底是什么人要见自己，见自己又为了什么？蓼兰在办公室来回走动，觉得口干舌燥。宋子伦很快到了。蓼兰见是宋子伦脸色顿时拉了下来。就是宋子伦的儿子要掐死自己的儿子，她作为母亲能不气愤吗？兰姐。宋子伦很愧疚地叫着，暗含尊敬。蓼兰冷冰冰地道，宋子伦，到底是怎么回事？你儿子为什么想要掐死我儿子？虽然宋子伦贵为县领导，但蓼兰并不在意对方，因为宋子伦年轻的时候是红星村的知青。一直受她父母恩惠。最重要的是自己还无私地给宋子伦抚养了一个弃子。想到这一切，蓼兰就觉得胆壮气粗。兰姐，都是长庚的错，他也是一时糊涂，好在没有造成大错，还请兰姐不要生气。宋子伦愧疚地解释着。想到唐强生命没有大碍，加上对方刚刚帮过自己的忙，蓼兰的气愤渐渐平息了。蓼兰问，宋大哥，到底长庚为何那么大的仇恨？宋长庚那疯狂的举动告诉她，事情不简单。宋子伦只得把事情的来龙去脉告诉了蓼兰。但关于宋长庚打算用车祸事故致唐强死去的事情没有说。

蓼兰想不到强暴流萤的人竟然是自己的儿子唐强。她一时难以接受。这都是造的什么孽。想到自己儿子强暴的女人嫁给自己的养子唐刚，蓼兰沉默了。按照她的算法，她唐家并没有吃亏，吃亏的是宋子伦，他儿子都不介意，自己介意做什么呢？面对宋子伦的哀求，蓼兰沉默了。她抬起头来说，宋大哥，只要你保证我儿子以后不再有事，且给他解决后路，我想办法说服他。宋子伦听蓼兰如此说，高悬的心总算放下来了。只要唐强不检举他们父子，什么条件都好说。

蓼兰神不附体地回到了病房。回家筹钱的唐明举和唐刚都回来了。看两人那苦瓜脸就知道没有筹集到钱。但蓼兰不担心，车祸赔偿的钱她已经从宋子伦那儿得到了。宋子伦还答应再给他们一笔钱。妈，你去哪里了？流萤呢？唐刚没有看到流萤，有些担心。蓼兰一时找不到借口，便老实地说了。唐刚赶紧跑出医院找流萤去了。

在医生的帮助下，唐强情况稳定进入了睡眠。蓼兰拉着唐明举去了走廊的最尽头。蓼兰把事情简单地告诉他之后，唐明举顿时愤怒了。他坚决反对蓼兰和宋子伦达成的协议。蓼兰十分生气，便问唐强赔偿的钱该怎么办？说到钱唐明举无言了。此次回家，他几乎借遍了全村，连外村的亲戚也借遍了。最终只借到了几千块钱。没有谁肯借给他，都像躲瘟神一样的躲避着他。检举了宋子伦父子又有什么用。已经残疾的儿子后半生该怎么办？唐明举不得不沉默。蓼兰见唐明举沉默了，她知道这老实巴交的家伙算是默认了。

做唐强的思想工作就交给了蓼兰。蓼兰一时半会儿也不知道从哪里开始。想来想去终究是要去说的。既然一切都是从流萤开始的，她决定从流萤的身上下手。以流萤的幸福为突破口。她相信唐强骨子里应该还是有爱的，他对流萤做了错事，没有理由不承担责任。而责任就是唯一能够说服唐强的理由了。找到了突破口，蓼兰觉得浑身轻松。唐强醒来的时候已经是下午五点多。蓼兰说，儿啊，你做过的事情我已经知道了。你伤害了如此好的一个女孩。你有罪啊。都是娘太宠你了，以致搞成如今的样子。娘对不起你，希望你不要怪娘。唐强内心一阵抽搐。他没有想到老妈已经知道这事情了。妈，我，我错了，我会对自己的错负责。唐强说到这里抬头看向窗外。窗外的蓝天白云不见了，天气阴沉沉的，好像要下大雨。空气压抑得让人有些难受。他已经决定，出院后便去自首，他要给流萤一个交代。

蓼兰一直注视着唐强的神色，唐强的神色让她内心不安。儿啊，妈和你商量个事。蓼兰认真地看着唐强。什么事？唐强回头看着蓼兰。你知道吗？其实唐刚不是你的亲弟弟，他是我们收养的孩子。蓼兰慢慢地给唐强讲述起唐刚的身世来历。唐强想不到弟弟竟然是收养的孩子。怪不得父母对他那么好，原来他的父亲是个当官的。想到唐刚不是自己的亲弟弟，唐强内心震动了一下。不知道是高兴还是难过。唐刚是不是自己的亲弟弟他并不在意，但他在乎流萤，那个被自己伤害的女人。想到流萤，唐强内心疼痛了。那次事件让流萤怀孕。流萤竟然没有做人流，而是仓促地嫁给了唐刚。难道她打算生下那个孩子？孩子？我的孩子？唐强内心一阵激动。既然唐刚不是自己的亲弟弟，孩子交给他自己怎么放心？他担心以后唐刚离开唐家，会对自己的孩子不好。他得把这个事实告诉自己的母亲。妈，我有个事情要和你说。唐强最终下定决心。什么事？蓼兰有些奇怪。唐强便把流萤怀孕的事情说了出来。蓼兰一听先是发愣，后是惊喜。她先是对流萤怀孕还嫁给唐刚而生气，但想到流萤怀的是自己亲儿子的孩子她顿时又惊喜了。儿啊，既然流萤怀了你的孩子，你更要对她和孩子负责了。你不去检举你宋叔他们好吗？蓼兰恳求地看着唐强。唐强本能地摇头，想要他放过宋子伦父子，那是不可能的。他太知道他们父子的德行了。你宋叔已经答应给我们一大笔钱，还帮助你解决工作，你想想，要是有了那笔钱，流萤和孩子不就日子好过了吗？倘若你真的去检举了，不但你要受牢狱之灾。流萤和孩子也会吃苦。蓼兰说明利弊，特别在说到流萤和孩子的时候加重了语气。唐强内心疼痛了下，他沉默了。自己可以不顾牢狱之灾，但他怎么能够不顾流萤和她肚子里的孩子呢？唐强最终接受了蓼兰的请求。

8

从医院跑出去的流萤去了附近的护城河。看着浑浊的河水慢慢地流向远方，流萤渐渐地冷静了下来。草木知秋，流水无情。她可以算是草木，但却也像流水。绝对不能够接受这样的事实。自己被人强暴是自己深爱着的长庚一手策划安排的，她如何能够咽下这口气呢？冷静之后，流萤返回了医院。她虽然想检举他们，但她没有证据。唯一的突破口就是唐强。唐强既然告诉她这个事实，说明他一定为自己的行为感到忏悔，内心已经有了忏悔的心思。由唐强去检举，事情将会很简单，而她去检举，最多让唐强为他的行为承担法律责任。

回到医院，唐明举和蓼兰出去吃晚饭。病房内就唐强一人。见流萤再次回到病房，唐强微微地笑了笑。流萤可没有好脸色给唐强。这个恶人当初对她做出如此的事情，不但伤害了她的身体，还伤害了她的心灵。就算唐强想要忏悔，也该到他应该忏悔的地方去。唐强，既然你承认对我所做的事，我需要你的帮助。流萤开门见山地说。唐强内心有些不安，自己刚刚答应母亲不检举宋子伦父子。瞧流萤这神情，似乎是为了宋长庚而来。说吧，什么事情，我能够做到的尽力做到。唐强很平静。虽然自己答应了母亲，但倘若流萤要站出来，他也不会反对。自己做错事就应该承担。流萤便把自己的计划说给了唐强。唐强内心难得地舒缓了，但很快再次悬起了。他在思考检举的后果。无疑他和宋家父子都将会受到法律制裁。但是，流萤呢，她和孩子会受到影响吗？唐强想到流萤，想到孩子，摇了摇头。唐强的拒绝在流萤的考虑之内。这条道路走不通还有另外一条道路。流萤看着唐强认真道，既然你知道我怀了你的孩子，你是不是应该为孩子考虑？我现在需要你的帮助，如果你不答应，我便把孩子打掉。流萤开始要挟唐强。她一直在揣测唐强的心态，为何唐强会在自己面前悔过，或多或少与她肚子里的孩子有关。她不管唐强是怎么知道自己怀孕的，她只想拿孩子赌一次。

别，别打掉孩子。唐强有些慌乱。他希望，流萤能够生下孩子。你好好考虑下我的要求，如果做不到，我就去医院打掉孩子。

流萤面无表情地盯着唐强。唐强顿时沉默了。你没得选择，你一旦拒绝我的要求，不但我会打掉孩子，还会检举你们，就算告不倒宋长庚父子，也能够让你把牢底坐穿。好，我答应。唐强最终同意了。

"不错，不错。很能干。"一阵嘲笑的声音从门外传了进来。外出寻找流萤的唐刚冷冰冰地走了进来。病房内的唐强和流萤呆住了。他们没有想到唐刚会恰好在门外，且听见了他们的对话。"你这个不要脸的脏女人。被人强奸了还打算生下别人的孩子，你到底要脸不要脸，我怎么会爱上你这样的女人，还不顾一切地和你结婚。我唐刚他妈的太傻蛋了吧？"唐刚语言轻蔑，暗含侮辱。

流萤身体在颤抖，她想不到唐刚会如此说。她感觉到了唐刚内心的仇恨。唐刚没有搭理流萤，来到唐强身边。冷冷地说道，大哥，要不是因为有你，我怎么会娶到暗恋那么多年的女人呢？想不到。你竟然不是我的亲哥，而且这个贱货竟然还怀孕了。想让我永远戴着一顶绿帽子；我可以因为爱容忍我爱的女人过去的一切，但我绝对不能够容忍和我在一起之后的丁点儿欺骗。唐刚说完，站了起来，来到已经惶恐无比的流萤身边。抱住流萤，亲了一下，然后把她推倒在地。在流萤的哭泣中，唐刚露出了狂暴的本色，抬起右脚，狠毒的、毫不留情的朝流萤的腹部踩了下去。脚下的流萤除了流泪，竟然没有出声叫疼，几脚下去流萤就昏死过去了。但唐刚并没有停止，右脚继续落下，很快流萤的下身就见了血。病床上的唐强大叫着你疯了，你疯了。他想阻止，但双腿残废，无法行动。为了阻止唐刚继续踩流萤，唐强用尽浑身力气从床上滚了下来。可惜距离太远，他滚下的身子掉在了唐刚身后。唐刚看着痛得冷汗直冒的唐强，慢慢地伸出双手掐住了他的脖子。

一个土司的后代

李全民

1

公元 1942 年，傣历 1305 年，对于勐弄土司刀忠仁来说，这是一个难熬的多事之秋。

上年年末水冷草枯的季节，一头大角鹿在白天闯进了坝子中央的弄么寨，惹得一寨子狗咬。在全寨人的围追堵截之下，这畜生逃进了一户寡妇人家，从那惊慌失措的寡妇胯下钻过，寡妇吓得瘫坐在鹿子身上，尿了鹿子一身，鹿子也被吓得顿时气绝。

鹿子肉当天就被寨子里的人分吃了，寡妇骑死鹿子的话题却一直被寨子里的人津津有味地议论着。一天，一群人在寨子中间的奘房前又谈起这件事，两个汉子异口同声地说那鹿子肉有股尿臊味，引得大伙哈哈大笑，奘房里的老和尚却紧锁眉头双手合十念起佛来，人群中有懂事的，忙压住众人，向老和尚求教，老和尚沉默良久，缓缓说道："鹿子是生性胆小的东西，'鹿子放屁自己吓自己'，它贸然闯进寨子，违背了天性，怕是要出事了。"果然，三天后，一场大火把寨子烧得精光。

弄么寨是全坝子最大的寨子，当年就有三百多户人家，寨子南边有一个勐弄河冲积而成的大藕塘，傣语叫"弄么"，寨名由此而得名。这里阡陌纵横，道路四通八达，刀家 28 代土司中，前 14 代的土司衙门就建在弄么。那天太阳偏西的时候，两个放牛小娃把在田埂下掏来的几条黄鳝拿到寨子边路下的打谷场上烧吃，火刚刚点着，一股怪风刮来，把那团已经着了火的稻草卷向空中，两个小娃以为是谁抢了他们的黄鳝，哭着追着，那团火已不偏不倚地落在了路对面一户人家的房顶上，正是风高物燥的季节，火势迅速蔓延开来。大火烧了整整一天一夜，许多年以后，还有人记得那天晚上的火光映红了整个坝子。

大火烧的不是刀忠仁的衙门，但是作为一个土司，他也免不掉到寨子里视察、安抚的责任，看到一个人口稠密的寨子变成一片废墟，他也动了恻隐之心，当着跪拜在他面前的乡民，他宣布减去弄么寨三年的官租，每年大约一万箩稻谷，约占他全部官租的十分之一。事情如果到此那也罢了，想不到随他前来安抚的母亲见到寨子中央的奘房也没能幸免于难，奘房里的大佛像被烧得呲嘴獠牙，面目全非，笃信佛教的老人三天水米不进，竟一命归西了。土司的母亲叫祖太，祖太去世是一件大事，全坝子的人都来帮忙不说，还惊动了官府和远近大大小小的土司。虽然当地有一句不雅的话："土司若要富，生子死人娶媳妇。"刀忠仁收的礼基本抵消了免除弄么寨三年官租的损失，但是丧事前后持续了一个多月，把刀忠仁拖得筋疲力尽。

接下来是春节，是汉族的新年，傣族的新年在汉历的上年的11月，汉族过新年时，傣历已经到了"冷细"（四月）了。这个小镇上有不少汉族，汉族也是他的臣民，刀忠仁想借汉族拜年的机会休息几天，却不料国民党十万远征军浩浩荡荡开过来了。刀忠仁在省城读过书，平时也关心时事，他搞不明白在日本人占了大半个中国的这时候，国民党为什么还要派那么多精兵强将到缅甸去。刀忠仁祖上曾授三品武官衔，但是历来的土司对汉官都是"见官低一级"，他不敢怠慢，每日在衙门内设宴款待前来造访的军官，有中将，有少将，更多的是一些校官，他们中间不乏民族精英，但也有一些人是面糊手，进了土司大院，扔下几条破枪，却要他拿出金银来。刀忠仁苦不堪言，有一天在一位中将面前诉了一番苦，又捐出一万箩稻谷作军粮，从此才没有人再向他伸手了。

远征军在畹町誓师出国后，刀忠仁松了一口气。这天晚上叫了一个傣戏班，在衙门里的戏楼上演戏，想好好休息一下，想不到戏刚刚开场，一个倒茶的小丫头又忙看戏又忙倒水，脚下一滑，一头撞在身怀六甲的印太身上，印太一声惨叫，筒裙下流出了血水，刀忠仁大怒，扬起手中的拐杖劈头盖脸朝小丫头身上就打，众人忙把印太扶回卧室，又请来两三个接生婆，寸步不离地守候着。

接下来的两天，刀忠仁也不敢大意，就在卧室外的堂屋里支了一张床，吃饭、抽大烟全在床上，静听着里屋的动静，把一切大小事务全部交给了管家。

刀忠仁18岁继承勐弄刀氏第26世宣抚使，娶勐密土司的女儿为印太，三年无出，他以此为借口，十年内连娶了四个民女，先后生下了七男五女，到他进入不惑之年时，这七男五女渐渐长成，印太依然没有生育，他也渐渐冷了心。为这事，老祖太常常在他面前嘀咕，刀忠仁烦了，就说："不是我不行，是她不行。"祖太就指着他的鼻子骂："你在印太的床上多睡几天嘛。"刀忠仁呵呵地笑："又不是没有睡过，别人沾着就有，她是个不会下蛋的母鸡！"这话不知道怎么传到了勐密土司的耳朵里，勐密土司生气了，邀约了临近四五家土司前来问罪，最后把女儿接走了，刀忠仁开始也不在意，接走就接走吧，他乘机又把弄么寨一个漂亮的"卜少"（姑娘）娶进了家，第二年就生下一个女儿，刀忠仁得意扬扬地到处说："看看，看看，我是不是男人？"

那一天，他在院子里看儿子们玩足球，这几个儿子都长得健壮结实，个头也差不多，他几乎分不清哪个儿子是哪个老婆生的。开始的时候，这几个儿子玩得好好的，过了一会，两个最大的儿子为争球吵了起来，一句话没有说完，这一个就朝那一个裆下狠命踢了一脚，那一个捂着小肚子在地上嚎叫了几声，站起来时手里捏着半块砖头，劈头就砸在这一个的脸上，当时就把这一个砸得满脸是血，两个人依然不依不饶扭在一起，拳打脚踢，旁边的几个幸灾乐祸地又蹦又跳："打呀，打呀……"刀忠仁惊呆了，眼前一片血光。他终于明白了老祖太常常对他念叨的那句话：作为一个传承土司，把地方治理好不算本事，更重要的是要留下合法继承人——嫡子。百姓爱幺儿，皇帝爱长子。土司就是这块土地上的土皇帝，皇位要靠嫡长子来继承，土司职位也要靠嫡长子来继承，历朝历代的皇宫中，迷漫着多少争夺皇位而引发的血雨腥风，在边地的各土司中，哪家没有因为争夺职位而上演过刀光剑影、殃及地方百姓的悲剧？眼前这两个庶出的儿子为了一个皮球就争得头破血流，以后为了那土司职位难道不会闹得你死我活吗？刀忠仁不寒而栗，和管家商量了以后，请了几家土司做伴，到勐密土司家赔礼道歉，好说歹说把印太又接了回来，他听从祖太的话，半年没有上过另外几个老婆的床，终于让印太的肚子鼓了起来。

印太怀孕的消息传开以后，整个勐弄坝子的百姓欢欣鼓舞，连临近的几家土司也纷纷前来祝贺。看来，在祈求地方平安这一点上，土司和百姓是一致的。那时间老祖太还活着，极力主张在弄么寨做了一场大摆，感谢佛祖的保佑。这段时间，刀忠仁处在一种既兴奋又矛盾的状态下，如果印太真的生下一个儿子，那他刀忠仁就有了合法继承人了，这也是全坝子的福分，可如果生的是姑娘呢？再说，印太离开勐弄土司衙门毕竟一年多，斑鸠窝会不会被鹞子占过……直到印太被那个小丫头撞倒在地，刀忠仁才收住心：管他的占不占，生下来就是老子的人，只要是个带把的，这个土司职位就交给他。

第三天傍晚，刀忠仁正躺在床上抽大烟，听到里边印太一声接一声地叫唤，几个接生婆出出进进，忙得团团转，他以为印太不行了，脑子里就起了一个念头：那天到勐密接印太时，见印太的最小的妹妹也长大了，比她姐姐还漂亮，他还和她开了一个玩笑："你要嫁给哪家土司？"小姨子呸了他一口，却又飞红了脸，十分动人。如果印太不行了，可不可以把她的妹妹……正想着，只听到一阵婴儿的哭声传来，紧接着一个接生婆飞跑出来，跪在他的面前：

"'昭'（土司老爷之意）！生下来了，生下来了，是个小'昭爷'……"

刀忠仁从床上一跃而起："放炮，快放炮！"

他的话音刚落，早在大院里伺候着的人就把话传出去了：放炮！放炮！紧接着，衙门大门口就响起三声铁炮声：轰！轰！轰！惊天动地，宣告勐弄新的一代土司诞生了。

炮声响过，刀忠仁的心刚刚放下来，只见管家匆匆跑进来："'昭爷'，国军马师长拜见。"

刀忠仁哈哈大笑："消息还真灵呀，给我送贺礼来了？请进来呀。"

管家小声说："他请你出去。"

"搞什么鬼！"刀忠仁嘟囔着，忙穿好衣服，来到大门口，只见一队队军车从街上驶过，车灯照射着飞扬的尘土格外刺眼，大门口不远处停着一辆吉普车，几个军官模样的人在车旁焦急地踱来踱去，一见他出来，为首的人快步向他走来："恭喜了，刀土司！"

刀忠仁忙迎上去："马师长辛苦啦，怎么不进去？快请，快请……"

马师长不耐烦地挥挥手："不去了，军情紧急，改日再登门祝贺。送你几件武器，把你的土司卫队好好武装起来。"

"怎么，缅甸那边形势不好？"

"远征军浴血奋战，我们尽了力了。副官！"马师长手一扬，旁边的几个人就从车上卸下几箱东西，放在刀忠仁的脚边。"土司、土司，守土为第一天职，刀土司，你好自为之吧。"

说完，几个人钻进吉普车，扬长而去，车后荡起一阵尘土，呛得刀忠仁喘不过气来，在地上乱转圈，又被地上的箱子绊了一下，差点没有摔倒。他狠狠踢了那个箱子一脚："快把它们藏起来！妈的，十几万正规部队也挡不住日本人，叫我一个小土司守土……"他骂骂咧咧地回到卧室，听见刚出生的婴儿高一声低一声的啼哭，忍不住就着烛光去看了看那个小生命，小家伙十分瘦弱，使他想起刚出生的老鼠。一个接生婆讨好地说："小'昭爷'好漂亮哟！"刀忠仁勃然大怒："漂亮个屁！刚一出生日本人就来了，怕不会有什么好命……以后就叫他日生吧，日本人来的那一年出生的。"

刀日生出生的第五天，日军就占领我国边境口岸畹町，次日进抵龙陵，在惠通桥被阻后，怒江以西的国土沦陷。刀忠仁在日本人入侵的头一天晚上带领土司卫队和家人上了西山，来到大山官排早山的地盘上。

2

公元 1952 年，傣历 1315 年，刀日生 10 岁。这一年的泼水节他从缅甸勐密的外婆家回到自己的家乡勐弄。

在 10 岁的刀日生的记忆中，缅甸勐密远比中国的勐弄印象深刻。他出生的第五天，日本人就进了勐弄坝。为了保住刀家土司的这个传承人，刀忠仁在日本人进来几个小时之前，由土司卫队护送着上了景颇山，并且在山上待了三个月。这段时间日军占据了怒江以西的大片国土，他们在这片土地上杀人放火，对各个土司则采取威逼利诱的政策。慢慢地，边地的各土司无一不是沿袭了历史上遭受外族侵略时的做法——土司政权里分成两派，一派应顺了入侵者，一派做着力所能及的抵抗。刀忠仁也不例外，他一方面探听到其他土司也这么做了，一方面见刚刚出生的儿子因为早产和缺少奶水，瘦得奄奄一息，为了保住这条小生命，就咬了咬牙，把土司卫队的精锐留给了弟弟刀忠义，自己带着老弱病残回到了土司衙门。在其后的两年多时间里，刀忠义在景颇山上打过不少仗，刀忠仁则在土司衙门里充当了维持会长，按照日军的指令派粮派款，不时也求一求日本人不要烧奘房，不要糟蹋"卜少"，多少收到一些效果。抗战结束，国民党设治局的官员告他汉奸罪，要求省府惩治他，他的亲弟弟刀忠义受了别人的挑唆，也向省政府递交了要求承续勐弄土司的申请。幸亏他听到风声，及时向远征军出征时到过他家的那位国民党中将求情，那位中将念及他捐过一万箩军粮，当维持会长也不是本意，极力为他开脱，才使刀忠仁免了牢狱之灾。刀忠义想取代哥哥当正印土司，也为当地百姓所不容，在一次谁也说不清的车祸中丧了命。

这段历史，刀日生浑然不知。

许多年以后，刀日生回忆起父亲，最深刻的就是那一次在弄么看牛打架。

刀日生长到六七岁的时候，终于改变了瘦弱多病的模样，和正常的儿童一样欢蹦乱跳了，并且越长越胖，土司大院里的人都叫他"宰比"（胖哥）。刀忠仁从他身上还看不出有多少自己的影子，但是他的鼻孔外侧的两块肉微微向上翘起来，这正是他刀家土司的特征，这让刀忠仁彻底放弃了鹞子占斑鸠窝的想法，对他的儿子宠爱有加，随时把他带在身边。那一天他带着一帮人到弄么看谷堆。这是一个深秋的日子，田里的稻谷已经割倒堆成了谷堆。作为一个在位的土司，只要看一看田里谷堆的大小和数量，就能判断出当年土司衙署应该收到多少租谷。这个季节也是农民看斗牛的好时候。谷子堆起来以后，平时放在山上的牛就集中到宽广的田坝里了，牛群饱餐着再生稻苗，公牛们免不了要发生争夺母牛的战斗，几乎每天都有这样的好戏看。这天，当刀忠仁的轿子从这片稻田边的路上走过时，田里正进行着一场龙虎大战：寨头和寨尾（管理寨子的正副头人）家的两头牛正斗得不可开交，寨头家的是一头白牛，高大雄壮，两只牛角又粗又长；寨尾家的是一头黑牛，身材修长，虽然不如白牛雄壮，两只牛角却生得很特别：向上圈起来又向前探出去，一看就知道个是善战的家伙。这两头牛都有些来历：白牛是从缅甸买来的，据说在上缅甸挑死过不少牛，主人家不敢养了，才卖给了弄么的寨头；那头黑牛则是勐弄坝多年的霸主，还从来没有遇到对手。自从寨头买回那头白牛，就有人怂恿两家让两头牛斗一斗，两家都知道自己的牛的厉害，从来不敢让它们见面。今天两家放牛的人大意了一下，让两头牛碰在一起了，两头牛在 20 米开外互相望了一下，放牛的人想拦已经来不及了：只见两个畜生迎面猛冲上去，头对头撞得震天响，先是四只牛角噼里啪啦乱甩一气，黑牛的角好使，白牛的前腿到脖颈已经是一片血红，这一来更增加了白牛的斗性，两只牛头绞在一起不肯松开，两边放牛的人急了，抽了一把又一把的稻草点着火向牛头上丢去，一般的牛往往到此也就分开了，可是这办法对这两头牛却不起作用，它们依然死死抵在一起不肯松开，远处围观的人则哄叫着不让分开它们，两头牛好像受到鼓舞，斗得更凶，田里柔软的泥土一片纷飞。约莫过了半个时辰，两头牛终于停了下来，但是头依然紧紧地顶在一起。这时候田里的人发现了土司，两个寨头和年老的人慌忙过来拜见，年轻人还舍不得离开。刀忠仁正在向寨头询问收成的情况，突然那边一阵惊呼，原来那头白牛在胶着中终于找到了进攻的机会：它的长角无意中戳到黑牛的下腹，黑牛闪了一下，让出了那么一点点空隙，被白牛紧紧抓住了，只见它使尽平生之力，猛地一甩长角，一下子就穿透了黑牛的皮肉，直刺心脏，黑牛轰然倒地，在这一瞬间黑牛也做了最后一次反击，在白牛的前胛上划了一道深深的口子，但是这已经不能扭转败局，白牛对倒地的敌手又是一阵乱挑，最后在无数人的驱赶下昂着头离开了。这场龙虎大战让所有的观众兴奋不已，只有副寨头黯然伤神，他小跑着去看自己的牛，只见这头英勇善战的牛早已气绝，却仍然是怒目圆睁，大有死不瞑目之态。再看那头白牛，虽然也是遍体鳞伤，但是仍然气度不凡，只见它回头望了望倒地的敌手，确信再也没有危险，用前脚在地上扒出一道深沟，"哞"地高叫一声，慢慢地向一旁走去。旁边的牛群似乎是明白新的头领出现了，讨好似的向它靠拢过来，一头刚刚发情的小母牛甚至把屁股对到它的鼻子跟前，白牛嗅了嗅那个地方，有点力不从心地摇了摇头，又慢慢往前走，它嚼了一口稻苗，似乎没有胃口，走到水沟边，低下头去，一阵狂饮，然后猛一甩头，甩出一片水花，再慢慢前行，身后是亦步亦趋的牛群。

刀日生目睹了这场牛战，当众人围住那头死牛的时候，他也要去看，刀忠仁一把拉住他："不准去！看着那头白牛，看呀，看好了，你看那头白牛就像我们土司，它总是走在牛群的前面，它吃过以后的草别的牛才能吃，它喝过以后的水别的牛才能喝，它只和那些刚刚发情的小母牛交配，下过崽的母牛它很少去碰——你要记住了，做土司就要像这个样子。"

刀日生眨眨眼，不明白父亲的意思，但是他喜欢那头白牛，他指着牛说："我要把它牵回去。"

刀忠仁哈哈大笑："这个坝子上的一切都是你的，但是土司衙门不是关牛的地方，就把它放牧在这片广阔的土地上吧。"

转眼又到了汉族的春节。这一天，刀日生听到父亲和几个属官在议事。刀家土司衙门是一个四进的大院，第一进是警卫和审理案件的地方，第二进是属官值班和接待客人的，第三进就是土司议事的地方，第四进才是土司及其家眷住宿的地方。若干年以后，刀日生做过专门调查，边地各土司衙门基本上都是这样的格局，只不过规模大小不一而已。那一天，刀忠仁和他的属官在议事厅里听了一会解放军进驻昆明的广播，谈论起日本人、国民党、共产党哪一个更厉害的话题。国民党把日本人打败了，说明国民党比日本人厉害，现在共产党又把国民党打败了，共产党肯定比国民党厉害。刀日生插道："共产党比弄么的大白牛还厉害吗？"把大家都惹笑了。刀忠仁唬他了一声："小孩子不要乱讲！"管家马上接着说："照我看，小'昭爷'说得对！日本人也好，国民党也好，共产党也好，都没有我们土司厉害。他们统统都是河里的水，土司则是河里的石头。不管水有多大，总是要流走的，留下来的还是河里的石头，是我们土司。"管家的话得到大家一致赞同。刀忠仁叹了一口气说："你们小看共产党了。你们知道什么叫'共产'吗？现在，勐弄坝的山川、河流、土地都是我刀家土司的，共产党来了，这一切都是共同的财产了，就不姓刀，而是姓共了。我感觉到，共产党这股洪水，会把土司这块石头彻底冲走，或者变成一个大水库，把石头永远淹没掉。"

那天议事之后，刀忠仁命令管家把刀日生和印太夫人送到缅甸勐密土司家。

勐密土司和边地各土司一样，都是明朝朝廷在"三征麓川"之后设立的地方政权，直到清朝末年才从中国的版图上分出去。勐密是伊洛瓦底江冲出缅北高山峻岭后的第一个大坝子，在大峡谷里，江水吼得很凶，进入坝子后，一条大江犹如宽阔的玉带，一直飘荡到遥远的南方。勐密坝比刀日生见过的所有坝子都要大，他从来没有走到过这个坝子的尽头，它的南方在刀日生的心目中，永远是一片朦朦胧胧的黛色。在勐密，刀日生度过了三年时光，经历了丧母之痛，他的母亲、勐弄土司刀忠仁的正印夫人因为高龄怀孕、生产时受了重创、产后又经历了颠沛流离的生活，身体完全垮了，回到勐密娘家的第二年就与世长辞了。在刀日生后来填写的许许多多个人简历时，他从来没有说出自己曾经当过和尚。母亲去世后，做土司的舅舅按照当地的风俗，让他到缅寺里当了两年的小和尚，披着袈裟，剃了光头，白天诵经，晚上为老和尚踩背。这段生活倒也轻松快活。若干年以后，刀日生一看见奘房里的小和尚，就会想起自己当年也一定是这种模样，可惜没有留下照片来。小和尚通常是三年还俗，还不到三年，有一天舅舅领着几个人来到缅寺，对老和尚说了些什么，老和尚提前为他举行了还俗仪式，刀日生被舅舅领回家来，舅舅指着几个陌生人对他说："你的父亲在中国当了县长了，要接你回去，他们是来接你的。"刀日生又回到了勐弄坝。

那几个来接他的人回到中国地界后，就换了黄衣服，一直把他领到勐弄土司衙门。衙门的第一进和第二进大院都住着穿黄衣服的解放军。刀日生进到第三院时，看见父亲和几个军官在议事厅里坐着说话，见他进来，父亲没有动，那几个人都迎过来："是不是小少爷来了？一路辛苦啦！"父亲欠了欠腰："正是犬子，不劳首长动问。"一个长着满脸胡子的军官拉着刀日生的手左看右看："嗯，不错，不错，长得很清秀，将来一定有出息。"刀忠仁也发现儿子三年不见，长高了，模样也俊秀了，满心欢喜，他很想把儿子搂过来，好好亲热一下，但是碍于客人的面子，笑着说："龙师长过奖了，犬子还没有受过正规教育，不知道将来是个什么样。"龙师长哈哈大笑："刀土司担心的是这个！没关系，将来我保他上大学！去吧，和你的老子亲热亲热！"说着在刀日生的屁股上拍了一下，把他推到刀忠仁的身边。

几个人又坐下来说话，话题还是在刀日生的身上，大家问他缅甸舅舅家的情况，问他回来的路上的情况，他怯生生地用傣语回答着，说完再由父亲翻译给大家，龙师长笑着对他说："你能听懂汉话，能不能说？"刀忠仁代他回答道："犬子小时候曾延请过汉族教师，这两年出去了，恐怕汉语生疏了。"龙师长笑着问："是不是这样呀，小少爷？"刀日生突然闻到一阵臭味，一看，原来是龙师长把鞋脱掉了，一屋子里都迷漫着他的脚臭气，他皱着眉头对父亲说："臭！臭！他的脚臭死了！"龙师长不明白他说什么，还是满脸笑容地问："小少爷，你说什么？你用汉话告诉我好吗？"刀忠仁很尴尬，"没……没什么，他说……他肚子饿了。"刀日生不明白父亲为什么要说假话，他一手捂着鼻子，一手指着龙师长的脚说："你的脚臭！"这一句是汉话，大家听懂了，目光都集中到龙师长身上，龙师长一愣，低头一看马上明白过来，脸也红了。刀忠仁吓出一身冷汗。只见龙师长迅速把鞋穿上，随即爆发出一阵大笑："哈哈哈！小少爷是童言无忌呀！说的对，这脚真臭！哎呀，你说这双脚一天要走多少路呀，走来走去，能不臭吗？我就是有这个坏毛病，走到哪里停下来就脱鞋，想解放解放这双脚嘛，但是总不能在我们的小少爷面前脱吧？哈哈！以后坚决改正！"说着他站了起来，把军帽戴上，又是一阵爽朗的笑声："哈哈哈！刀土司，好了，今天就谈到这里。小少爷，过两天就赶快去上学，恐怕要从三年级上起，政府会好好安排的。"说着又转向刀忠仁："刀土司，你现在是人民政府的县长了，过一段时间自治州成立，你还要到州里任职，我们要长期合作共事。希望你像你的小少爷一样，有什么就说什么，臭就是臭，香就是香。哈哈哈！"刀忠仁一个劲地点头："是，是，是，我一定，一定。"

送走客人，刀忠仁的两眼湿润了："这些共产党人呀，他们的脚臭，但是他们的话香得很呐。"

这时候，一个年轻的妇人从门外闪进来，含情脉脉地扶住刀忠仁，刀日生很快就明白过来：这是他的又一个小妈。刀忠仁大概是在他的正印夫人去世的相同时间，又讨了这个小老婆。

3

公元 1962 年，傣历 1325 年，这一年刀日生 20 岁。他回乡 10 年间，一直都是按照别人的安排，读书、读书，从小学到初中，再到师范，虽然成绩都不是很好，但还是一路读了过来，他有一种一直被人推着往前走到感觉。从自治州师范学校毕业后，他被分配到勐弄小学任教。

勐弄小学离土司衙门很近。刀日生下车后提着行李往前走的时候，下意识地迈上了衙门的前台阶，当他抬头望了望以前曾经悬挂过"勐弄宣抚司署"招牌、现在已经显得破败了的门楼时，吃了一惊，急忙退了出来。自从 1953 年刀忠仁当选为自治州政府副州长后，就搬出了这个衙门，他的几房太太在衙门住了一段时间，1955 年和平协商土地改革后，这几房太太每月领取生活费，孩子们或上学或工作，都不在身边，刀忠仁也不回来，索性都搬回原来的寨子和家人住在一起，这个大衙门从此变得空空荡荡。1958 年后随着政治形势的变化，土司衙门变得神秘起来，连刀忠仁也开始回避它，平时出差路过勐弄也不进去看看，刀日生受到父亲的影响，也从来不去想它，平时这里成了小学生放学后玩捉迷藏的地方。

刀日生在勐弄小学只教过一节课，而且这一节课也是彻底失败的。那一天校长把他领进教室，向学生介绍了他后就要离开，他急了，带着几分哭腔说："校长，你不要走……"学生哄地笑起来。校长一声大吼："笑什么！笑什么！"又安慰了他几句，还是出去了。刀日生看看自己的学生，只有 20 来人，教室里桌椅板凳都很破旧，地面坑坑洼洼。他也不知道说什么好，这时候一个学生叫了他一声"昭"，他想这个学生大概是某个属官的儿子，随口就答应了一声，想不到立即招来一片反对声："现在没有'昭'，'昭'是地主，我们不要地主！"无论他怎么解释，教室里还是乱糟糟的，吵闹声把校长引来了，他看着一筹莫展的刀日生，叹了一口气说："算了算了，今天你不用上课了，休息吧。"刀日生回到宿舍抱着头哭起来，哭完了就捂上被子睡觉，睡到下午，他也有点不好意思了，悄悄走出学校，在一个小摊前吃了一碗豌豆粉，刚吃完就看见一辆吉普车拖着一路灰尘驶过来，车本来开得很快，经过他身边时，大概车上的人认出他来了，吱的一声停了下来，从车上迅速跳下一个满脸胡子的人来，刀日生认出他就是当年的龙师长、现在的州委龙书记。龙书记有些诧异地问："小刀怎么在这里？"刀日生还来不及回答，看到吉普车就知道是领导下乡来了的小学校长抢先插到两人中间："龙书记你好！"龙书记淡淡地和他点了个头，眼睛仍然盯着刀日生："你来这里干什么？"校长替他回答："他是我们学校的新老师，刚刚分配来的。"龙书记点点头，"哦"了一声，侧着头关切地问："书教得怎么样？"刀日生想起上午那一节课，差点又哭出来了："龙叔叔，我……教不好书。"校长为他打圆场道："刚刚来嘛，难免的，难免的，过一段时间就好了。"龙书记哈哈大笑起来："教不好就不教！年轻人，有文化，懂两种语言，又是上层子女，跟我干农村工作去。"小学校长轻声说："书记，他的手续在教育局……"龙书记有些不耐烦地说："手续是人办的嘛，你怕什么？你去把他的行李拿来，我们现在就下乡。"小学校长看了刀日生一眼，有些不情愿，但还是叫了两个教师很快把刀日生的行李收拾好送来了。刀日生就这样结束了他的第一次教师生涯。

刀日生和龙书记下乡的地方就是弄么。20年前那场大火并没有把弄么烧灭，而是又扩大了许多，已经到了500多户的规模。刀日生没有见过那场大火，却无数次听别人说过，每一次人们说起他的年龄，都要把他和那场大火联系起来：他是弄么大火那年出生的。刀日生知道傣族都有用某年发生的某个事件来记年龄的习惯，但是每当别人把自己的出生与那场让几百户人家倾家荡产的大火联系在一起，他总有点内疚，好像大火是自己放的。现在寨子里已经看不出一点被火烧过的痕迹，相反，在废墟上重新建设的寨子多少进行过一些规划，寨子中间的道路比别的寨子要宽要直。解放后，州、县政府都很重视这个大寨子，从民主建政、和平协商土地改革、互助合作到农业合作社，都在这里开展试点，现在弄么又成了州和县里的"小春大革命"的试点，州、县都派出工作组到这里蹲点，组织农民大种小春，改变传统的一年一熟的耕作制度。

龙书记把刀日生带到弄么后，交给一位姓刘的女组长，交代她："要好好发挥小刀的作用。"刘组长当面一个劲地点头："好好好！一定一定！"等龙书记检查完工作一离开，她立即把刀日生叫过来，板着脸问道："你会干些什么？"刀日生不明白她的意思，讷讷地说："我不知道。""不知道？不知道让我怎么发挥你的作用？"刀日生不知所措地上下打量了她一眼，这人就像个农妇一般壮实，剪着一头中年女性流行的短发，穿着一身灰色的男式服装，因为生气脸有点变形，眼睛里放射出蔑视的目光。许多年以后，刀日生回忆起来，他深深感受到这个社会对他们这些民族上层子女的仇视，就是从这个女组长身上开始的。女组长见他在看着自己，更是满脸的不高兴："你盯着我干什么？你们这些上层子女，我就知道什么也不会干！什么也干不了！共产党不来，你们就都是公子少爷，都是寄生虫！"刀日生被激怒了，他把手里拿着的一本书往地下猛地一摔："刘组长，我是龙书记派来工作的，不是来受你训斥的！"他以为这么一唬，刘组长会被震住，想不到这女人反而变得像个发怒的母豹子："你干什么？你摔给谁看？你老子也不敢对我这样，你，你……"刀日生也不甘示弱，胸脯一挺：

"我就是摔给你看的，怎么样？我老子怎么啦，难道让你骑在脖子上也不敢对你说个不字？"女组长把手指到了刀日生的鼻子上："你不要猖狂！谁骑在你的脖子上啦？不要忘记了，你父亲的副州长是谁给的！"刀日生一把扒开她的手："难道是你给的？"吵闹声惊动了工作组的其他人，都围过来劝解，女组长气得面色发青："你们看看，你们看看，阶级斗争不抓行吗？小的都这样，不知道老的心里怎么想着变天呢。"刀日生忽然明白过来：这个人对土司、对土司子女有着深深的仇恨，再和她争吵下去毫无意义，他转身提起行李，说了一句："既然你不欢迎我，那我就走吧。"旁边几个人忙来拉他，女组长也担心他真的走了不好向龙书记交代，缓和了口气说道："算了，算了，我不和你计较。明天你去和妇女组点蚕豆吧。"

几天后刀忠仁听到风声，专程来到弄么，向妇女组长道歉，又把刀日生叫到背静处，说了他两句：你身上有几分我刀氏土司的血性，但是你犯了历代土司的大忌——见官要矮一级！

这是初冬的季节。稻谷已经割倒堆了起来，满坝子里都是一座座的谷堆，稻根底下的泥土还很湿润，点蚕豆就是把豆粒直接塞到稻根底下，这样既免去了耕地之劳，蚕豆还能够充分吸收稻根底下以及稻根腐烂以后的养分，产量比较高。这活劳动强度不大，但是要长时间弯腰，为了避免漏点，需要一队人排成行，像插秧一样倒退着操作，每人负责四棵稻根。

第一天和妇女组点蚕豆，刀日生迟到了。他没有想到合作社出工这么早，当他来到田间时，太阳还没有出来，一层薄雾挂在田头的竹梢上，几只觅食的燕子不时从头顶掠过。初冬的气候使刀日生觉得有点冷，顺着田间的小路一路走来他都是缩着头，远远地听到一阵阵妇女的说笑声，他才挺起胸来。这一群妇女大约有30多人，虽然在弯腰干活，却叽叽喳喳说笑个不停，见刀日生来了，一个领头的"比朗"（大嫂）直起腰来，所有的人也跟着停下来，站着看他，乘机歇口气。那个领头的"比朗"上下打量了他一下，蹦出一串撩人的笑声："唉哟哟，我们的小'昭爷'长成'卜冒'（小伙子）了，你的种一定是好种，过来，来我这里点。"这个"比朗"的话一出口，人群中爆发出一阵哄笑，几个大胆的"比朗"跑过来拉他："来我这里！""来我这里！"人群一时乱起来，刀日生飞红了脸，正不知道怎么办，那个工作组的妇女组长不知从哪里冒出来，呵斥众人道："干什么？干什么？不像话！"说着转向那个领头的"比朗"："你刚才叫他什么，'昭'？你还想让土司来统治？"那个"比朗"吓得一吐舌头赶紧弯下腰点蚕豆去了，其他人也不敢出声，妇女组长还不依不饶的，又叉着腰，偏着头对刀日生说："小刀同志，你要正确对待哟。一个人不能决定自己的出身，但是可以决定自己的政治立场，特别是你这个土司的后代，要好好改造思想，千万不能再把自己放在'昭'的位置上。什么是'昭'？那是过去的反动统治阶级！"刀日生气得浑身打战，他忘记了父亲"见官矮一级"的教训，高声问道："从开始到现在，你听见我说过半个字吗？""怎么，你还不服气？""我就是不服气！""我看你就是想当'昭'！""我当不当'昭'和你没有关系！"两个人你一句我一句地吵起来，那个领头的"比朗"生怕他们打起来，慌忙把自己装着蚕豆的"扁帕"（背在身后的小竹箩）塞到刀日生手中："快干活了，练什么嘴巴。"说着轻声用傣语对他说："你太嫩呀，她太恶了，不要吵了。"说着扬起头，高声对妇女组长说："把他交给我，让他好好改造……快干呀，你瞧瞧，点反了，豆屁股要朝上，你那样点，豆芽怎么冒出来呢？对，这样就对了。嗨，点蚕豆也不会，还说你的种好呢，好个屁！"说得几个"比朗"捂着嘴哧哧地笑，她又高声训斥道："笑什么？笑什么？不像话！"说得大伙更是忍不住哄笑起来，妇女组长无可奈何地摇了摇头，狠狠瞪了刀日生一眼，借口要到别处检查工作就走了。等她走远了，这群傣族妇女又活跃起来，那个领头的"比朗"嘻嘻哈哈的对刀日生作了个揖："'昭'呀，你不要怪我，刚才是说反话……'昭'的种当然是好的啦。"有人就问："你想不想要？"她也不客气："我当然想要啦。""那你把他领走嘛。""真的？'昭'，你敢不敢？走，我们去那边竹棚下面……"说得刀日生满脸通红，他想摆脱这个"比朗"，猛一转身，眼前飘起一片灿烂的红霞：一个漂亮的"卜少"（姑娘）就站在他的身边，近在咫尺，一条洁白的毛巾裹住她窈窕的身体，两只乌黑的大眼睛脉脉含情，白净的瓜子脸堆满了红云，身材不高不矮不胖不瘦，轻声叫一声"昭"，声如银铃。刀日生望她望呆了，手里的"扁帕"歪了也不知道，里面的蚕豆都撒在地上。

许多年以后，刀日生回忆起当时的情景，不得不承认，他对女性动了心，就是从那一刻开始的。

刀日生和妇女组点了15天蚕豆，15天里他走完了从不敢正视这个"卜少"到和她分不开的过程。"卜少"叫月喊，论起来两人还是亲戚：月喊是刀忠仁在弄么娶的那个民女的妹妹的女儿。第一天，那个领头的"比朗"拼命想把他们拉在一起，他俩你躲我闪；接下来几天，在"比朗"们的撮合下，两人虽然排在了一起，却谁也不敢看谁一眼；到了第十五天，月喊瞅了个没人的机会，轻声问道："'昭'，你看不起和我说话？"刀日生立即接口道："不要叫我'昭'，我不是'昭'，你叫我'宰'（哥）就行了。"月喊就抿着嘴哧哧地笑："我比你还大两岁呢，怎么能叫你'宰'？你应该叫我'写'（姐）。"刀日生就叫了一声"写！"月喊慌忙用手去捂他的嘴："你也是的，让你叫，你就真的叫啦？""那我应该叫你什么？"月喊飞红了脸："是我错了，我应该叫你'宰'……你也是的，和你开个玩笑你也当真了。"说着，用肩头轻轻地抵了他一下。刀日生想起傣族的规矩：兄、姐的子女在弟、妹的子女面前无论年纪大小都是哥，是姐，在刀氏土司衙门里，刀日生的继母为大，他自然是哥了。他呵呵地笑起来，月喊也跟着笑，笑过了，月喊又问："'宰'，你看不起和我说话？"刀日生又是一阵感动："我哪里是看不起你呀，我还怕你看不起我呢！""你是'昭'，我是……"刀日生一把抓住她的手："'写'，你千万不要叫我'昭'了，那个妇女组长听见了，又要找麻烦了。"月喊也紧紧握着他的手："以后我不叫你'昭'了，我叫你'宰'，'宰'！你叫我什么呢？""我叫你'写'。"月喊爆发出一串银铃般的笑声："不准叫，不准叫！人家听见会笑你的。""那我叫你月喊。""哎！"月喊大大方方地答应了一声，又在刀日生面前轻轻地蹦了两下，让他一下子放松了，他见月喊羞怯中不乏调皮，就大着胆子说："今天晚上我要来'猎'（串姑娘之意）你。"月喊头一扬，闪出一个红扑扑的脸庞："你有毯子吗？"她调皮的神态和直率的话语让刀日生心中又是一喜："没有毯子我也要来！"月喊急了："不行，不行！没有毯子人家会看见的！"刀日生活了20岁，第一次意识到自己不像个傣族"卜冒"，这么多年一直在城里读书，他已经习惯像汉族同学那样穿中山服，他的父亲也忘记了为他添置一条"卜冒"必不可少的毯子。他想不到一条毯子在月喊眼里有那么重要，讷讷地说："我明天就去买。""你真的没有毯子……你没有猎过少？"这话戳到了刀日生的疼处，在师范的三年间，同学们几乎都是成双成对了，唯有他还是形单影只，在学校里他从来没有多想，现在彻底明白过来，肯定是女生们对他这个土司的后代有意回避的缘故。他突然想起小时候父亲领着他看斗牛的情景，一股血冲上头来："我确实没有谈过恋爱，我要找天底下最好的女人，我要找你做老婆！"月喊愣了一下，又红了脸："我弟弟有一条毯子，他还小，晚上我偷出来给你。"刀日生一阵感动，如果不是那边的"比朗"叫干活了，他真想把月喊拥抱在怀里。

接下来，刀日生和月喊弯着腰，肩并肩，一边点豆一边说话，好像这个世界里就剩下他们两个人了。太阳偏西，大伙都停下来收工了，他俩还浑然不知，有人想叫他们，那个领头的"比朗"不让叫，所有的人都在看着这一对如痴如醉的年轻人，两人又继续退后了20多米，众人就看了他们20多米，直到月喊的"扁帕"里的豆种完了，她抬起头来，才发现了被众人注视的这一幕，羞得一声惊叫，甩下刀日生就跑，刀日生还不知道发生了什么事，以为是她遇到了蛇什么的，拔腿就追，月喊见了，对他一个劲地摆手："后边！后边！"刀日生回头一看，顿时明白过来，羞得满脸通红，那群妇女忍不住哄笑起来："追呀，追呀……"在这群妇女中，刀日生突然看见了妇女组长那张阴沉的脸，自己的脸也跟着一下子变得苍白起来。

收工回去的路上，刀日生和月喊悄悄约好晚上在寨子边的大青树下相会。吃了晚饭，天已经黑了，他捡了一件最好的衣服穿上，刚想出门，妇女组长把他叫住了："晚上学习，不许外出。"这个突然的决定让刀日生哭笑不得，幸亏当天晚上的学习时间不长，妇女组长领着读了两段报纸上的文章，她自己也打起哈欠来了。"今天就学到这里吧。"她说，刀日生第一个站起来，一扭身溜出了会议室。他隐隐约约听到妇女组长在叫他，却什么也顾不上了，一路飞奔，到了寨子外面的大青树下，不见月喊的踪影，抬手看看表，也不过9点，他想，可能是月喊家人多，她又是"月"（长女），家里的活还没有干完，就一边喘气，一边耐心地等月喊。天上有一轮明月，月白风清，正是"卜冒"猎"卜少"的好时候。那些在田里干了一天活，又回家忙完家务的"卜少"，吃罢饭后匆匆打扮起来，披上一条白围巾，舀一瓢水在台阶上冲冲脚，套上鞋子，悄悄溜出家门；那些比"卜少"少干许多家务的"卜冒"，则是早早地身披毯子在村头寨尾等着他的心上人，那些要到别的寨子或者从别的寨子来的"卜冒"，在田间的小路上唱着悠悠扬扬的歌。这样的歌声在下半夜还会响起，不过，那是"卜冒"

和情人约会结束后踏上归程了。刀日生被眼前的情景深深迷住了。作为傣族的一员，他为自己的民族生活在这样的乐土中感到骄傲；作为土司的后代，他又为自己至今没有融入傣族的生活中感到遗憾。他想，如果自己不是一个土司的后代，仅仅是一个普通的"卜冒"，他也一定会和他们一样过着这种无忧无虑的田园生活，那该有多好呀。

刀日生站在寨子头的大青树下，开始的时候，不时有成双成对的人悄悄地从他的身边闪过，他知道那是汇拢了的情人们要到更幽静的地方去，他知趣地往路边让了让。渐渐地，从他身边走过的人少了，田野里的歌声也停了，他知道，这个时候，所有的"卜冒""卜少"都已经进入了角色，他又看看表，已经10点，还不见月喊来，他有些着急了，重新回到道路中间，让白白的月光照着自己，生怕月喊来了看不见。这样又等了一阵，还是不见月喊的踪影，他急了，考虑再三，最后鼓足勇气朝月喊家走去。刚到她家大门口，就听见月喊的声音："你们让我去嘛。"紧接着是一个苍老的声音传来："不行！你就是不能去！"刀日生的一只脚已经跨进了大门，他刚想抽出身来，但是已经晚了，一只狗冲他咬起来，他只好硬着头皮往里走。只看见院子里月喊和几个人在拉扯着，其中一人是月喊的姨妈，也是他的小妈，他回到弄么后，曾经去看望过她，她和刀忠仁生的女儿比刀日生大两岁，在州歌舞团工作，长得鲜活漂亮，那天刀日生去看望这位小妈时，不禁吓了一跳：不过40岁的人，却显得很苍老，头上已经戴上了老年傣族妇女的黑包头，怀里搂着一个两三岁的瘦小男孩。看见他来，这个小妈惊得说不出话，身子不由自主地往后缩，生怕别人把她的孩子抢走似的。若干年以后，刀日生听到一些议论，说这个小男孩不是刀忠仁的，刀忠仁调到州里以后，一年半载也不回弄么一次，怎么就会有这么一个儿子？不过，刀忠仁不计较，谁也不敢追究。刀日生进了院子，径直朝月喊走去，他的小妈看见了，伸开双臂拦住他："你不能猎她！"刀日生冷不防被吓了一跳："为什么，小妈？""正因为我是你的小妈，我才不准你猎她！当你们土司家的小老婆，苦呀！"说着，这妇人号啕大哭起来，还不时用头去撞旁边的一棵"麻朗"（菠萝蜜）树，月喊急得连忙去拉她。刀日生也明白了她的苦处，一个民女嫁给了土司，和一个活寡妇也差不多，土司多妻，顾不了她那么多，她却不能再去追求自己的爱。傣族民间有"老虎坐过的地方，哪个还敢坐？"的说法。刀日生忍不住也跟着月喊去劝她，他的手搭在她的肩上，感到她的身子在激烈颤抖，知道她真的是伤心了，不觉眼圈一酸："小妈，你放心，以前是旧社会，现在是新社会了，我不会像我父亲那样……"这妇人既像是在哭，又像是在唱："妈哟，我不管新社会还是旧社会，你永远都是刀家的人，都是土司的种呀……"刀日生一时语塞。他既同情这个小妈，又为她的固执感到生气。他环视了一下院场，见月喊的父母、兄弟都在，而且都用仇视的目光看着他，突然，他又看见那个妇女组长也在跟前，脸上挂着一丝冷笑。他把求助的目光投向月喊，月喊也无奈地看着他，两人刚想说话，他的小妈猛地又用头撞了"麻朗"树一下，发出"砰"的一声响，月喊连忙去拉她，随即哭出声来："姨妈，你不要这样，我不和他好了，不和他好了！"刀日生的头嗡的一声响，他知道什么都完了，忍不住流下泪来，片刻之后，他默默地离开了月喊家的小院。他的第一次恋爱就此画上了句号。

半年后，在龙书记的关照下，刀日生到省城上了大学。

4

公元 1982 年，傣历 1345 年，刀日生 40 岁，被他的姐姐从昆明拉回到德宏州首府。

那一天傍晚，刀日生和他的几个工友从工地上出来后，在一个小饭馆吃了饭、喝过酒，分手后，一个人飘飘然地往他租房住的地方走。一路上，他剔着牙，盘算着喝了多少酒：四个人，三瓶酒，其他三人都没有他喝的多，自己大概喝了一瓶差一点，大概也就是一斤差一点。算出这么一个结果，他的心释然了：不多嘛！他感到有点热，就脱了上衣搭在肩上。在一个繁华的路口，迎面走来一群穿着傣族盛装的人。刀日生原来不想理他们，他知道，经过"文化大革命"，少数民族在着装上很大一部分已经汉化了。到省城上大学的第一年，刀日生总是忘不了月喊，特意买了一条黄毯子。有一次他披着毯子过马路闯了红灯，警察命令他停下来，他听见了却装作听不懂，拔腿就跑，几个警察驾着车拉着警笛追他，把他堵下来时，问他为什么闯了红灯还要跑，他故意用傣语和警察对话，让那些警察摸不着头脑，最后一个警察不耐烦地说，算了算了，少数民族，说不清爽！他就这样解脱了。这事后来成了笑谈。那时候穿少数民族服装是很自然的，到了80年代初期，穿少数民族服装的人不一定是少数民族，这伙穿着傣族盛装的人，要么是某个歌舞团的演员，要么就是某个边疆少数民族自治州来省城开人代会或者政协会的代表。所以刀日生也就没有理会，继续剔着牙，从他们身边一闪而过。

就在这时，一个上穿紧身窄袖粉红衣、下穿花筒裙的中年妇女冲他喊了一声："宰比！"刀日生一时没有反应过来，继续朝前走，那中年妇女追上他又问："刀日生！你不认识我啦？"刀日生突然想起来：小时候，自己长得胖，他的同父异母的兄弟姐妹都叫他"宰比"，同时，他也认出眼前这个中年妇女就是他在弄么的小妈生的女儿刀日琴。这么多年，刀日生不要说见到自己家里的人了，就是连德宏的人也很少见到，一时间愣住了："你们……"刀日琴说："我们是来开会的……哎呀，你这是怎么搞的？一身的汗味和酒气！"说着微微皱了一下眉头，刀日生见了，不觉自己打量了一下：脚下是一双在工地上穿的笨重的翻毛皮鞋，原来是黄色的，现在全黑了；裤腿上沾满了水泥浆；两只膀子光着，身上一件背心千疮百孔，汗味再加上喝了近一斤酒后的酒气肯定是在所难免了。若干年以后，他一看见刀日琴皱眉头，仍然会想起自己当年的落魄的模样。他感到脸上一阵阵发烧，不由自主地向后退了两步，他不想多留，向众人点了个头，说："你们忙，你们忙！"说着转过身想走，刀日琴急了，一把拉住他："你干什么？我找你几年了，怎么说走就走？"刀日生轻轻挣脱她的手："改天再说吧，改天……"说着已经迈出几步远，因为走得急，没注意和一个骑自行车的女人轻轻撞了一下，引来那人一顿骂："你找死呀！眼睛长到天上去嘎……臭烘烘的，恶心死了！"刀日生怒不可遏，扯下肩上的衣服就要砸那个女人，猛听到刀日琴在远处喊他："日生！我们的爹爹已经平反昭雪了，你还要躲到哪里去？"

刀日生高高举起的手在空中停住了，那个骑自行车的女人不见他砸下来，把紧缩着的头又伸直了，冲着他又骂开来。刀日生没有兴趣理会她，迎着刀日琴走过去："你说什么？爹爹平反了？"这时候，和刀日琴一起的几个人也围了上来，刀日琴指着他们说："怎么不是？你问问他们……这是州长，这是人大主任，这是……"几个人纷纷和他握手寒暄："你就是刀日生同志？""你就是我们勐弄的小土司？""你这是从哪里来呀？"说着话，刀日生被这些人簇拥着到了宾馆，刀日琴吩咐工作人员给他开了一个房间，又上街为他买了一套新衣服，待他换洗完了，和他谈了大半夜，让他知道了许多做梦也想不到的事：龙书记调到别的地州后，在"文革"中被迫害致死，那个弄么寨的妇女组长在"文革"中也吃尽了苦头，这些人现在都平反了，许多上层子女都落实了政策。第二天，刀日生按照州长的吩咐，写下了自己在"文革"期间的简历：

1966 年 6 月毕业于云南民族学院中文系，"文化大革命"开始，滞留昆明待分配。1969 年 7 月父亲被迫害致死，往德宏奔丧，被诬陷欲叛国投敌，遭逮捕关押，后送滇中某农场劳动改造。1973 年解除劳改，前往昆明自谋生路，干临时搬运工、建筑工至今。未婚。要求：落实政策，安排工作。

刀日琴含着眼泪把这份简历交给了州长，有关部门迅速查清了1969 年刀日生被捕的情况：他的父亲刀忠仁在一次群众集会上被殴打成重伤，半个月后身亡，刀日生从昆明赶回来，将父亲安葬到勐弄坝后，独自往边境线方向出走，中途被抓。对此刀日生解释说：自己并非要外出，而是在弄么有一个初恋的情人，想去看看她，在弄么看到她戴上了已婚妇女的白包头，心灰意冷，无意中向边境线方向走了一段路。其实，不用他解释，落实政策的人也明白这是一起冤假错案："中途被抓"，表明他还没有到达边境线，没有出境，这样就不能判他是叛国投敌。接下来的事情就很顺利了，宣布无罪，予与平反，补发工资，安排工作，工龄从 1966 年算起，工作单位由自己根据特长挑选。刀日琴极力劝他到党政部门，刀日生想起自己在勐弄小学那一次不成功的教师经历，选择了到州民族中学当一名语文教师。

办完手续，离开学还有半个月，刀日生找来一大堆教科书，想好好备一下课，自己毕竟有 10 多年没有摸过书本了，刀日琴则急着为他张罗对象，要他赶快解决个人问题："你已经是 40 岁的人了，我们刀家不能没有正宗的后代。"刀日生和她开玩笑："莫非你还想要一个小昭爷？现在也没有适当的土司姑娘呀。""那倒也是，我把全州所有土司的女儿都查完了，确实没有合适的，全部都嫁人了，有两个寡妇，一个年纪太大，一个生活作风不好……"刀日生猛然想起父亲说的大牯子牛的事，正色道："你不要在我面前提寡妇两个字！"刀日琴知道他生气了，连忙笑着说："我又没有逼你娶寡妇，你急什么？看来只有找普通人家的姑娘了。"刀日琴 60 年代演过一部电影，奠定了她在自治州文艺界的地位，落实政策以来，她也是喜事连连，当上了省政协委员，还当上了州歌舞团的副团长，说话、办事都是风风火火的。不两天，她就将一个高个子姑娘送到刀日生面前，用命令的口气说："你们的年纪都不小了，就不要扭扭捏捏的，直接进入主题！"刀日生见这姑娘身材、容貌都不错，面上带几分羞涩，心里也就满意了，通过几次谈话，知道这姑娘姓杨，26岁，在州水利局工作，有过一次不成功的恋爱。他很想问问她为什么第一次恋爱失败，又怕伤了姑娘的心，也就忍住了。

这天晚上，刀日生约了这姑娘上街。这时候的自治州州府的街头还没有红绿灯，没有交通警，一条主要的大街还是砂石路面，没有路灯，手扶拖拉机在大街上吼声如雷，汽车一过，尘土就飞扬起来。只有电影院那边还亮着灯光，人都集中到那里去了。刀日生和姑娘慢慢走过去，这里正放映一部新电影，刀日生早在昆明已经看过，但是姑娘没有看过，就买了两张票进去。电影场里人很少，说明电影并不吸引观众。姑娘看了一会说热，把外衣脱了要刀日生替她拿着，刀日生就拿着，闻到一股香味，他想，这就是女人的味道了，有些沉醉。电影放完，刀日生和姑娘慢慢走出来，外面的人少了许多，几个卖小吃的"咩巴"（大妈）还在坚守着她们的小摊，刀日生见姑娘的眼睛直往小摊上望，也想起小时候常常和父亲要五分钱，去这样的小摊上买一包豌豆粉或者酸木瓜什么的边吃边上学的情景，就问姑娘想不想吃，姑娘点点头，两人就坐到了小摊前。刀日生吃了一碗稀豆粉，吃不出当年的味道，就歇了碗，姑娘先吃了一碗汤圆，又要了稀豆粉，可能是把辣椒放多了，边吃边吸嘴，最后又烧了两块糯米粑粑，递给刀日生一块，刀日生笑着摇摇头，姑娘也不再让，把两块卷为一块，高高地举到嘴边，侧着头咬了一口，烫得直咂嘴。刀日生看到她的牙又白又整齐，就像又发现了自己心爱的宝物的一个优点，心中十分得意。

等姑娘吃完了，他轻声问道："还吃什么？"姑娘斜睨他一眼："我又不是猪，吃这么多！"这话多少让刀日生有点扫兴，但他没有计较，掏钱付了账，两人慢慢地离开，走了一阵，不知道往哪里走，刀日生问："我们去哪里？"姑娘说："随便。"刀日生说："我送你回去吧？"姑娘不置可否，两人的脚就向着姑娘的单位走。路过一片橡胶林时，天很黑，行人也不见了，姑娘有点害怕，向刀日生靠过来，刀日生的左臂弯上搭着姑娘的衣服，右手不知道怎么就和姑娘的手握在一起，他吓了一跳，怕姑娘生气，却明显感觉到姑娘的手在用力，又听到她轻轻地一声呻吟，接着看见姑娘把头转过来，听到她有些急促的呼吸，嗅到一股热烘烘的气息。刀日生几乎把持不住自己，他知道那一层纸就要捅破了，不由地轻轻侧了一点身体，姑娘就势跌进他的怀里，两人就紧紧拥抱在一起。开始时刀日生还有点忐忑不安，但这种感觉很快就消失了，他明显地感觉到姑娘把他抱得很紧，身体蠕动着，不时发出他从来没有听到过的呻吟，把他的男性征服欲给激发出来，他也紧紧地搂着她，用力闻着姑娘的头发，那上面的香味让他更加兴奋，他把头低下去，姑娘也仰起头来，就在两张嘴唇刚刚粘在一起的时候，姑娘突然一声惊叫"哎哟！"把刀日生吓了一跳，以为是遭到人暗算，本能地把左手弯上的衣服攥在了右手里，权当武器用。他环视了周围，并没有人，再看姑娘，她捂着脸，带着哭腔说："你的胡子这么硬？把我的脸都戳通了。"刀日生一下子泄了气，自尊心受到极大伤害。他愤愤地想：我今天怎么就没有刮胡子呢，把人家姑娘的嫩脸戳通了！转念一想，今天刮了，说不定哪天没有刮，还是会把她的脸戳通的，根源还是自己年纪太大。想到这里，心也释然了，轻声说："我还是送你回去罢。"姑娘不吭声，用肩膀轻轻碰了他一下，刀日生一点兴趣也没有了，有意和她拉开一点距离，就这样一直把姑娘送到宿舍。拉开灯，刀日生看见姑娘的头发乱了，低着头不说话，不时去摸摸脸，这个动作让他感到更加沮丧，他把手里的衣服放在姑娘床上，搓搓手，鼓起勇气说："小杨，我们年龄悬殊太大，我们分手吧。"姑娘抬起头，满脸的疑惑，刀日生不容她说话，接着说道："我们真的不合适，就到此为止吧，其实，你的条件不错，完全可以找一个更好的。"姑娘一脸茫然："我只说你的胡子长，又没有说你的年龄……"刀日生不等她说完，优雅地笑了笑："天不早了，你休息吧。"说着人已经出了门。走出去一段路，他突然感到不对，生怕姑娘出事，他急忙收住脚，回过头去，看见姑娘舀了水正在走廊上漱口，还发出很大的声音，他知道没有事了，这才放心地走了。

　　过了两天，刀日生被刀日琴叫到家里，刀日生知道这个同父异母的姐姐要说什么，刚一落座就说："我们分手了。"刀日琴说："我知道啦，人家姑娘来我这里哭诉过了。你看不起人家？""不是，我们年纪悬殊太大，而且我想，还是找一个傣族好。"刀日生说，不想提那个姑娘因为胡子伤了他的自尊心的事，就编造了一个更好的理由。刀日琴给他倒了一杯茶，伴着他坐下，轻叹一口气说："分手了也好，你知道她谈过一次恋爱吗？""你告诉过我。""为什么没有成功？""这个我没有问。""我告诉你吧——也是别人告诉我的。有一次，她和男朋友逛街，后面匆匆赶上来一个男人，搭着她的肩膀就往前走，边走边叽里咕噜地说话，走了有一百多米，那男人才发觉认错人了，赶紧道歉，你猜这姑娘怎么做？也跟着人家道歉：'对不起，对不起……'她的男朋友一直跟在后面，原以为他们是熟人，一看这情景，知道他们根本就不认识。一个姑娘家，别人错认了你，你就没有一点反应？还跟着人家走了那么远，不是脑子有问题吧？男朋友当时就说：'你不用道歉了，跟着人家去吧，说不定还是一段好姻缘呢。'我也是把她介绍给你以后才听说，要是早知道也就不会这么做了，人长得不错，就是脑子有问题，呆！幸亏你们还没有处出感情，要不然将来有了孩子……"

刀日生生怕她说更难听的话，赶紧打断她："你不用说了，既然分了手，何必再说人家的坏话？"刀日琴有些不高兴："哟，你什么时候学会怜香惜玉啦？你以后打算怎么办？""走着看吧。""也只有走着看了，不过，我可告诉你：你是刀家的正宗，你的婚事，既要抓紧，又不能马虎，你要为刀家负责。"这最后一句话让刀日生感到一阵寒冷。

5

公元1985年，傣历1348年，刀日生43岁。他在州民族中学教完了一届毕业生，升学成绩很不错，受到学校的表彰，使他彻底走出了第一次教书失败的阴影。这一年，他还当选为州人大代表，出席了州人代会。这个消息让刀日琴十分兴奋，说这是刀家重返政治舞台的信号。刀忠仁先后娶了7个老婆，一共17个子女，解放后病逝了两个，外出5个，在农村4个，参加工作的6个人中，除了刀日琴是州歌舞团的副团长以外，别的几个子女都没有太大的成就。"文化大革命"结束以后，平反冤假错案，落实党的民族政策，民族上层人士的子女都得到妥善安置，有的还提拔起来了，这无疑让刀家的人也看到了希望。刀日琴扳着手指头对刀日生说："你自己看看呀：勐弄土司的嫡长子、大学毕业生、'文革'中受到严重迫害……这些条件不比谁强？我们刀家就指望你啦！"刀日生笑了笑："你不是比我强吗？""我？我一个女人家能干什么？年纪大了，身体也不行了，也不是专业文艺学校毕业的，跟那些歌舞团的小姑娘在一起，我都感到害羞。最近想活动活动调文化局，也不知道能不能办成，就算办成了，当上文化局副局长、局长，又能怎么样？你千万不要向我看齐，我们的爹爹是副州长，你也应该……"说这些话的时候，刀日生想起20多年前，刀日琴演电影的那阵子，她就像一朵花，人见人爱，现在则有点臃肿了，岁月不饶人呀。"那我应该怎么办？""你怎么办？我看呀，当务之急你要赶快成个家，别让人家说你在这方面有什么缺陷。你这个年龄，也不要太挑剔了，找个差不多的算了。"不知道为什么，刀日生突然又想起弄么寨的那头大白牛，想起他父亲说的话，他皱了皱眉说："我不会为了政治前途降低自己的婚姻标准的。"刀日琴跳起来："那你要找什么样的？黄花闺女？那你去找呀！"刀日生看到话不投机，既没有办法说服他，同时也不想和她争吵，默默站起来走了。

这年的暑假，学校里酝酿着把刀日生提拔为副校长，刀日生不置可否，刀日琴则很兴奋，打电话非要叫他过去，刀日生怕她又提婚姻的事，临时决定回老家勐弄一趟。

车过西山顶，马上就要下坡了，下完坡就进入勐弄坝，驾驶员感到刹车有点软，停下车来检查。刀日生没有事，点燃一支烟，信步往前走去。无意间，勐弄坝蓦然间奔来眼底，他不禁"啊"了一声：多美的坝子呀！他想起小时候常听说父亲最喜欢站在西山顶上看勐弄坝，一年四季都要坐着轿子上西山。他不知道父亲是站在什么地方看勐弄坝的，但是现在他所在的这个位置肯定是最好的观察点：整个勐弄坝尽收眼底。他可以想象父亲当年站在山顶上，欣赏着自己统治下的这个坝子四季景色时喜形于色的情景：春天，坝子里的田里灌满了水，像一面巨大的镜子，映着蓝的天、白的云，镜子里那些小黑点是吆牛犁田的农夫；夏天，也就是现在这个季节，田里的秧苗返青，整个坝子就像是一块巨大的绿毯，万绿丛中不时会游动着一串白色的身影，那是一群身着白衣、肩挑竹篮走亲戚或者出外做生意的妇女们；秋天，不用说，满坝子是一片金黄，站在这高高的山上，也能闻到醉人的稻香；到了冬天，坝子也不寂寞，四周的山和掩映着寨子的竹林依然翠绿，整个坝子的精华聚成一座座谷堆，寨子上空飘荡着的炊烟像云像雾，让人感觉到这就是人间仙境。刀日生深深陶醉了，他体会到祖祖辈辈的荣耀，同时心头不由掠过一丝遗憾：自己真是生不逢时呀，刀家土司延续了28代，他偏偏是最后一代，和统治这块地方擦肩而过。他正在发感叹，那边驾驶员在催他上车，把他的思路打断了。

到了勐弄坝，在街上下了车，刀日生首先进入了土司大院，这里成了州里的一个文物保护单位，不时有一些外地游客来参观，虽然没有大的修复，但是也不再让人感到荒凉，刀日生心里多少有些安慰。出了土司大院，刀日生又去勐弄小学转了转，先前的模样一点也看不见了，又正值假期，连人影也不见一个。走出小学校，他茫然了，去哪里呢？这时候他才明白：在勐弄这块生他的土地上，他竟没有一个落脚点！他不是这块土地的统治者，勐弄已经离他很远很远了。他苦笑了一声，想起自己到勐弄本来就没有一个明确的目的，仅仅是为了躲开姐姐的唠叨。想到这里，他索性在一个小旅馆开了个房间住了下来，盘算着住上几天，四处走走，不对勐弄有任何企求，而是用一个过客的眼光去观察她、体会她。

刀日生在旅馆里美美地睡了一觉，起床后洗了个脸，顿时感到精神焕发，完全没有了过客的感觉，而是意识到自己的根就在这里，命中注定他要和这块土地紧紧连在一起。这里毕竟是他的家乡，这里的泥土、空气都给他一种亲切感。这种感觉来得很突然，离开家乡许多年，他一直感觉到有一种捉摸不定的东西在他的血管里流淌着，现在，当他的脚踩在这块土地上的时候，他才明白，那就是对家乡的眷恋。他感到身上涌起一股莫名其妙的无法抑制的春情骚动，好像是要发生什么事，但是他又不知道将要发生什么事。他点上一支烟，想让自己平静下来。过了一会他发现身上的那股骚动越来越强烈，像是注射了一支兴奋剂，随着血液流遍了全身，令他坐立不安。看看表，刚好6点，肚子有些饿了，他慢慢走上街来，想找一家饭馆吃晚饭。正走着，一辆手扶拖拉机从他身后驶来，他听到响声朝边上让了让，又不经意地往车上看了看，车上坐着七八个傣族妇女，一个坐在后边的"卜少"正好转过脸来，四目对视，刀日生的眼前蓦然飘起一片红霞。"月喊！"他失声叫道。那"卜少"对他笑了笑，却没有说话。刀日生连连向车上的人招手："停一下！停一下！"车上的人都回头看他，以为他要搭车，有人向他摆摆手，意思是坐不下了，刀日生不顾一切地追上去。拖拉机终于在路边停下来，刀日生喘着气，对着那个"卜少"又叫了一声"月喊！""卜少"仍然是只笑不语，那笑容使他更加觉得她就是自己当年的恋人。驾驶拖拉机的"卜冒"跳下车拦住他，不高兴地问："你想干什么？""你们是不是弄么寨的？""是呀，怎么啦？""她是不是叫月喊？"车上一个"比朗"笑着回答道："她不是月喊，是玉品，月喊是她的妈妈。"这一说，刀日生明白过来，他又细细地端详着玉品，活脱脱一个当年自己的恋人的翻版。姑娘被他看得脸越发红了，却故意扬起红扑扑的脸庞问："你认识我的妈妈？"这一点也十分像当年的月喊：羞怯中不失热情大方。刀日生点点头说："认识！岂止是认识……"开拖拉机的"卜冒"一直在端详着他，突然问道："你是不是'宰比'？"又是一个知道自己小名的人！刀日生把目光移到他的身上："你是……""我是刀日强。""哦……"刀日生紧紧握住他的手说不出话来，他明白了眼前这个"卜冒"就是刀忠仁最小的儿子、刀日琴的同母弟弟，在州府的时候经常听刀日琴说起他，言语中刀日琴对这个弟弟没有多少好感，说他没有读过书，只会"猎少"，不像一个土司的后代。在刀日生的印象里，他是一个躲在母亲怀里不敢出声的小瘦猴，现在竟然长成如此强壮的小伙子了。

车上的人听说他是刀日生，纷纷跳下来向他问候，那个"比朗"叫了他一声"昭"，叫得刀日生打了一个冷噤，他想不到这么多年了，还有人这样称呼他。他生怕别人也跟着叫，赶紧问道："你们从哪里来？"刀日强说："玉品的妈妈病了，在县医院住院。""月喊病啦？"

他转身去看玉品，从她俊美的脸上带着的悲戚他就知道月喊病得不轻，赶紧说："走走走，领我去看看。"

刀日强重新发动了拖拉机，调头驶往医院。在医院的一间隔离病房里，刀日生见到了他初恋的情人。月喊静静地躺在洁白的病床上，枕边那个傣族老年妇女的黑包头特别刺眼。听见响声，月喊睁开眼睛，声若游丝地问道："你们怎么又回来了？"玉品抢先走到床头，转身指着刀日生说："妈，他说他认识你，要来看你。"月喊顺着她的手看过来，面无表情地看着刀日生，也让刀日生看到了她苍老消瘦的脸，他不敢相信这人就是当年那个愿意拿弟弟的毯子给自己来"猎"她的月喊，他想一定是搞错了，傣族叫"月喊"的姑娘有很多很多。他正想向刀日强问个明白，突然看见月喊的眼里闪出一道亮光，嘴唇在颤抖，接着，一个熟悉的声音传来："昭……"刀日生不再有丝毫的怀疑，不顾一切地扑到床前，单腿跪地，紧紧握住她伸出来的手："月喊！是你吗？你怎么病成这个样子呀？"过了20多年，一对恋人再次面对面地凝视着，刀日生依然感到不可抑制的激动。月喊见刀日生跪在地上，挣扎着想坐起来，玉品从背后扶了她一把，趁势用肩头撑着她，母女俩的脸贴在一起，一个绯红，一个蜡黄。月喊喘息了一会说："是你吗，昭？你怎么还想得起我……"刀日生把她的手贴在自己的脸上，顿时泪流满面："我从来没有忘记过你呀！"如果不是几个医生进来，刀日生真想大哭一场。从医生口中他得知月喊患的是晚期肝癌，立即做出决定：把月喊接到州医院治疗。

6

刀日生把月喊送进州医院后才发现，自己一个单身汉要照顾好一个病人实在不容易，吃的用的都不就手，没有办法，他只好把同来的几个人安排到刀日琴家。因为大家都是亲戚，开始的时候刀日琴也没有什么，过了几天，就明显地感到受不了，她说，你们那么多人在着，也减轻不了月喊的病情，不如先回去一些人，只留下玉品陪着。她见刀日生天天往医院跑，就有些意见："你不会是想赎罪吧？当年是她首先说不和你好的。农村人，不管得了什么病，在县医院里也就不错了，你偏要把她弄到这里！"刀日生不解地问："州医院的条件不是更好一些吗？"刀日琴说："她这个病到美国也治不好，你不要瞎操心了。"刀日生有些不愉快，又不好多说。他仍然天天往医院跑，了解到月喊的一些情况，刀日生上大学的第二年，她已经是寨子里的"少桃"（老姑娘）了，经不住寨子里人们的闲言碎语，只好嫁了人，生了两个女儿，大女儿出嫁了，男人已经去世两年，身边只有玉品一人。月喊的病情不稳定，时好时坏，这一天，刀日生又来看她，她坚持要回家，刀日生说："你不能回去，安心治病吧，就当作是我对你的补偿吧！"月喊说："你不欠我什么。"刀日生说："不，我欠你的情，我一辈子都还不清。"月喊就哭了："要说欠，那也是我欠你，当年，是我先说出不和你好的。"刀日生说："不要说了，你好好治病，等你好了，我想和你在一起生活。"月喊听了赶紧打断他："你不要这样说，这辈子我们不可能了。"刀日生握着她的手说："为什么不可能？你嫌我是昭还是嫌我老？""不是，不是，我是嫁过人、生过娃娃的人，你是昭，怎么能娶我这样的寡妇？你应该找一个天底下最好的。""你在我的眼里就是最好的……你怎么总是把我当作昭？已经解放那么多年了，哪里还有昭呀！虽然我一天也没有当过昭，还为此吃尽了苦头，但是你想叫我昭，你就叫吧。我只想告诉你，如果我真的是昭，我有权力娶你，谁也挡不住；如果我根本不是昭，我们可以过普通人的生活，我也不会离开你，可我偏偏是一个土司的后代，一个昭的后代！我们就命中注定不能在一起，这是为了什么？昭在你的眼里到底是什么？是不是很坏很坏的人？"月喊挣脱他的手说："不是，不是，你是好人，昭是好人。""既然如此，我为什么不能娶你？""不能就是不能！你不要啰唆了。"月喊说得很绝情，刀日生长叹一声，眼泪夺眶而出："月喊呀，你以为这么多年我的生活中没有女人吗？不，即使是我在昆明打零工、吃了上顿没有下顿的时候，也有人给我介绍对象，还有人主动要和我好，可是，我把她们和你一比，我就放弃了，我忘不了我们在田里点蚕豆时的情景，忘不了你身上的味道，忘不了你的音容笑貌，只要我想起你，我的眼前都会出现一片灿烂的云霞，在别人的身上，我从来没有这样的感觉。这么多年我一直没有结婚，就是想着有朝一日要和你在一起。那年我到弄么，远远地看见你戴上了包头，我知道没有希望了，可是，现在不同了，你已经是一个人了，还有什么可以阻拦我们呢？"月喊听了这一番话，也早已是泪水涟涟，她又摇头又叹气："你这个憨人呀！"刀日生以为她心软了，赶紧说道："你同意啦？""同意什么？""嫁给我！""你不是在说梦话吧？"刀日生把她的手凑到嘴边："怎么会呢？我已经等了20多年了。"这一幕被从外面进来的玉品看在了眼里。

过了不久，学校就开学了，刀日生果然被任命为副校长。他知道这种任命不完全是因为工作能力，很大程度是从统战的角度来考虑的，他一辈子没有当过官，也不想当官，只想好好当一名教师，平平安安度过这一生。他找到教育局的领导请求辞职，领导只笑不语，被他逼不过，只好说："这不是学校或者教育局定的，是州委、州政府的决定，你只是在这个岗位上过渡一下，还会有新的任命。"刀日生无言以对。当他把这个消息告诉刀日琴时，刀日琴兴奋不已："这是教育局领导的原话？你没有加上水分？"刀日生不耐烦地说："莫名其妙！"刀日琴并不生气，拍着手说："好好好！我们刀家有希望了！"刀日生等她激动过了，轻声告诉她："我要娶月喊。"刀日琴在空中舞动着的手骤然停住了："你说什么？"刀日生最怕看她带表演性的言谈举止，这是当演员留下的后遗症，他低头点了一支烟，重复道："是的，我要娶月喊。"刀日琴伸手摸摸他的额头："你没有发烧吧？"刀日生轻轻侧过脸说："我的心在发烧，我的头脑很冷静。"刀日琴咬牙切齿，好一阵才说道："你没有忘记小时候在弄么看斗牛时父亲说过的话吧？"刀日生愣了一下：他不得不承认，当年父亲所说的关于土司和牛的那一段话，给他留下了太深的印象。在昆明打工的那些年，他不是没有接触过女人，有两个返城的知青和房东家的女儿都曾经向他表示过爱意，但是当他知道两个知青中，一个是为了返城与在农村的丈夫离了婚，另一个是几次堕胎后被同是知青的男朋友抛弃，就坚决和她们说再见了；房东的女儿人长得清纯温柔，至今还给他留下深刻的印象，可是有一次他偶尔听邻居说这个女孩子12岁的时候被人强暴过，强暴她的那个人被判了15年徒刑，他就拒绝了房东天天等他下工回来吃饭的好意，有意下工后在外面喝得醉醺醺的才回去，最后找了一个借口搬了出去。他的头脑里充满了要找一个最好的女人做老婆的念头，这最好的女人在他心目中，早已定位，就是月喊。他以为当年父亲的话是对他一个人说的，只有他自己知道，没有想到这个从年龄上是姐姐、口头上声声叫自己"哥"的刀日琴也知道这件事——对了，他想起来了，那次父亲到弄么，除了带着他，还带着她和几个庶出的兄弟。他不知道她和那几个兄弟是否记住父亲的话，或者记住了也做不到，因为他们没有一个人娶了土司的女儿做老婆。他说："我没有忘记，可是现在什么年代了？再说，我们兄弟几个，哪个按照父亲的话去做……"刀日琴不耐烦地挥挥手："你不要和我说别人，我请你永远不要忘记，你是勐弄土司唯一的传承人，你不能和他们比！"刀日生一下子激动起来："我传承什么？现在我还能传承那个土司的职位吗？""你不能传承土司职位，但是你必须传承土司的血统！"刀日生冷笑一声："哼！

现在知道土司的血统了，前些年大家不是怕得要命吗？土司的血统给我、给你、给我们全家带来什么好处？我们为了土司的血统吃了多少苦头？我明确告诉你，我讨厌土司的血统！我恨不得把全身的血抽干，换上一个平民百姓的血，过普通人的生活。"刀日琴的情绪也激动起来："亏你还是大学生，不管土司和土司制度是好是坏，那都是历史，你是土司的后代，这个历史你是无法改变的。"刀日生平静了一会，说道："如果不是来了共产党，我可能会继承土司的职位，像祖祖辈辈一样，过着土皇帝的日子，三妻四妾，前呼后拥，问题是那段历史已经彻底完结，土司制度早已经被彻底废除了，我们为什么还要背着沉重的历史包袱不放呢？""我看你就是背着历史的包袱不放！月喊是你的初恋情人，我知道你忘不了她，可是无论她多么好，她毕竟已经嫁人，已经生儿育女，而且现在还病入膏肓，你非要娶她，我不说有辱门风的话了，说了你也不听，你想想，她能陪伴你多久？她还能为你生下一儿半女吗？难道你真的不想为刀家留下一个正宗的后代？"刀日生不得不承认，他从来没有想过这些问题，差一点被打动了。他闭上眼睛，脑海里展现出当年在弄么点蚕豆的初冬季节，想起月喊说要拿弟弟的毯子给他来"猎"自己的话，眼前又飘起一片红霞，他不假思索地说："这是我的生活，我不希望别人过多干涉。"说完就起身走了。出了门，听见屋里传来茶杯摔碎的声音。

以后的几天里，刀日琴对刀日生一直不理不睬。刀日生并不生气，他知道这是人之常情，不会有人理解自己的。有时他也会突然问自己是不是有点过分？自己毕竟还是童子身，对方则差不多走完了一个傣族妇女一辈子所要走的路。但是每一次出现这个念头，他都会随之产生一种罪恶的感觉。当年，是自己的出身迫使月喊做出分手的决定的，以后自己去上了大学，自己没有权利让她一直等着。现在一切都过去了，在她和自己之间，除了世俗的观念以外，已经没有任何障碍。想到这里，刀日生的心从来没有这样坦然过，只等月喊开口了。他几次到医院，月喊都沉默不语，他知道月喊不开口，是因为不愿意给自己增加负担，要是换了别人，早就巴不得了，她越是不开口，他就越觉得她可贵。这样一想，就更加坚定了要娶她的决心。

过了两天，刀日生去医院看月喊，已经是人去室空，问了医生，医生说刀副局长把病人接走了，他问哪个刀副局长？医生说文化局的刀副局长呀。他一听，急忙赶到刀日琴家，远远地就听见她的笑声，进屋一看，三个人正在谈论着什么，刀日琴兴高采烈，玉品红着脸低头不语，月喊虽然虚弱，额头上沁出一片细汗，但是脸上出现了很久没有见过的红晕。刀日琴见他进来，一拍大腿站起来："看看，刚刚说你你就来了。"说着硬把他拉坐在玉品身边，然后站在一边端详着他。刀日生被看得不好意思起来，故意打岔道："你们说我什么坏话啦？"刀日琴说："哪个敢说你的坏话？我们在说：我们家'宰比'太像爹爹了，一年四季脸红彤彤的，看上去一点都不像是四十几岁的人，最多三十出头吧？你们说是不是？"月喊接着说道："怎么不是？'昭'就是年轻。"刀日琴转向玉品说："你说呢？"玉品羞红了脸："'陇'（大爹）真的不老。"月喊说："要叫'昭'！"刀日琴赶紧说："叫'宰'！"玉品不知所措，脸红扑扑地望着刀日生，刀日生被她脸上灿烂的红霞深深迷住了，这个世界真是太奇妙了，20多年的时间，一个活脱脱的月喊又出现在眼前，她就是月喊生命的延续。他爱怜地抚摸着玉品的肩头说："叫'昭'不好，叫'宰'就更荒唐，当然是叫'陇'啦。我能有这么一个女儿是我的福气！"刀日琴掐了他一下："你瞎说什么？"刀日生一本正经地说："怎么是瞎说？我和月喊……"刀日琴急得跺脚："你这个傻瓜！去！上街买点菜去。玉品，你也去，今天我们大家好好庆贺庆贺。"

刀日生和玉品在街上走着的时候，他不经意发现玉品总是一副娇羞的模样，和平时大不一样，心中好像明白了什么。

尾声

公元 1986 年，傣历 1349 年，由刀日琴和月喊导演的这对老少恋，终于有了结果。刀日生很喜欢玉品，但是他考虑到自己比玉品大二十多岁，如果在农村，他完全可以做她的父亲了，又因为她是月喊的女儿，他不愿意伤害她；玉品虽然同情刀日生，为他始终眷恋着母亲而感动，但是在认识刀日生之前心里已经有了一个"卜冒"，她一时不知道怎么选择。两个人就这样耗着。那一天，月喊病危，刀日生得到消息，急忙赶到弄么，月喊把两人叫到床前，含着泪说："'昭'，我今生今世不能嫁给你，但是我把一个和我一模一样的女儿交给你，我没有遗憾了；玉品，你知道昭的经历和为人，他为了我一直独身到现在，你跟着他，我就放心了，死也瞑目了。"一句话说得两人泪流满面，在场的寨子里的老人们也极力为两人说合，两人终于当着众人的面点了头，并且赶在月喊去世前举行了婚礼。

这一年的春天，在勐弄县人代会上，刀日生当选为副县长。他带着玉品从州府前去赴任经过西山顶的时候，特意让驾驶员停下车来，站在上次观看勐弄坝的那个地方，久久凝视着山下笼罩着一层薄雾的坝子。山顶上刮着一阵阵寒风，玉品有些冷，紧紧地依偎着他："我们走吧。"刀日生突然问她："你说说，'昭'是什么？"玉品说："'昭'就是大官、老爷、主人，这还用问我？"刀日生摇了摇头说："你说的都不对。我是勐弄的儿子，命中注定离不开这块土地，现在人民代表选我当副县长，来管理这块地方，但我不是大官，更不是老爷，按照共产党的说法，是公仆。勐弄是一个美丽的地方，现在全州开放为边境贸易区，勐弄就在边境口岸上，你说，这是不是一个千载难逢的机遇？有多少事等着我去做呀，我会当好这个公仆、这个'昭'的！"

玉品望着丈夫，脸上露出会心的笑容，那笑容让刀日生眼前升起一片灿烂的红霞。

敲人的雨声

钟　翔

　　轰隆隆！轰隆隆！不大不小的雷声，从遥远的天边传来，震得松散的木格子窗户啪啦啦响。贝岁急忙坐直身子，挪到炕头的窗玻璃跟前，焦急地朝外张望。南山奔来的乌云，笼罩在村庄头顶，肆意翻卷，黑乎乎的，使渐暗的天色愈加阴沉。狂风翻过庄窠墙头，冲进院子，掀动门帘，推搡房门，摇动树枝，卷起尘土四处飞扬，马上要下雨了。

　　这阴雨，早不下迟不下，偏偏在天黑时下起来，成心跟人作对。贝岁狠骂了一句，下了土炕，穿上皮鞋，披上夹克，走到院里，看到乌云越聚越多，四处奔涌，罩满了天宇，似要掉落下来，砸在人们头上。

　　明晃晃的闪电，撕开大片的乌云，伴着咔嚓咔嚓的巨响，现出长长的几道缝隙，像飞跑而过的银蛇，歪歪拐拐的，转瞬又没了踪影。灰色的房顶，翠绿的树木，院里的农具，墙头的蒿草，都一清二楚，立马又陷入沉沉的晦暗之中。

　　贝岁急忙走进杂物房，拿一把铁锨，走了出来。弄出的巨大响声，惊动了厨房里的老婆苏穆，出来说饭马上熟了，我给你端来，一块儿吃吧。天这么黑了，又要下雨，你要到哪里去？贝岁看也不看，说一个婆娘家的，知道个啥，不该问的就别问了，说完迎着阴沉的天气，走出门去。

　　苏穆站在厨房门前，两手沾满面粉，在围裙上搓着，一点办法也

174

没有，想这老头子，已经年过半百，还是闲不住。尤其是近两三年，单是遇到下雨，似乎中了什么邪，或被大雨勾走了魂，执意要外出。

苏穆舀了一碗饭，坐在木桩上，边吃边想心事。这贝岁原是外地的汉族，祖籍四川巴中，家境贫寒，在山沟里长大。到十三四岁时，与村上同龄的三个年轻人，偷偷坐上通往山外的火车，到第二天下午时，就来到地广人稀的大西北。

贝岁下了车，才发现是个繁华的小镇，就跟三个伙伴租了一间房屋，住了下来。他们四处找活，运送旅客行李，饭馆里端菜，铺子里售货，不停地忙碌，过着繁重的打工生活。贝岁离家来到这里，受了不少累，吃了不少苦，慢慢改掉了以前的恶习，变得懂事起来。他身强力壮，稳重踏实，责任心强，人们争着叫他，带着去这去那的，有干不完的活儿，挣不完的钱。

没过多久，就因鸡毛蒜皮的一点小事儿，伙伴间有了矛盾，彼此态度强硬，贝岁劝不和，先后都搬走了，只剩下贝岁一个人，孤零零的，觉得房间太大，划不来，就退掉了。此后，贝岁来到郊区的店子村，寻找住处。

那天太阳下山了，苏穆在门前扫麦草，看见一个年轻人，提着个破挎包，到跟前问住处。苏穆问问父亲，才答应把家里的一间空房租给了他，每月十五元，月底结清。就这样，贝岁住进了苏穆家里。

店子村大多是穆斯林，有回族、东乡族等少数民族。几十家汉族，也来自五湖四海，买下村里的几亩耕地，置办些简单的家产农具，住了下来，过着安宁幸福的生活。

这店子村离小镇不远，走十多分钟就到。贝岁起床外出干活，饭馆里吃喝，很晚才回来睡觉。有时外面活少，来得早些，就主动帮忙，扫一下院子，拉几车农肥，收一把庄稼。时间一长，苏穆的父亲觉得这个汉族小伙待人热情，诚实厚道，懂得事理，发了善心，免去每月的租金，让他白住，有时还留下一块儿吃饭。

父母五十多岁了，长年有病，加上没有儿子，少了挣钱的狠劲儿，显得矮人一截，在村里抬不起头。那时苏穆十五六岁，地里的庄稼，家里的杂活，什么都难不住，说媒的也渐渐多起来。

父母看到女儿大了，想早点儿给结婚成家。两全其美的办法，是找个上门女婿，服侍二老，养老送终。村里的穆斯林小伙，大多家庭条件好，居住位置优越，不愿上门。愿意倒插门的，大多是外地人，家庭困难，儿子又多，拿不出财礼。在这节骨眼上，贝岁就突然出现了。

经过一段时间了解，父母觉得这个汉族小伙能够顾家，靠得住，就有了招其上门的想法。而苏穆说不上好，也说不上不好，过得去吧。但贝岁是汉族，自己是回族，怕婚后牵扯许多问题，父母一直拿不定主意。

贝岁得知这一想法，很是意外，一时转不过弯儿来。后来想了想，觉得天底下哪里适合生存，就在哪里落脚，不介意是什么民族，于是给父母打电话，说明情况，征求意见。贝岁父母说，你已经长大了，觉得合适，能立住脚跟，自己看着办吧。

就这样，在双方父母同意下，按照穆斯林婚俗习惯，贝岁取名胡赛尼，听阿訇诵读《古兰经》，信奉伊斯兰教，跟苏穆结了婚。

时间过得真快，一晃多年过去了，父母先后故去，苏穆和贝岁也四十多了，儿子考入了西北民大，女儿在念高中。贝岁凭着多年的努力，当上了村支书，操心村上的大小事儿，忙得昏天黑地，时常入不了家门。

贝岁升为一村之长，引起了部分人的嫉妒，背地里说些闲话。贝岁不苟言笑，脸上常常阴着，表面看来很严，给人造成冷漠，难以接触的错觉。但贝岁不管别人的闲话，负责好自己的家庭，让一家人穿暖吃饱，过好日子就行。

天已完全黑下来，雨点滴答滴答落着。沿瓦槽流下的雨水，成了无数条细线，在水泥地上啪啦啦响着。苏穆拾掇好厨房，就来到了炕上，边织毛衣边等男人回来。虽是四口之家，子女常常不在身边，家里显得空落落的，更加寂寞。

究竟到哪儿去呢？村上杂七杂八的事儿多了，但不至于天黑了下着大雨，还一定要去办理？等明天或雨停了不行吗？男人以前没这种习惯，究竟出什么事儿了？

贝岁出了家门，匆匆朝下庄走去。店子村有百来户人家，分上庄和下庄。上庄多是从前的老住户，历史很久，下庄是婚后的年轻人要分家另过，周围找不到合适的地点，到这里修建了一个个新家，才慢慢形成的。这里以前是人们的自留地，或队上的责任田，平展展的，适宜人居。在上下庄之间，有一条宽三十多米的深沟，把两边的庄子隔了开来。

雨越下越大，淋湿了地面。沟槽里积满了雨水，浑浑浊浊的，漂着断树枝、硬壳的死虫、碎草叶，淙淙朝低处流去。贝岁踩着路边的碎草，迎着大风，一步步前行。将到沟沿时，看见一个头戴草帽的人，在一家门檐下避雨。到了跟前，才看清是下庄的由布，胖乎乎的，国字脸，三十多岁，身强力壮，是媳妇的远房弟弟，也就是不亲的舅子了。贝岁远远地打了声招呼，说下雨了，还不快回去，在这看啥呢？由布看都不看一眼，也没吱声儿，好像跟自己打招呼的是一阵风，或一道幻影，根本没有去理睬。

贝岁见他不理，心里有点儿发虚。由布虽说是媳妇的远房弟弟，但生性耿直，脾气倔强，常年在外闯荡，做虫草黄金生意，挣了大钱，是庄上的暴发户。贝岁知道，由布对自己当支书心里一直不服，觉得这村支书，该由本地的文化人来当，却偏偏叫一个上门的外人挣了去，还当了这么多年。虽说是姐夫，似乎跟自己没有什么瓜葛，从没得到过救济粮、扶贫款之类的好处；再说了，这样的好处应由五保户、残疾人、贫困户享受，自己有胳膊有腿，通过勤劳就能获得，给了也不要。而贝岁做事不公，偏三向四，该得的得不到，不该得的却得到了，人们不服气，由布更是气恼。

贝岁知道这些，但心里一直装糊涂，不主动亲近，也不去招惹。贝岁跟县上镇上村上的人们打交道，见过性子柔和的，脾气暴烈的，遇过讲道理的，无理取闹的，可说是见多识广，久经沙场，老练得很。对不痛不痒，无关紧要的事儿，总是一推再推，置之不理。对上级领导，尤其是乡上的，包括下村干部，极力讨好，赔着笑脸，说什么听什么。上面领导来检查了，就安排在村民家里，杀鸡宰羊，让领导吃好喝好，这是最重要的，不能马虎。

贝岁当了多年村支书，有反对的，有支持的，总是褒贬不一，这很正常。刚当上的头四五年，带着村民修路，兑换良种，养殖牲畜，给村民办了许多好事，赢得了大家的好评。一个外来的打工者，能够站稳脚跟，成家立业，当上村领导，混到这个份儿上，实在不容易，已经很知足了。

最近几年，村里的年轻人，带着妻子前往拉萨、新疆、海南等地打工，三五年不回来，见不到人影。等到回来时，就叮叮咚咚地拆除以前的旧房，立马建起了大瓦房、二层楼、高档别墅，阔绰气派。有本事的挣了许多钱，都富裕起来。这些富裕的也不来巴结要些扶贫款、补助什么的，贝岁觉得人们看不起他了，从前的威信尊严突然没有了，显得无足轻重，可有可无。有时人们老远见了，也装作没见，不打声招呼，忘在了一边儿。这在贝岁看来，很没有面子，瞧不进眼里。

雨比以前更大了，落在路边树叶上、杂草上，哗哗作响。脚下打着滑，鞋上沾满稀泥，重重地抬不起来，很难行走。陡滑一些的地方得用铁锨铲铲，再把脚放上去，一步步挪动。四周的村庄，早被夜雨裹住了，安安静静的，似已睡着了，又似乎还没有睡。人家里亮起的灯光，穿过树叶射过来，斑斑驳驳的，很是诡秘。

到了下庄村，拐进一条小巷，就听到汪汪汪、汪汪汪的狗叫，声音传得很远，整个村子里都能听到。贝岁听出这是由布家的，叫声浑厚苍凉，是从藏区买来的，非常凶猛，有叫藏獒的，也有叫藏狗的，比一般狗的形体大，专门用来看护门院。贝岁想，半路上避雨的由布可能到家了，狗受到了惊吓，才叫起来的。

贝岁费了很大的劲儿，才算走到毕代家。站下看看，大门依然敞开着，房里亮着暗淡的灯光。跨进门去，不慎撞在旁边的果树枝上，树叶上的水珠滴滴答答落下来，淋在贝岁头上身上。

院里积满了雨水，白白亮亮的，有半尺来高。西面废弃的半截土墙，经过雨水浸泡，早已倒塌下来。旁边的一块菜园里，种了十多颗甘蓝，绿油油的。许是没施足肥料，或地块没有翻松，甘蓝长得不大，像小孩的头颅。东面堆着黑黑的草垛，扁扁地斜向一边，有很多年了。北面的三间房檐塌下来，露出腐烂的椽子，硬硬的土块被淋湿后，变成了泥浆，不时往下掉落。

家里有人吗？贝岁站在树下，对着房间喊。

没有回应，安安静静的，只有房檐上的泥浆，啪嗒啪嗒响着，不时掉落下来。

到了房门跟前，门一扇开着，一扇关着。往里瞧瞧，地上坑坑窝窝的，满是雨水砸开的小坑，没一块儿干爽的地方。东面的土炕已经塌了。面柜上苫着灰色的塑料布，大半露在外面。墙壁变得黑黑的，看不出墙面的草泥。面柜的一角撑着一把破伞，下面放一盏煤油灯，射出昏黄的光。面柜一旁立着一只衣柜，上面盖几块塑料布、油毛毡。衣柜与面柜之间，放着四五块扁平的石头、砖块，一半淹进了水里，是为了来回走动时脚踩的。

这毕代家就老两口，都四十多岁了，无儿无女。男人尔萨游手好闲，不顾家务，常年待在兰州打工，自己吃饱喝足，有个睡觉的地方就行，对妻子没一点儿感情。

尔萨懒惰，又怕吃苦，弄不来扶贫款、救济粮，打不起生活的信心，在庄上抬不起头，过得很窝囊。以前常听邻居们说，乡上村上给了自己救济粮、扶贫款，列入扶持对象，尔萨也盼着，一天天一月月，最后还是落空了，什么也没得到，不知是别人捉弄他，还是别人占领去了自己的钱，他搞不明白。尔萨觉得这世道太复杂了，人心难以捉摸，索性不再去管，到外面混饭吃。

毕代从前是个孤儿，脑残，话也说不清，哎哎啊啊的，被远房的叔叔养大。到了结婚时，比以前好多了，话也能说清，还懂许多事理，觉得能顾住自己，就嫁给了家境贫寒的尔萨。刚开始时，毕代能做饭菜，两人关系还好，勉强过着日子。多年过去了，两人没有孩子，没了天伦之乐，家里冷冷清清的，时常吵嘴，关系不太好，感情合不来。这不孕不育症在尔萨或毕代身上，没去医院看看，谁也说不清，就一直拖下来。

尔萨本想跟毕代离婚，想再找一个。但想到连自己都养不活，时常露宿街头，哪有余钱养活媳妇，这不是给自己增加罪孽嘛。这样一想，就打消了离婚的念头，一天推一天，办不办离婚手续，已没有实际意义，就不再去管。

过年时城里人忙着办年货，干的活儿少，挣不到钱，打工的都回去了。此时尔萨也回去了，回到原来的家，跟毕代待上一阵。毕代见尔萨来了，凑到跟前看看，觉得像自己的男人，又似一个陌路人，也不问个究竟，来就来了，去就去了，一点儿都不在乎。

尔萨有个弟弟穆萨，倒是很精明，读过小学，在县上某建筑工程队当会计，两口子关系好，家庭温馨。穆萨看到哥哥的状况，很是同情，不止一次出主意想办法，该如何如何，怎样怎样，想让哥哥快点儿好起来。但尔萨懒散惯了，听不进去，过得窝窝囊囊。队里也给尔萨分了地，一亩左右，种上也能吃饱，但还得有耕牛、犁、化肥种子，要花钱弄来。尔萨没钱弄来，地就种不上，里面长满了杂草。尔萨走后，毕代靠邻居施舍，这家的残汤剩饭，那家硬了的干馍，一天天活着。

屋里有人吗？贝岁再次轻轻喊了一声。

嗯！又来了啊，放在面柜上，麻烦你了！从立着的破衣柜里，低低传出了这样几句。

贝岁听出来了，这是毕代，怕房上的漏雨淋湿，就藏进了衣柜。听到外面的叫声，就以为又是那个好心的邻居，送吃的来了。

我不是送饭来的，我是上庄的贝岁，你快出来，待在里面很危险。我给你说过，遇到下雨时去邻居家躲躲，别在家里待着，就是不听。如果屋子塌下来，压了人怎么办。你快出来，我带你到外面去。贝岁慌忙说。

不去，压死了才好，就不受这份儿苦，我一直盼着呢！你回去吧，别装好人了。贝岁听了也没生气，不见怪什么，挽起裤脚，踩着泥水，朝立柜一步步走去。

贝岁拉开柜门，发现毕代蹲在里面，披头散发，破衣烂衫，满是污垢，像个乞丐。眼睛出奇的明亮，惊恐地望着，什么也没说，不知将要发生什么。脚下的木板上，满是黄黄的尿迹，糊着的粪便，还有吃剩的饭菜，硬的馍块。刺鼻的臭气飘散出来，使人窒息。

起来吧，快到外面去，大雨天的，说不定房子塌下来，会出人命的。贝岁边说边扶她起来。

哎哟！我的脚疼，受不了啊！毕代惊叫一声。

贝岁低头看去，发现毕代的右脚红肿，裂开了伤口，渗出紫红的血来，裤脚上，门板上，缠着脚的塑料袋上，到处都是。贝岁知道她挪不了脚步，就蹲下来拉起她的双手，转身放在自己的肩头把她背起来，使劲往上颠颠，一步一滑朝门外走去。

放开我，我哪里也不去，砸死算了，我不想活了。背上的毕代使劲蹬踏着，想挣脱下来，不愿跟贝岁一块儿出去。贝岁不管这些，紧紧抓住毕代的手，吃力地走着。将要出门时，头顶的木板突然落下来，砸在了毕代身上，也砸在了贝岁头上。贝岁一阵眩晕，眼里发黑，身子轻飘飘的，连同毕代倒在了地上。

过了三五分钟，许是木板击得不重，或被雨水冰醒了，贝岁睁眼看时，发现毕代浑身泥浆，窜到檐下台阶上，抱着血水浸透的右脚，不停地颤抖。此时雨水更大了，打在树叶上，甘蓝菜叶上，啪啪直响。院里的积水池塘一般，明晃晃的，到处都是。在照着光束的水面上，雨点溅起无数的水泡，追逐着四处漂流。

真是倒了八辈子霉了。贝岁这样狠骂了一句，不知是对下着的大雨，还是毕代。裤子和衣袖上湿湿的，沾满了许多脏泥。贝岁顾不了这些，又挣扎着站起来，三两步走到毕代跟前，说我是村支书，必须听我的，到外面躲躲，等雨停了再回来。说完又背起来，踩着淹过脚面的雨水，小心翼翼朝大门走去。

你是村支书？你是狗屁，是贪污犯，谁承认你是村支书，快放我下来。背上的毕代还在叫喊厮打，流血的脚板淹进水里。贝岁不管这些，只是紧攥着两手，快速往外走着。刚到大门时，突然传来橼子和檩子的碰撞声，咔嚓咔嚓响着，声音就在身后。回头看去，原是房屋的一角撑不住雨水淋后重量，塌了下来，腾起一阵尘土，瞬间又被刮过的大风吹散了。这意外的轰响，吓得贝岁两腿发软，浑身战栗，幸亏走得及时，不然后果不堪设想。

出了大门，想着送到谁家去呢？在这黑灯瞎火的夜里，自己背着别人的媳妇，被人意外撞见了，会说什么，留下怎样的骂名？作为村支书，干这类见不得人的事儿，究竟是自己犯浑，还是遭了报应？对自己的遭遇，贝岁说不出一句话，只是默默地忍受着。

到底去谁家好呢？毕代是个大活人，要吃喝拉撒，身上那么脏，发出刺鼻的臭味，谁家愿意接受？毕代要是个没命的物件，如一条麻袋，半截木桩，一只背篓，那该多好，可随便放到某个地方，不提反对意见，也没任何怨言，该多好啊，可毕代偏偏是个大活人，牵扯到自己的一个大活人。遇到下雨时，邻家已放过多次了，搭了许多好话，甚至给了低保，扶贫款。

尔萨作为毕代的男人，要是照顾一下，尽尽起码的责任，自己就少操心。可尔萨常年在外，偏偏不管，似是可有可无，不存在一样。毕代的危房问题，一直揪着自己的心，想不出解决的办法。

考虑再三，贝岁背着毕代，朝穆萨家走去。穆萨是尔萨的弟弟，有血缘关系，总能给个面子，让嫂子住上一晚，哪怕草房里也行。到明天再送回去，就一晚上，估计能行的。

到了穆萨家，看到绿漆的大铁门关着。推推大门，里面扣上了。家里有人吗？贝岁轻声叫喊。稍停发现院灯亮了，门缝里射出一束亮光，听到脚步声，接着门扣响了，门开了。出来的是穆萨媳妇，看到被雨淋湿的一男一女，男的背着女的，大吃一惊，慌忙又关上了门，锁了起来。

穆萨媳妇，穆萨媳妇哎！你开开门，让你嫂子住上一晚，她的房子要塌了，都一家人嘛，行行好，快开门吧？贝岁稍微挺直身子，把毕代往上颠了颠，大声说。

家里就我一人，穆萨不在，我怕挨骂，不敢做主，你另找一家吧！门里传来这样不冷不热的几句，再也听不到任何声息了，院灯也相继灭了。

究竟去哪里呢？放回她家，房子塌下来压死，村支书得负全部责任，摘了支书这乌纱帽不说，还要偿命。自己是外地人，皈依了穆斯林，当上了村支书，当地人不服，得了红眼病，在这节骨眼上，得格外小心，不能出任何差错。

想到这里，贝岁觉得不能放回去，得找个人家借宿一晚，等天亮了再说。就这样，贝岁背着毕代，借着周围的灯光，沿人家的墙根，一步步走着。拐过一条草路，绕过一片树林，又回到原来的路上，白转了一圈儿。不远处是由布家，看到房里亮着灯，射出暖暖的光，照见脚下的土路，地上的水坑，路边的野草，树上的绿叶，清清楚楚。

在这灯光之下，贝岁更加惊慌，怕人发现，赶紧躲到黑暗中去了。走了不多远，看见了尔里家。这尔里是外来的一户招女婿，跟自己以前的处境一样，是皈依伊斯兰教的穆斯林，在这里住下不久。就试着往前走去。

轻轻敲了一下门，发现院灯亮了，传来电视里播放的声音，说说笑笑的，估计是在看综艺节目。

谁啊！这么晚了，有事儿明天再说吧！

是我，村支书贝岁，我有急事儿，你开开门吧？贝岁听出是尔里的声音，就热情地说。不久门灯亮了，尔里开门说，是村支书啊，这么晚了，有什么事儿？贝岁说你先别问了，进去再说吧。说着躲开一旁的尔里，背着毕代，努力挤了进去，将其放在草房的空地上，直起腰身，喘了一口气。

尔里看到这幕，觉得有点儿奇怪，莫名其妙。一个有头有脸的村支书，深更半夜背着个人，到自己家里干什么？贝岁满身泥水，额上冒着热气，看来很累的样子。地上躺着的毕代，也未动弹，仍是放下时的样子，静静躺着，头发遮住了脸面，根本看不清面容。

尔里媳妇听到响动，就关掉电视机，拿一只手电，赶紧走过来，这里照照，那里看看。毕代右脚流了很多血，染红了塑料袋、裤脚，还沾着脏泥水。由此断定，贝岁背上毕代后，两脚一直下垂着，流了许多血，估计是失血过多，才这样昏迷不醒的。

让她在这草房里睡一晚，天亮就背回去。咱俩是外来人，你帮帮忙吧，贝岁哀求道。

尔里听到这话，不由得想起以前的事儿。那时自己还没来这里，二十多岁，在一家企业当门卫，每月两千多元工资，管吃管住，条件好。某个雨夜，有个路过的中年人，穿戴干净整洁，说一口标准普通话，说找不到住处，想在此借宿一晚。尔里看到天色已晚，又飘着大雨，看不出来者是个坏人，心生慈悲，就答应睡在自己旁边的空床上。可到了天亮，这人还不起来，什么声息也没有。尔里细看，用手摇摇，身体已经僵硬了，死了。尔里受到牵连，被公安人员拘留起来，盘问了许久，最后丢掉了那份工作。此后，尔里吸取教训，从不在家里留宿外人。

想到这里，尔里用手摸摸前额，转身对贝岁说，哎呀！这病人流了许多血，发着高烧，不省人事，不能留宿，得赶快送医院，迟了恐怕就没命了。

贝岁说只是流了一点儿血，不要紧的，今晚就住你这儿。要不这样，你新筑的庄窠费就免了，再给你安排一个低保，这样总行了吧。

尔里说不行，说啥也不行，这人失血过多，晚上殁了咋办？谁负这个责任？我可不想受到牵连，你快带走吧！尔里的脸阴下来，说话口气很大，似在激烈地争辩。远处谁家的狗受到了惊吓，汪汪汪地吠起来，声音传得很远，似乎整个村子的人们都听到了。

　　无奈之下，贝岁只得借了尔里的架子车，铺上麦草，盖床破被，拉着慢慢往回走。此时雨小了，也没刮风，树叶声不响，夜晚更加安静。许多人家灭了灯，先后都睡了。个别没睡的，房间里还亮着灯，电视里播出声音，偶尔说着话，在评价播放的内容。夜越深时，贝岁越觉得好，没人发现，不起疑心。

　　走了不远，是古本家，院里有一棵核桃树，插入云天，像个守望的黑色巨人，令人害怕。这古本跟自己一样，也是外来户，皈依了穆斯林，说话声细细的，像个女人。古本家已留宿过很多次了。据村里人说，古本是贝岁的远房侄子，是贝岁帮忙迁来的。又有人说，两人没任何关系，沾不上边儿，只是古本嘴甜，喜欢套近乎，拉关系而已。不管怎么说，两人脾性相投，常黏糊在一起，无话不说。

　　贝岁记得，那些扶贫款、低保名额等实惠得到最多的，就算古本了。连他北面的大瓦房，也是贝岁通过曲线救国，才盖起来的。

　　贝岁想，古本家里以前留宿过很多次了，不好开口。再者，近来古本不那么热情了，有时路上见了，也不理不睬，可能知道了自己的作为，或听到了什么坏消息，怕受到牵连，才开始疏远的，真说不明白。

　　夜已深了，天开始放晴，蓝空中出现了白白的云朵，弯弯的月亮。大地上明亮多了。衣服慢慢干起来，不再黏糊糊的让人难受。贝岁停下车子，看到破被盖着的毕代睡得很沉，跟死人一般。撩起被角摸摸，额头凉凉的，估计没再发烧，比以前好多了。伤脚包着的塑料袋外面，沾了不少瘀血，留下紫黑的血迹。剥开塑料袋，抖掉泥点，发现血没有再流，身子也没抖动，估计比背在身上一直颠晃要好受多了。

　　不下雨，房子又不塌，病也不重，把毕代放回家去，睡到天亮，估计不会出什么问题。贝岁这样想着，就调转方向。月光亮亮的，看得清路，走起来很快，十来分钟就到了。

停在毕代家门口，看到院里的积水还没退去，亮汪汪的，映着天上的云月，周围的树木，旁边的土墙。原先踩行的砖块淹进水里，一点儿也看不见。若抱着毕代回到北房，放进那个衣柜，得从水里过去。东面靠墙的草垛下，有个窑洞，似以前的狗窝，或外面淘气的孩子窜来抽掉麦草，捉迷藏留下的。

贝岁折腾了一晚，累得骨头散了架，不想多走一步，就把人放进狗窝里，觉得这里安全，干爽，不存在房塌的危险。贝岁拿起破被，在狗窝里铺展开，然后抱来毕代放上，拉过一半盖上。此时毕代受到轻微地摇动，稍稍清醒过来，嘴里咿咿呀呀嘟囔着，不知在说些什么。

放下了毕代，似卸掉了全部的重担，轻松多了，然后拉起架子车，快步走着，想尽快还给尔里，回家休息。月光比以前亮多了，照在村庄的巷道里，像白天一样。眼前的土路上，留下了车胎的压痕，窄窄的深槽，歪歪拐拐地向前延伸，不知看到的人，心里会咋想？在这大雨天里，车上装着什么？要去哪里？贝岁越想越心虚，做贼似的，心里没有个底儿。

从出门到现在，路上遇到的，就由布一人，自己不亲的舅子，关系虽不算好，也没有得罪过，没闹翻过脸，估计不会作对的。遇雨转移毕代的事儿，已经三五年了，人们不会不知道。但只要瞅准乡上的领导，请客送礼，尽量巴结，官就能当稳，没人会夺去。这是个乱世，上下都这样，官官相护，自己不也经过无数风吹雨打，顺利过来了嘛！

可气的是毕代的男人尔萨，不去关心媳妇，还要别人挪来挪去。这事儿偏偏落在自己身上，一直提心吊胆的，都怪自己没按县乡领导的安排，把毕代的房子修好。

更可气的是那个外来户古本。刚到店子村时，没个熟人，无亲无故，可怜兮兮的，就同情留了他，在村上落了户，当亲人一样看待。

古本结婚以后，还把别人的危房改造款给了他，帮忙盖了房子，过得舒舒服服的。房款虽然不多，就两三万元，但是白得的，谁都愿要。自己落到这个地步，全怪自己偏了古本，真是后悔死了。古本近年外出打工，挣了几十万，财大气粗，渐渐不把自己放在眼里，真是人心难测。

贝岁边想边走，拐过岔路口，发现由布家的灯光还静静亮着。房里几个人在说话，高一声低一声的，在不远处就能听见。到了由布家路边，家里的说话声异常清晰。

天黑时我看见了贝岁，路上跟我打招呼，我理都没理，知道他又去毕代家，把她挪到别人家去，真是自作自受。这是由布的声音。

他还是你姐夫？干这种偷鸡摸狗，见不得人的事儿，你也得管管，向上级领导反映揭发，不然对不起你姐姐。另一个人说。

他是个野驴，畜生，根本用不着去理睬，若不是看在我姐的份儿上，我早把这杂种三两下剁成了肉饼，喂给狼狗吃了。由布气愤地说。

还是忍一忍好，现在当官的，不论上级下级，官大官小，都这样，社会都成这样了，个人能怎么样！这细细的声音，是古本说的。

你拿了毕代的危房改造款，自己修了房子，过得舒舒服服的，把贝岁那个老驴给忘了，真是没良心啊！

不就几万元钱吗？他贪污公家和别人的，我骗他的，两不相欠，很正常，贼偷贼的，不欠谁的，难道不对吗？古本说。

如果毕代的房子塌了，压死了人，才说好呢，看那个老驴怎么交代。

……

贝岁再也听不下去，心里更加惊慌，尤其是要剁成肉饼的话，使自己浑身战栗起来。自己是外来户，单膀子，人们心里不服，恨之入骨，这些贝岁很清楚。人们哎哎啊啊的那些好话，只是表面上奉承，应付而已，有几个是真心的，贝岁清楚得很。跟自己关系一向很好的古本，也站在了对立面，背地里说坏话，真是令人寒心。

这时贝岁浑身发软，疲惫极了，将要倒下的样子。贝岁忽然想起，自己从出门到现在还没吃一口饭。更为可怕的是，无人照看的毕代一旦有个三长两短，村民们抓住把柄集体上告，上面查下来算账，说毕代的危房改造款哪里去了，那该怎么办，如何交代，自己还能当村支书吗？

这样越想越怕。贝岁尽力撑起身子，抓住车辕，又朝毕代家走去，看看她怎么样了，不会出什么问题吧。到了毕代家，安安静静的，什么声息也没有。来到狗窝前，看到毕代还是原来的样子，静静地睡着，口气一声粗一声细，咿咿呀呀说着胡话。撩起被角摸摸，额头火烫火烫的，浑身抖动。

这可不行，得赶快送医院，不然出了什么问题，就惹下了大祸。这样想着，又把毕代装进车厢，盖上破被，拉着小跑起来。在这月明星稀的夜里，人们都已睡下了，自己拉着别人的媳妇，要到哪里去呢？拿出手机看看，已是子夜一点多了，自己还饿着肚皮，只得朝小镇奔去。

路上已经变干了，不见一个行人，安安静静的，都已进入沉沉的梦乡。贝岁边走边想，要去小镇，有两条路，一条通过自家门前，水泥硬化的，平整好走，但怕老婆发现，那可不行。另一条较为偏僻，砂石土路，坑坑窝窝，不好行走。权衡之下，觉得这么晚了，老婆早已睡了，还是走水泥路好，省力省时。

贝岁壮起胆量，拉着车子，脚后跟着地，不弄出一点儿响动。到自己家门时，跟其他地方一样，异常安静。自家绿色的铁门已经上锁，院灯也已熄灭，没有任何声息。贝岁三步并作两步，轻轻绕了过去。到了远处才慢下来，长长舒了一口气，怦怦跳着的心，逐渐平静下来，安稳多了。

下了一道斜坡，转过几个拐弯，黑暗的店子村就被甩在身后了，淹没于浓重的夜幕之中。不远的小镇上，灯火闪烁，仿如静静安眠了，又似乎还没有睡，部分窗口亮着灯。几个小型的铁厂，在黑暗中不停地轰响，溅起耀眼的火光，映得周围一片通明。火车站上偶尔传来汽笛声，在夏夜的空中，那么苍茫，悠远。

到了大街，路灯照着周围的商铺，雨水冲净的路面，临街的人家。少量的出租车，梦游似地匆匆来去。下了火车的旅客，三三两两的，拉着各式拉杆箱，在清冷的街道上奔走。

贝岁记得，初来这个小镇时，不也跟这些人一样，在寻找梦中的归宿么！二十多年过去了，历经的一切仿佛都已成空，时光再次回到了从前，自己还像以往那样，在不懈地拼搏，在赶脚下的路。

魔　咒

张菊兰

1

阿佳嫫换上崭新的彝装，前看看，后瞧瞧，觉得满意，边交代儿子做晚饭，边走出院子。一迈步，围腰链上的银穗发出悦耳的叮咚声，带着小鸡在院角刨食的黄母鸡也好奇地抬头咕咕叫唤。

阿克木也该快到了吧？他一定骑着那辆摩托车来。阿佳嫫站在大门旁那棵枝叶繁茂的腊梅树下，左手叉腰，右手搭着凉棚，眺望夕阳落下的方向。马上就能见阿克木，她的心狂喜地跳跃，清瘦而沧桑的面颊浮起一丝微红的笑意。回忆像涓涓细流，在心底潺潺流淌。

阿克木和阿佳嫫两家，同住觉建老坝子，凭脚力也就一个多小时的路程。可丈夫在世时，阿佳嫫很少赶街上路，阿克木又长年在外找事做，两人似乎没碰过面。

认识阿克木是三年前那个阴冷的冬季，丈夫阿叫诺日咳嗽的老毛病反而感觉有所好转。眼看到年末，阿叫诺日坐不住了。他也想和村里的男人一样，出去找点钱回来过年，就拿上儿子留在家里的五百元钱，一个人上昆明去了。

送走丈夫，阿佳嫫的心从未有过的舒坦。她愉快地想，土地上再怎么摸爬滚打，也只能勉强糊口，给丈夫买药治病都艰难，想翻修房子、想攒钱给儿子娶媳妇的愿望，仍然遥遥无期。现在丈夫能出门了，说不定一天比一天好，父子俩一起努力，实现愿望就容易得多。过年

191

回家，他一定会买礼物给她的，会是什么呢？

阿佳嫫正沉浸在甜美的想象中，却接到儿子阿吉打来的电话，那是阿叫诺日走后的第四天中午。儿子说，他爹病情加重，他马上送他回来。阿佳嫫的心紧缩了一下，但马上又放松了。她想当然地以为，阿叫诺日只是咳嗽加剧，干不了活，回来调理调理就好。

可万万没想到，傍晚时分，阿吉阴沉着一张脸，拎着一个黑色布包匆匆赶回来，身后跟着一个五十岁上下的中年男人。一到家，阿吉来不及注意阿妈疑惑的目光，径直走进堂屋，把黑色布包放在黑漆斑驳的供桌上，扑通一声跪在桌前，哇哇大哭起来。

"咋个了？你爹呢？你爹咋没回来？到底咋个了？"阿佳嫫被这突如其来的场面吓得半死，想不起给客人让座，跟过去揪着儿子的衣领，喊出连珠炮似的一串问。

"让他哭吧！娃娃懂事，公众场合一直都忍着，憋太久了！"中年男子没有劝慰阿吉，却拉开阿佳嫫，扶她坐在竹凳上。

"大兄弟，咋个回事嘛？告诉我，咋个回事？！"阿佳嫫平静了一会，重重地喘了几口粗气，紧紧盯着中年男人，恨不能用目光把他揉碎。

"大嫂，你一定得挺住！先冷静冷静吧！"中年男人轻轻拍了拍阿佳嫫的肩膀，然后拿过一把竹凳，坐在阿佳嫫旁边，像犯了错的小学生面对审讯他的老师一般，低着头，搓着双手。好一会，才低声叙述起来。

中年男人说，他也是觉建老坝子的，名叫阿克木，伙子时就认识阿叫诺日。

四天前的下午，他带着手下的工人，给昆明一栋商业楼搞外墙装修，突然见阿叫诺日在附近转悠。见了老乡，自然不能无动于衷。阿克木停下手中的活计，走过去和阿叫诺日打招呼，问他是不是想找活干。阿叫诺日似乎有些难为情，红着脸不吱声，似点头，又像摇头。

阿克木猜到阿叫诺日的心理，两人虽是老乡，又是熟人，年轻时在露天电影场上、赶团街的路上多次碰面，但因心中那点小疙瘩、小纠结，两人从来没打过招呼，更没说过话。现在在异地他乡，乍一见阿克木这么热情，他不知所措。

毕竟是出去闯荡多年的人，见识多了，阿克木的心胸开阔不少，心里的小疙瘩早已不解自开。俗话说，"甜不甜家乡水，亲不亲家乡人。"见到老乡，哪有不闻不问的道理？正好放工时间也快到了，阿克木便拉阿叫诺日一起吃晚饭。

几口酒下肚，阿克木终于知道事情的原委。由于身体原因，阿叫诺日只能找轻巧活计。可找了两天，走了许多地方，带来的钱也用完了，就是没人要他。找儿子吧？觉得有失自尊，又怕给他添麻烦，正犹豫不决，恰巧遇到阿克木。

阿克木劝慰了他一番，留他住下。第二天，阿克木请了假，骑着摩托带他去找工作。考虑到他的身体情况，阿克木想给他找一份轻松活计，便带他转了好几处地方，见了几个熟悉的包工头，可人家一看阿叫诺日病病歪歪的样子，都摇头。

跑了整整一天，直到夕阳西下时分，总算在离城十多公里的一个水库工地，帮他找到一份守材料的活。包工头让阿叫诺日暂时住在他临时搭起的工棚里，说好第二天开始上工。哪曾想第二天早上包工头赶到工地见阿叫诺日却死在了工棚里！包工头没办法，只好打电话找阿克木。

包工头和阿克木是熟人，但还没上工就出这种事，包工头自叹倒霉，只肯拿出一万元钱补贴补贴，让阿克木帮忙找家属处理后事。阿克木打听了一早，跑了半天，总算找到阿叫诺日在昆明当保安的儿子阿吉，带着他找包工头。

阿吉毕竟年轻，吓得哆哆嗦嗦，没有主意，只一味地哭，阿克木只好全权代理。他知道阿叫诺日家的情况，出这样的事情，真是雪上加霜。他唯一能做的，就是替他们多争取一点钱。可好话歹话说了一大箩筐，还和包工头撕破脸皮，才帮阿吉拿到两万元钱。

"尸体是无法运回家的，只能火化。买骨灰盒太贵，再说抱着个骨灰盒，哪辆车子会带你呢？出钱请车，没那条件。反正回家还得买棺材下葬，干脆……"阿克木征求了阿吉的意见，最后决定用黑布包装骨灰，让阿吉装作若无其事的样子，拎着布包坐车回家。

听完阿克木的话，阿佳嫫犹如突然遭到雷击，摇晃了一下，昏倒在地。听到哭声，陆续赶来的村人，掐的掐，揉的揉，弄了好半天，阿佳嫫才悠悠呼出一口气，像从阴间回到阳间一般，睁开眼。醒来后，神志仍然有些恍惚。

事情来得突然，阿吉年轻不懂事，阿佳嫫又这样。村里在家的男人没有几个，能伸头做事的更少，阿克木只能像主人一样，帮着村长拿主意，想办法，总算把阿叫日诺的后事处理清楚。

忙乱了几天，阿佳嫫也平复了一些，阿克木和阿吉不得不回去上工了，两人又搭伴回去。阿佳嫫虽然心存感激，但心情极度低落，望着阿克木转身离去的背影，连句感谢话都说不出。她本想问清楚阿克木说的和阿叫诺日间的疙瘩是什么，但没有说话的心情和力气，只能作罢。

阿叫诺日走了，阿佳嫫的世界塌了。她曾几次想轻生，可想到儿子，才打消这样的念头。一个人行尸走肉般在偌大的院落出进，无边的孤独常让阿佳嫫觉得要窒息。她日盼，夜也盼，盼着儿子能回家。可只有过年时，儿子才回来待了五天，又匆匆走了，留给她一串长长的白天和黑夜。

火把果刚开始发红，阿佳嫫就急不可耐地打电话给儿子，要他回家过火把节。可儿子请不了假，只给她汇了一点钱，说让她买点好吃的过节。她失望、伤感，却只能摇头叹气。

火把节前那天晚饭后，天刚擦黑，阿佳嬷便拉亮电灯，拿着儿子寄来的汇款单，坐在火塘边，翻过来倒过去地看了好多遍。她希望从汇款单上找到一丝温暖，能抵御长夜的孤独，可只有一阵阵寂寞袭上心头。她不由得回忆起姑娘时过火把节的情形，那是多么热闹啊！每年，村里都要宰牛杀羊，然后分到一家一户。吃饱喝足，白天可以看斗牛、赛马、对歌，晚上耍火把、撒松香、跳跣脚舞。三天三夜的火把节，热闹震撼了整个村子，快乐弥漫着整条坝子。

后来，村里在家的人越来越少，活动也搞不起来，火把节冷清了。尤其今年，阿佳嬷一人守着这座破旧的院子，火把节越近，心里越发慌，越不是滋味，连过节的东西都没心情准备。然而，做梦也没想到，这个火把节却别有一番滋味。

阿佳嬷正沉浸在巨大落差带来的感伤里，大木门突然嘭嘭响起来。这个时候会有谁来呢？阿佳嬷疑惑地想着，赶紧放下汇款单，到卧室里找出手电筒，跑出堂屋去。蹲在屋檐下的大黑狗，汪汪叫着，窜到她前面去了。

"哦，哦，是……是……你？"阿佳嬷喝退黑狗，打开门，认出阿克木，惊讶得半天说不出话。

"大嫂，我回来看我妈，顺路把你儿子给你买的东西带来。"阿克木甜甜地笑着，温柔的声音带着磁性。他边说，边取下摩托车上那只沉甸甸的蛇皮口袋。

"啊啊？嗯嗯！"儿子明明说，寄钱回来让她自己买的嘛，咋又托人带东西了呢？这不可能啊！阿佳嬷不知所措，呆站了好一会儿，才想起请阿克木进家。

阿克木刚坐定，忽然电闪雷鸣，一场暴雨即将来临。

阿佳嬷问清阿克木已经吃过晚饭，便倒了一口缸白开水给他，说声"喝水！"就跑到厨房，找来盆子、瓢和桶，叮叮当当拎着上楼去了。

阿克木疑惑了片刻，才明白过来，急忙跟着上去，只见阿佳嬷麻利地把盆、瓢、桶，分别放到木板楼上不同的地方。那些位置，正有闪电从屋顶亮晃晃地钻进来，诡异地在蜿蜒。

"这样咋行？赶快去补啊！有现成的瓦吗？"阿克木着急地问。

"没……没……没有！"阿佳嬷猝不及防间，见到阿克木站在身后，吓了一跳，急急巴巴地回答。

"走，下楼！"阿克木急哄哄地说着，咚咚咚跑下楼。

阿克木火急火燎地穿上挂在屋檐下的蓑衣，戴上篾帽，冲到即将倒塌的牛圈房边，从歪侧倾斜的屋顶上扒下几片瓦，递给穿着雨衣跟来的阿佳嬷。然后找来一把竹梯，搭在正房墙上，从阿佳嬷手里接过瓦，放到房皮上，爬上屋顶，对阿佳嬷说："大嫂，你到屋里去，告诉我漏雨的具体位置。"

雷声轰鸣，一条条闪电晃得他睁不开眼，怒吼的狂风像想把他掀下屋顶，可阿克木镇定自如。阿佳嬷在屋内指着透亮的地方叫着嚷着，阿克木在房顶问着找着，之前扒下的十几片瓦都用完，可还有烂瓦没换。阿克木边急急地找该换瓦的地方，边大声叫阿佳嬷去牛圈楼上扒瓦递上来。

阿佳嬷刚跑到牛圈旁，瓢盆大雨倾泻而下，便扭头望着阿克木，着急得连声喊："不要补了！下来！下来！快下来啊！"

"不行，你快点！快点！"阿克木趴在屋顶，拽着差点被风卷走的篾帽，固执地嚷。

阿佳嬷无奈地摇摇头，赶紧去扒瓦。可她个头矮了那么几分，无法够到倾斜到一旁的牛圈屋顶，只好找把木椅垫脚。没想到，她的手刚碰到瓦片，破旧的木椅吱嘎一下散了，她"哎哟"一声惊呼，重重地摔在地上，崴伤了脚。

阿克木听到叫声，紧张地往牛圈楼方向望去，视线却被蒙蒙雨雾挡住，看不清究竟。他急忙下竹梯来，去找阿佳嫫。

"咋个了？咋个了？"见到阿佳嫫坐在地上，阿克木立马奔过去，一把抱起阿佳嫫，急忙跑进堂屋。

灯光下，阿克木看到阿佳嫫的右脚面肿得像馒头，一碰到就龇牙咧嘴地喊疼。阿克木赶紧找来一个碗，打开他带来的一瓶辣酒，倒了一些在碗里，然后帮阿佳嫫脱了鞋，把她的脚放在自己膝盖上，之后点燃碗里的酒，抓起蓝莹莹的酒花，替阿佳嫫揉脚。一把又一把蓝色的花朵，被阿克木摁死、揉碎在阿佳嫫的脚面上。

好大一会，碗里的酒花没了，阿克木终于停下手，噗噗吹着被烫得像桃花一样艳红的手。

阿佳嫫望着消了很多的脚面，再看看阿克木清瘦的面孔，眼眶湿湿的，心里有种异样的东西在蠕动。

接下来的五天，阿克木骑着摩托，家里、阿佳嫫家两边跑，每天两次用酒替阿佳嫫揉脚，还帮她做饭、喂猪喂鸡、洗衣，像丈夫服侍病中的妻子一样，无微不至地照顾她。到阿克木不得不走时，阿佳嫫的脚也好得差不多了。

单独相处了几天，两人已经成了无话不谈的朋友，不，像亲人了。知道阿克木已离婚五年，阿佳嫫心里竟然不合情理的舒坦，但想到自己的处境，想到儿子，猜测阿克木只是出于同情，也就不敢痴心妄想。

阿克木走后，阿佳嫫打电话问儿子，验证了她的判断：那些羊肉、糖果、酒等都是阿克木买的。阿佳嫫心里暖融融的，眼眶又一次湿润。

之后两年，每当逢年过节，阿克木都会买东西来阿佳嫫家，帮她做些男人干的重体力活。有时和儿子一起来，有时独自一人，反正他来家的次数比儿子还多。阿吉对他的印象也越来越好，人前人后叔叔长叔叔短，赞不绝口。一个月前的一天，儿子打电话转告了阿克木的意思，并竭力撮合。

儿子的心思阿佳嫫理解，他希望阿妈后半辈子有个依靠，也希望有人替他分忧解难，早日把家里破得不成样子的房子翻新翻新。去年她家就得到国家扶持建房名额，只因为借不到前期款，没能盖成房子。阿佳嫫伤心了好久，阿吉只一个劲抱怨自己没能力。阿克木事后才知道，很是遗憾，多次跟阿吉说，今年无论如何要帮着他家筹到款。这样的好男人，到哪里去找呢？难怪儿子这么热心！

半个月前，阿克木的母亲去世了，家里只剩下一直服侍奶奶而没出门打工的闺女。料理完丧事后，阿克木决定先回昆明，让女儿赶快处理好家里的事，然后回家带她去昆明。几天前，阿克木在昆明帮女儿找到超市收银员的工作，这次回家接女儿，顺带搬家。趁此机会，阿克木想带着女儿来阿佳嫫家认认门，准备把事情定下来，阿吉也特意请假回来。

2

微红的夕晖包裹着阿佳嫫，她头上的大红毛线帽艳丽无比，憔悴的面孔也多了一抹粉色，单薄的影子却被夕阳拉得老长老长，长得似乎要戳着天了。一股炊烟从自家院里袅袅升起，在屋顶盘旋一阵，慢慢消失了。阿佳嫫又一次望向公路，可金灿灿的光线，晃得她眼前一片模糊，没看到人影，也没听到车声。

"阿佳嫫，听说你答应嫁给阿克木了？"阿佳嫫正脸红心跳地等着阿克木，八十八岁的采念（彝语：桥头）阿匹（彝语：奶奶）挂着拐杖，颤颤巍巍地走到她面前，双手撑起拐杖站着，长吁一口气，一层摞一层的皱痕间满是严肃，哑脖哑嗓地说。

"是呢，阿匹！"阿佳嫫赶紧扶着采念阿匹，不解地望着她凝重的神情，温柔地说："等会儿他就带闺女上门来了，阿吉也回家了，想当面把事情商量清楚。"

"你……你……你们母子俩到底咋想的？生活是难些，但老天爷饿不死瞎眼雀，总会熬过去的。人活一张脸，树活一张皮，不能让人当笑柄啊！再说，要真这样，你死后咋个有脸见你阿普（彝语：爷爷）阿匹呢？你不怕他们骂你？"采念阿匹有些激动，呼呼地喘了一会儿气，接着说，"你不要嫌我啰唆，整个村子就我们四五家是亲家门，我又是你的长辈，我不劝你哪个劝你？你得守住你的名节啊！"

"阿匹，不是我守不住，我也是为以后的日子着想。阿吉已经二十七岁了，人家和他一般大的伙子，娃娃都有狗高了，他还说不上媳妇。在昆明处过两个，可带回来看见这破破烂烂的房子，回去就吹了。能怪哪个呢？要怪就怪家里穷，孤儿寡母的没个依靠，盖不起房子。唉——"

"你莫这么丧气，阿吉也算孝顺。不消几年，房子会有的，媳妇也会有的。"采念阿匹安慰。

"阿匹，哪有那么容易啊？阿叫诺日在时，就心心念念想盖房子，可找来的钱还不够他吃药，盖房子的事只能泡汤。去年我家有国家补助的盖房名额，房子盖得差不多，国家就补给五万多元。那可是两层砖房的一半成本，真是天上掉馅饼的好事呢。可我家借不到前期款，又担心另一半款项没着落，硬是没盖成。房子破成那样，咋说得到儿媳妇？"

"唉，那当真可惜了！可阿吉是懂事的娃娃，总会有办法的。你也不要着急上火！"采念阿匹插嘴。

"前几天，脱贫挂钩的人来了，说我家又是建档立卡户，说今年政策比去年还好，房子盖得差不多，国家就给五万多元的补助，然后还可以向银行贷六万元的无息款，五年后才开始还，期限是二十五年，一年还二千多元就行了。按这样算，就凭阿吉一个人，也不用担心还不起。在我们村，有这十多万元钱，一栋两层楼的砖房，连装修在内都够了。还说，年内全县要基本脱贫，今年必须想办法盖。国家这么替我们穷人着想，我感动得都流泪了。可感动归感动，问题是……"

"哎呀呀，要真有这样的好事，还考虑哪样？赶紧盖啊！"采念阿普打断阿佳嫫。

"阿匹啊，说来不怕你老人家笑话！愁就愁借不到前期款，阿吉这两年找回来的几文钱，只够家里日常开销。再说，我一个妇道人家，哪懂盖房子这种事？阿吉年轻，更不懂，没个男人帮着操持，实在不行啊！"

"唉，你理解错了！我不是叫你不能再嫁，可天下男人那么多，你咋偏选阿克木？"

"阿匹，阿克木咋个了？你不了解，他是个特别好的男人。他热情善良，憨厚实在，对我家特别照顾，和阿吉关系又好，条件也不错。找到这样的男人，我心里踏实啊！"

"阿佳嫫啊，阿佳嫫，你真是榆木脑袋！我没说阿克木不好。在阿叫诺日的丧礼上，我就看他不错，还有过撮合你们的念头呢。可那时我只晓得他是安多卡村子的，不晓得他具体是哪家的儿子。前不久，我才搞清，他就是……"

"阿匹，都什么年代了，嫁人还要查祖宗八代么？嘻嘻，嘻——"阿佳嫫调皮地伸了一下舌头，玩笑着打断采念阿匹的话。

"你这背时娃娃，你以为我老奶吃饱了撑的，没事巴巴地跑来跟你开玩笑么？我走路都艰难，要不是关心你，哪会气喘身抖地跑来找你？"采念阿匹有些生气地说。

"阿匹，阿匹，你莫着急！莫着急，有话慢慢说。"阿佳嫫扶采念阿匹到大门旁腊梅树下的石板上坐着，边帮她捶着肩膀，边安慰。

采念阿匹喘息了一会，咽了几口唾沫，说："阿佳嫫啊，我问清楚了，他是阿、克、雾、基的亲孙子。唉——"采念阿匹一字一顿地，说出一直深深刻在阿佳嫫心底的那个名字，然后扭头看了看洒布则作山腰，摇头叹气。

"啊？啊啊？"听到这个名字，阿佳嫫大惊失色，耳里嗡嗡地响，心口堵得说不出话来。

"想不到吧？你认识他这么久，早咋不问问清楚？不过，现在赶紧收手，还来得及。"

"哦哦，哦！啊啊？唉——"阿佳嫫懵了，傻了。她一直认为只要人品好，对自己实心，待得儿子，就行了。哪里想到要调查人家的祖宗三代呢？她想起婆婆闭眼前，拉着阿叫诺日和她两口子的手，留下的最后一句话：我家子子孙孙，都不能和阿克雾基家有瓜葛。这是你阿普的遗言！

进难，退也难！怎么办？怎么办？阿佳嫫纠结着、苦恼着，心像被烤焦了一样，火辣辣的痛得冒烟。

"阿克木是聪明人，你赶紧找个借口躲开，他会明白的。等会人来了，就不好整了！"采念阿匹用手杖轻轻叩着石板，着急地说。

阿佳嫫双手叉腰，做了几个深呼吸，脑子飞快地转动。和阿克木在一起的往事，像电影镜头一样，一幕幕在她眼前播放，她怎能轻易放弃这段姻缘？

沉默了好一会儿，阿佳嫫小心翼翼地望着采念阿匹梯田一样层层叠叠的脸，声音低得只有自己听得清："都说好了的，这么做不好吧？再说几代前的事了，阿克木该早晓得我们两家的恩怨。人家都不计较，我们揪着不放，不是小心眼吗？"

"那咋行？就算你什么都不怕，也不计较，可你敢保证，阿吉晓得后也无所谓吗？他可是要替这个家维系香火的男人，能把祖先的遗言当耳旁风么？"采念阿匹眼力不太好，可耳朵特灵，阿佳嫫的话，她听得一清二楚，便提高声音说，"你不要忘了，你家所有的不幸，都因阿克雾基家的魔咒。"

提到儿子，彻底掐住了阿佳嫫的软肋，刚鼓起的勇气像漏气的皮球，瘪了下来。她感觉头像被紧箍咒勒着那样疼痛，喃喃自语："魔咒！魔咒！魔咒！真的有魔咒吗？"

"你才嫁过来，我就告诉过你，到现在你还不相信？要是不中魔咒，咋个那么多灾祸都落到你家头上？"采念阿匹不满地说，"我人老不中用，也帮不了你的忙。可心里记挂着，才多嘴来劝你。你莫嫌我多管闲事啊！"

"我晓得阿匹是为我好，不会的。"阿佳嫫不相信魔咒之说，但又无法说服采念阿匹。

"莫耽搁了，赶紧走吧！"采念阿匹催促。

事情既然这样，还是应该先让儿子知道，也给自己一个缓冲的机会，然后再定夺。阿佳嫫想着，便"嗯，嗯嗯"地答应着，转身进家。

阿佳嫫见儿子在火塘边，就对他说："你舅舅家有事，要我回去一转。你叔叔问起，就说请他看看洒布则作，他就晓得了。"说完，着急忙慌地进卧室拿出手电，走了。

"阿妈，天都快黑了，明天去不行吗？叔叔要……"阿吉边"嚓嚓嚓"在火塘里三脚架上的炒锅里炒菜，边惊异地抬头望着阿妈。

没等儿子说完，阿佳嫫早已溜出大门。

3

阿佳嫫头也不回地走出大门，毅然爬上房背后的哉葛利山，她想把这里的一切暂时抛之脑后。可当爬到山顶，她还是忍不住回头望了望自家那破旧的四合院，又瞭了瞭洒布则作山脚，表情异常复杂。

嫁到记巴拉村，走进这座院子已经整整二十八年，可日子越过越糟心，连翻修一下房子的能耐都没有，真是"王小二过年，一年不如一年"啊！土墙青瓦的屋舍，长年经受风吹雨打、日晒霜冻，像穷酸至极而又病入膏肓的老妪，挂着拐杖强撑身子站着，颤颤巍巍、破破烂烂，令人不忍目睹。

正房屋墙歪歪斜斜，只能用几根木头撑着，屋顶多处透亮。下雨天，墙上的泥坨噼里啪啦往下掉，屋顶的雨点明目张胆往里钻。正房两侧的两栋偏厦，左边那栋塌了一角，右边那栋缺了半边；正屋对面的牛圈房多年不用，墙歪瓦塌，即将寿终正寝。

"这房子不能住人了，你家得快些想想办法！要不然……"经过她家房前屋后的村人，无不担忧地说。

阿佳嫫知道，人们咽进肚里的话是什么。刚嫁来的第五天晚上，采念阿匹家人都做客去了，只留阿匹一人守家。婆婆担心阿匹孤单，就让阿佳嫫去陪她。

采念阿匹是心里藏不住事的人，又不把阿佳嫫当外人，没有半点见外的意思。刚在火塘边坐下，采念阿匹就迫不及待地说："人家说，你家房子才盖起，就被毕摩念《诅咒经》咒过，说三代以后屋坍人亡、断子绝孙。到你们正好三代，你得赶紧请人破解，迟了就来不及了！"

阿佳嫫从小没遇过事，又深受"破除迷信"思想的影响，是不会轻易相信采念阿匹的话的。再说，都经历三代人了，如果真中魔咒，家人早该找人破解过了，又咋会等到现在？何况听阿爹说过，毕摩是彝族德高望重的知识分子，不会轻易咒人，《诅咒经》大多也就用来咒咒鬼。

"当时，我家没请毕摩念经反咒么？现在才破解，怕是水过三丘田，没得用了！"阿佳嫫不以为然，便莞尔一笑，调皮地对采念阿匹扮了一个鬼脸，玩笑说。

"背时姑娘，我不是跟你说笑！你家中魔咒的事，像风一样吹遍了整个觉建老坝子，可传到村人耳朵里，已经是十多年后的事情了。到你阿普晓得，又是几年后的事。那时已经解放了，你公公婆婆当家，破除迷信的风声很紧，毕摩也不敢念经作法。你公公又是村里的会计，他咋个敢冒险？就这样拖了下来。现在形势变了，该做的你得做，要不然以后会后悔的。"

"嘻嘻嘻，嘻——"阿佳嫫扯扯衣角，发出一串银铃般的笑声。

看到阿佳嫫不屑的神情，采念阿匹扶了扶头上层层叠叠的黑布大包头，皱紧眉头，满脸严肃，提高声调说："你还别不信，自从你家盖起这座四合院，灾祸就没断过！"

"哦？"听到这里，阿佳嫫的心咯噔一下，惊异地盯着采念阿匹，像要把她脸上的皱纹一一数清楚，疑惑地问，"咋说呢？"

阿佳嫫娘家在另一个更偏僻的乡镇，属于高寒山区，主产荞子、洋芋，生活条件很艰苦。每年，只有过年或火把节，才能吃上两顿白米饭，而那米，是阿爹背洋芋去坝区换来的。天蒙蒙亮，阿爹就背着沉甸甸的一大竹篮洋芋出门，夜幕降临，才气喘吁吁地提着几斤米回家，特别辛苦。于是，阿佳嫫从小的愿望，就是嫁到有米的地方去，让爹妈逢年过节有米吃。

阿佳嫫只读过几年小学，但勤劳聪明、心灵手巧，刚满十八，就有媒人陆续上门提亲，可都不是出米地方的，因此她一直没有答应。二十岁那年，经一亲戚介绍，才嫁到这里。她想，记巴拉村是半山区，生活条件比娘家好很多，种植的农作物种类丰富，主产谷子和苞谷。加之，包产到户时间虽然不久，但她明显看到了希望，浑身充塞着积极性。她相信，有田就有米！至于其他情况，她还真没仔细去了解。

采念阿匹见勾起阿佳嬷的好奇心，便把事情的经过一五一十地说来：

"说么你莫生气！我也是看在你我两家是亲家门的情分上，哦，你还晓不得吧？我公公是你老祖的亲弟弟。我才不得不操这份心！说实话，你家这道四合院，是半敲诈半讲理得来的。完工后，住了半辈子茅草房的你阿普，看着青瓦白墙的屋舍，石板铺就的大院子，忍不住兴奋，杀猪宰羊请村里老幼和远近亲戚热闹了三天三夜。吃喝玩乐，唱歌跳舞，喝酒猜拳……整个村子乐疯了！唉——"说到这里，采念阿匹突然一声长叹，脸上的微笑倏然飞逝。

"阿匹，咋个了？"阿佳嬷的心，随着阿匹的叹息收紧。

"你等我喘口气再侃嘛！"阿匹端过放在脚边的口缸，咕嘟咕嘟喝了一通水后，接着说，"俗话讲'老鸹喜欢蛋打烂'，这话一点不错！那是腊月间，头两天还太阳当空，没有一丝云彩，第三天晌午一下子转阴，傍晚飘起鹅毛样的雪花。雪停时，天已擦黑，几个小伙子正扫着院里石板上的雪，说还要生火跳跌脚舞。这样的天气，卖力地跳起跌脚舞，然后喝碗热乎乎的鸡蛋酒，暖身防寒，那是神仙过的舒服日子了。一个伙子看鸡蛋酒凉了，就拎着茶壶准备到厨房热热，一进门，见到你阿匹倒在地上，面前放着一碗差不多全是骨头的鸡肉，饭碗滚到一旁，白米饭洒落一地。

"那伙子吓坏了，退到屋檐下大嚷'快来人！快来人！大婶不行了！'人们争着抢着挤进厨房，掐人中的掐人中，摁手脚的摁手脚，可你阿匹还是走了。她忙碌了三天三夜，一刻不歇地招呼客人，没吃好，没喝好，更没睡好。每顿等人们吃饱喝足，她才舀点剩饭剩菜躲在厨房里胡乱咽下，每夜唱调的人玩到天亮，她忙到天亮。大家都猜测她累过头、饿过度，晕倒在地，又没人发现，才被冻死。"

"啊？就这么死了？阿匹，那么多人吃饭喝水，厨房应该随时有人吧？天气那么冷，咋没人到厨房烤火？"阿佳嫫扑闪着黑白分明的眼睛，满脸疑问，心情无比紧张。

"彝族办红白事，不是都搭青棚做菜么？进火也是喜事，你阿普让人在大门外搭起青棚，棚里排起几个临时灶。除了米饭用大木甑子在厨房里大灶上蒸外，炒菜、烧水等都在青棚里。青棚里时时热闹得很，烧水的、烤火的、聊天的、说笑的……可厨房里蒸熟饭后，就很少有人进去了。"

"不管咋个死，是真死了。没有办法，只好办完喜事办丧事。买棺材、做寿衣、请毕摩，忙了三天，才把你阿匹送上山。你阿普看着跟他吃了半辈子苦的媳妇，没等到过好日子就走了，心痛不已，便把刚从仇家打架打来的成色非常好的那只绿玉手镯，戴在你阿匹手上，让她入土为安。"

"你阿匹下土时，风在树林里呜呜地响，天边的黑云张牙舞爪扑到人们头顶，雪蛋子（方言：冰雹）噼里啪啦砸到地面……怪吓人的！我当时心里就毛毛的，预感有怪事要发生，又不敢说出口，怕吓着村人。"

"还真被我猜中！第二天一早，你阿普打开门，见到你阿匹满身滚满了泥，披头散发地倒在你家大门外的雪地上。'死人咋回家了？你到底是人是鬼啊？'你阿普大声问，可没回答。你阿普吓得魂都飞走了，晕倒在地。"

"好一会，你公公起来上茅房，见到这一幕，吓得哭爹叫娘，惊醒了半个村子。你公公当时才十岁，等村人赶来，他全身发抖，嘴唇发紫，眼神发懵，说不出话，可怜兮兮的样子。”

“村人七脚八手抬起你阿普，有的掐人中，有的摁头，有的搓手脚……弄了好一会，才睁开眼睛，像从阴间回到阳间一般，悠悠舒出一口气。醒来后，他呆呆愣愣了半天，突然大声嚷嚷：‘请毕摩祭祀、指路，拿最好的东西陪葬，该做的都做了呀，咋个会这样？咋个会这样？’”

“村人都说死而复生是好事，是上天眷顾他鳏夫幼孩。劝解了很半天，才平静了一些。”

“我家那个倔老头，就是你采念阿普，大着胆子，探探你阿匹的鼻息，摸摸她的脉搏，说还有一口悠悠气，得赶紧救。可周围的人你望我，我望你，一个个瞪大眼，张大嘴，不敢走近。你采念阿普赶紧抱着她进家，放到卧房床上，交代几个妇女给她换掉湿衣服，用被子裹紧，让你阿普煮红糖水喂进嘴。忙活了半天，你阿匹睁开眼睛活过来了，只是太虚弱，说不动话。”

“啊？真的活了？”阿佳嬷听得头发窠都冒冷汗，忍不住惊问。

“是真活了！死了的人，咋又活了呢？就算活过来，也不可能出棺材，钻出那些垒砌结实的石头坟啊？大家千想万想想不通，只好到坟山看个究竟。到山上才发现，坟被人挖开，棺材被撬开，坟前白生生的雪地上，躺着一截鸡脖子。”

“坟被盗过是肯定的，但除了那只玉镯子，还有什么可盗的呢？可玉镯还好好的戴在你阿匹手上，这咋回事呢？死了三天的人咋复生了呢？许许多多疑问，搅得村人不得安宁。诡异的气氛，笼罩着整个村子，让人连续几天睡不踏实。”

“阿呗呗，奇了怪了！”阿佳嬷无法相信自己的耳朵。

“是啊，恢复得和死前一模一样呢。唉，可惜……”采念阿匹叹了一口气，咽下几口唾沫，欲言又止。

"可惜哪样？阿匹快说！"阿佳嫫的胃口被吊得高高的，放不下来了。

"你阿普起先有些害怕，但几天后就接受了这个事实，耐心细致地服侍她。经过半个月的调理，你阿匹完全恢复了，又开始干活计，缝针线，料理家务……"

"那不是很好吗？"阿佳嫫放松了心情，露出微笑。

"好是好，可她一出门，见到她的村人就像见着鬼一样，躲得远远的。更过分的是，村里几个死脑筋的老人，一见她就往她身上吐唾沫，甚至泼大粪，还说要让她现出原形。你公公年纪小不懂事，也不敢和她太亲近，总拿看怪物的眼神看她。时间一长，你阿匹实在受不了。复活半年后的一个下午，趁家里没人，在牛圈楼上吊脖子死了。"

"这件事传得神的不行，坝子里的人都猜测你家是得到报应，遭上天惩罚，是不吉祥的家庭（当时，被人魔咒过的事还没传开）。人们都不愿和你家打交道，你阿普只能逢人就说你阿匹死前曾说过的话，但除了我们几家亲家门外，都没人相信。"

"阿匹说过哪样话？到底说过哪样？"阿佳嫫更是好奇，一迭声催问。

采念阿匹呼呼吐了几口气，喘息了一会，接着说："你阿匹那晚又饿又累，又怕耽误了招呼客人，急忙舀了一碗大家捞剩的骨头和一碗饭到厨房吃。由于吃得急，不慎吞下了一截鸡脖子，后来就记不得了。等感觉胸口隐隐地痛，才不由得'哦'地喊了一声，醒了过来。睁开眼睛时，发现自己躺在雪地上，四周一片漆黑，模糊见一个大汉紧紧拽着她手上的玉镯，正想抬腿往她胸口上踢。见她突然发声，大汉吓得大叫'有鬼'，慌里慌张地逃走了。"

"她想从雪地上爬起来，可没有半点力气，想找一根棍子撑起，却只摸到一截鸡脖子。照着雪光，她看清那是卡在自己脖子里的那截鸡骨头，便狠狠丢在一旁。"

"肯定是大汉使劲拽着自己的手，踢自己的胸口，把鸡脖子从喉管里踢出嘴来了。真是命不该死啊！你阿匹想着，使出吃奶的力气，沿路爬下山回来。到大门口，村里的鸡叫了，她想敲门抬不动手，想喊出不得声，昏昏沉沉地倒在了门口。"

"大汉那么费力八气都褪不下玉镯，那当初咋个戴得上？"

"玉镯有点小，你阿普在你阿匹手上涂了不少菜籽油，才套上的。"

"哦！阿匹死时，阿普该还年轻吧？就再没找人？"

"当年你阿普才三十多岁，就因为你家这些奇奇怪怪的事情，没人愿意嫁给他。他一人既当爹，又当妈，把你公公养大，还让他读了几年书。"

"可等你公公成年，你家中魔咒的事传到了村子。你公公那么帅气能干，又读过书的伙子，硬生生娶不到媳妇。一直到三十岁上，'破迷信'的风声越来越紧，许多人对神神鬼鬼那一套都不信了，他才娶上媳妇。"

"你婆婆嫁过来后，会持家，又吃得苦，把家收拾得妥妥帖帖；你公公勤劳肯干，又会算账，娶了媳妇后成熟多了，还当上了生产队会计。第二年，阿叫诺日呱呱落地，一家人和和美美地过着日子。村里人议论说，是你婆婆带来的福气，这个家可能要转运了。中魔咒的事，也很少有人提起。"

"没想到天不依人算，你公公又遇横祸！就在阿叫诺日五岁那年，生产队盖公房。清明后第五天，队里的男人拎着千斤，到洒布则作抬木头。木头重量不同，有的需要四五个人抬，有的两个人就可以抬走。你公公和队长合抬一根木头，你公公抬大头走在前面，队长抬小头走在后面，两人小心翼翼地从洒布则作山顶下来，一路无事。可到山脚洒布则作唯一的那座坟旁，你公公望了一眼被修整得没有一株草的坟，不料脚下一滑，重重地摔倒在地。队长也被带着摔倒，木头咕嘟咕嘟往下滚，刚好砸在你公公头上。可怜的孩子，才三十多岁，就命归西天了。唉——"采念阿匹把视线掷向洒布则作方向，悠悠长长地叹着气。

"唯一的坟？哪个的坟啊？"阿佳嫫不解。

"哦，你还不晓得呢吧？那是你姑奶奶，也就是你阿普姐姐的坟。你家遭魔咒就因坟里这个人。"

"阿匹，到底咋回事呢？告诉我！"阿佳嫫更加好奇，央求着。

"说来话就长了，夜深了，睡吧！以后慢慢告诉你。呵，呵，呵——"采念阿匹打了好几个哈欠，带着阿佳嫫上床。

一挨着床，采念阿匹便呼呼大睡，连身都很少翻，只让阿佳嫫自顾自地"烙烧饼"。

采念阿匹讲得有鼻子有眼睛，阿佳嫫虽然不相信魔咒之说，但心里还是波涛汹涌。她发誓一定吃苦耐劳，争取早日把破旧的房子掀倒，重新盖一栋。到那时，谁还会再说自家是魔咒之家呢？

可哪曾想，守寡几十年的婆婆，为了给他们操办婚事，拖着痨病苦累了一冬，等事情办完没几天就病倒，又心疼钱，不肯上医院，最后撒手走了。她和作为独子的丈夫，只得东挪西借，办完婆婆的后事。

婆婆一走，丈夫阿叫诺日终日郁郁寡欢，从小咳嗽的毛病日益加重。丈夫早咳到夜，夜咳到明，没有停息的时候，可迫于生计，每天吃点消炎药片，照旧忙前忙后地干活。丈夫每咳一次，阿佳嫫的心就揪着痛一次，有几次，她生拉硬拽把丈夫拖到乡卫生院住院。可打几天点滴，稍有好转后，丈夫又开始心疼钱，记挂地里的庄稼，吵着闹着回家。回家后，一忙碌，又复发。

她迫切地期盼着地里有更多的收获，撑鼓她瘪瘪的绣花钱包，能够带丈夫到大医院好好检查治疗，能够翻盖那破墙倒壁的房子。可不到一年，儿子呱呱落地，生活负担更加重了。令人欣慰的是，丈夫的精神状态没有因为更加忙碌而变糟，反倒好了许多，脸上的笑容也多了起来，咳嗽有缓解的迹象。

　　记巴拉村山高谷深、土地贫瘠，往往"种一斜坡，收一罗锅"，还得看老天爷的脸色。进城打工的浪潮卷走了村里不少男女，阿叫诺日也出去过几次，但他的身体状况不允许过度劳累，又没有知识，做不长久，没有找到什么钱。

　　一天天，一年年，儿子都已初中毕业进城打工，可修房的愿望还是一个遥远的梦。一个冬日，阿叫诺日的病情似乎有所好转，便上昆明去找工，可……

　　阿佳嫫踏着暮色，在树林间穿梭着，思绪无边无际蔓延。

4

　　"唉——"答应得好好的，突然这样，阿妈到底咋个了？阿吉丈二和尚摸不着头脑，又无可奈何，只好长叹一声，继续炒他的菜。

　　他不想怠慢了阿克木，更不想让阿克木冷了心。人心都是肉长的，他阿吉不是不知好歹的人。他不会忘记，父亲去世后这三年，阿克木是如何关心他，照顾他，拯救他的。说像父亲一样待他，也不为过。

　　阿吉父亲去世时，阿克木里里外外帮着打理，这全村人有目共睹，就不说了。回到昆明后，阿吉因失去父爱而心灰意冷，常借酒浇愁，消极怠工，最终被单位辞退。阿克木知道后，把他拽来带在身边，管吃管喝管住，督促、劝导、安慰、关心多管齐下，花费了将近一年时间，才把阿吉从痛苦的深渊中拖出来。然后又耐心教他装修技术，使阿吉终于成了他手下一名合格的熟练工。如果照现在这样发展下去，还是很有希望的。

阿吉的心像仲夏肥沃的土地，长满了回忆的萋萋藤蔓。刚梳理清这些枝叶、摆好饭菜，就听到突突的摩托声，阿吉立马换上笑容，拴好狗，奔出大门去。

一到门口，阿克木就心跳加速，目光灿然。他四下里搜寻阿佳嫫的身影，只见阿吉独自出来，阿克木的眼光倏然暗淡下来，却怕自己的心被小辈们看穿，便尽力镇定下来，边取摩托车上的东西，边对女儿说："阿花，这是你阿吉哥哥。你们认识认识，明后天上昆明有个伴，免得你人生地不熟的，会想家。"

"哦，哦哦！"阿花羞答答地瞄了阿吉一样，略微点了点头，脸顿时绽成桃花红。

"叔叔，进来吧，饭菜都要冷了！"阿吉和阿花的视线，无意间碰触了一下，阿吉的心刹那间有酥酥的感觉，他的脸红到脖子根，边赶紧去接阿克木手里的东西，边客气地掩饰说。也许是爱屋及乌，也许是命中注定的缘分，阿吉有"这个妹妹我曾见过的"那种亲切，不由喜欢起这个淳朴秀气的姑娘。

三人刚坐到木桌边，阿克木边四处张望，边迫不及待地问："你妈呢？"

"叔叔，先吃饭吧！"阿吉岔开话题，给父女俩盛上饭来。

"等你妈一起吃！你妈呢？"阿克木着急了，声音提高了八度。

"我舅舅家有事，我妈回去了。"阿吉像犯错的孩子，低着头小声说。

"啊？咋会这样？到底咋回事？你妈咋说的？"阿克木猜到这里边有事，顿时脸色发白，一连串大声地发问。

阿花看到阿爹生气，端坐桌旁，低着头，眼神慌张，十个手指不停地相互绞动，像一只受到惊吓的兔子。

"我妈，我妈说……说……让你……让你……望望……望望洒布则作，就晓得了。"连珠炮似的问题，炸得阿吉战战兢兢，结结巴巴。

"啊？啊啊！"阿克木像突然被雷击中，面色成灰，全身瘫软。他以为阿佳嫫早已知道他们两家的恩怨，只因被他的诚心打动，像他一样放下了、想开了，毕竟阿佳嫫也是读过初中，明白"冤家宜解不宜结"的道理。哪想到会成这样？事情到了这步，接下来该咋整？现在退，看似还来得及，其实不然，他的心像被人拿到砧板上剁一般疼得难受——他已经深深爱上这个泥土般朴实而坚强的妇女了。这是他原先没想到，现在却不得不承认的事实。

经过几个失眠之夜，阿克木理清了自己的思绪。不计前嫌，帮助阿叫诺日是看在异地遇乡亲的情分；放下工作，跟着阿吉回家料理丧事是出于同情。可后来，帮助阿吉战胜心魔，火把节探望阿佳嫫等等，绝非仅仅是同情了。

在阿叫诺日的葬礼上，阿克木看到阿佳嫫忍着悲痛得体地待人接物，强撑着瘦弱的身躯忙出忙进，想想她以后的处境，心就酸酸的疼，怜爱之情渐渐袭上心头。

他禁不住在心里暗暗拿阿佳嫫和自己曾经的媳妇阿秀作起比较来。不比不知道，一比吓一跳。两人都是农村妇女，可真是一个在天上，一个在地下啊！阿佳嫫守着这道破烂不堪的四合院，守着病病歪歪的丈夫，时时为生计而操心，吃了近三十年苦，却无怨无悔。而阿秀呢，自从嫁进他家就吃穿不愁，却因阿克木长年在外做事很少回家而怨天尤人，整天打扮得像花蝴蝶似的东飘西荡，把家务和孩子全扔给婆婆。这还不算，女儿阿花上初中时，阿秀狠心扔下女儿，跟着来坝子开石场的一个外省老板跑了。

不对比则已，越对比，阿克木越佩服阿佳嫫，越对阿佳嫫有好感。他也曾因两家的恩怨而犹豫过、纠结过，但终因放不下阿佳嫫可爱可怜的样子，而彻底释然了，放下了。火把节那天他突然出现在阿佳嬷家，主要是心里记挂，当然也有试探的意思。后来发生的事，就纯属天意了。

"叔叔，我妈的话到底是哪样意思？"平静了好一会，阿吉鼓起勇气问。

"哦哦，啊？"阿克木的思绪突然被打断，脑子混沌了片刻，明白过来后，立即说，"以后你妈会告诉你的。"

"叔叔，都成这样了，你就告诉我嘛！"哀求的语气。

"你给听到过洒布则作那座坟的事？那是……唉，还是等你妈告诉你吧！"阿克木意识到由自己说不妥当，欲言又止。

阿花扑闪着一双黑白分明的大眼睛，一脸茫然地望望这个，看看那个。

"小学毕业时，我跟采念祖婆在洒布则作放牛，她叫我不要靠近那座长满荒草的坟。我问她为哪样？她说，那是我阿普姑妈的坟，我家是她在世上唯一的亲人，可我家人一挨近，就会遭殃。有两年清明，我老祖去修理过坟，可两次回家后都大病一场。之后，就不敢再去动那座坟。有一年，我阿普实在看不下去，趁清明去清理了一下，几天后抬木头从坟旁下来，生生让木头砸死了。我问坟里的人是咋死的？采念祖婆说我还小，等我长大自然有人告诉我。可到现在，一直没人告诉过我。"阿吉说。

"啊啊！"阿克木心不在焉地敷衍着，他又一次陷进浩瀚无边的回忆中。

阿克木十八岁那年，七十六岁的阿匹感到身体大不如前，就把在外面帮人做木活的阿克木喊回家，郑重其事地给他讲了一件事情，希望他记住这段家族历史。

阿匹说，她家解放前在村里算是富裕人家，家里就她一个独姑娘，从小衣食无忧，娇生惯养。家人唯一的希望，就是长大给她招一个合心的上门女婿，好为家里传递香火。

到了十六岁那年，阿匹在对歌场上认识了阿克雾基。她像小荷一样才露尖尖角的懵懂少女之心，被阿克雾基英俊的面容和甜美的歌喉深深打动，就央求阿爹找媒人上门提亲（彝族婚俗，招女婿得女方去提亲）。

阿克雾基家里穷，十一二岁时，父母先后病逝，他靠帮村里一富人家放牛度日。十八岁到记巴拉村上一个寡妇的门，这寡妇就是阿叫诺日的姑奶奶阿依。

阿依原先嫁给本村一户生活还算不错的人家，这家人只有一根独苗，公婆希望他们尽快生孩子。遗憾的是，婚后没等生个一男半女，丈夫出门做生意途中被土匪打死，她只能陪着悲痛交加的公婆度日。两年后，经公婆撮合，招同一条坝子的独人阿克雾基上门。

可不到一年，阿克雾基经常和老人发生口角，吵得鸡犬不宁。阿依夹在中间很为难，最后一次跟老人吵架后，阿克雾基说他感觉很累，想回去冷静几天，等双方平静下来再回来。他说得情真意切，正好是农闲时节，阿依也就答应了，还为他准备了干粮和换洗衣服，一直把他送到小河边。

阿克雾基回到他那破破烂烂、霉气熏天的草屋，觉得很窝心，就常和村里的伙子去吃山酒（彝语"敖依说"，意为找乐子，寻乐趣，是罗婺彝族未婚青年男女说笑、对调的一种方式）。没想到，在山酒场上他竟被安慢记村富人家姑娘阿佩看上，请了媒人上门说亲。想起阿依，阿克雾基犹豫了几天，可想到阿佩活泼可爱的样子，再想想记巴拉村暗无天日的生活，他答应了。

阿佩父母多番打听，大致清楚阿克雾基的情况，却不知道他的婚姻问题还没解决好。他们为他的生计着想，也不讲究礼节习俗，让他甩着一双空手，火速到家当了上门女婿。

虽门不当户不对，但阿克雾基手勤脚快、有眼水，阿佩又稀罕他，因此岳父岳母也特别宠他，把他当亲儿子一样对待。阿克雾基仿佛掉进蜜罐里，从头甜到脚。他把自己当成这个家的一分子，全心全意过起日子来。可俗话说，老天不由屹蚤长大。恩恩爱爱、和和美美的日子只过了半个月，阿依就找上门来，说她怀了阿克雾基的娃娃，要他回去过日子。

这下完了，阿依边哭边吐边闹，阿佩边抹泪边骂，岳父母没完没了地数落，彻底把阿克雾基打入地狱。可事情总得解决吧？乌烟瘴气地折腾了一星期，大家才平静下来，一商量，双方又争执不下：阿依和阿佩都说丈夫是自己的，都不愿意放弃阿克雾基。阿佩的父母看女儿泪眼婆娑的样子，很是心痛，提出用钱补偿，权当抚养费，但被阿依拒绝了。于是，又开始新一轮吵闹。

阿依在阿佩家住了二十多天，双方吵了不知多少次，也没想出妥当的解决办法。后来，公公托记巴拉村一个伙子来找阿依，说她婆婆的病加重，要她赶快回去。

阿依十岁成了孤儿，还有一个八岁的弟弟，要不是现在婆家的帮助，很难想象姐弟俩能否长大成人，因此，嫁过去后，她把公公婆婆当作亲爹亲妈一样孝顺。一听婆婆病重，阿依顾不得考虑其他，匆匆往回赶。

阿依的婆婆平时有心口疼的毛病，加上遇到这种事，气血攻心，一病不起。公公得打理一家三口的生计，阿依只得拖着笨重的身躯，端药送水地服侍婆婆。在阿依的悉心照料下，婆婆的病情渐渐好转，等阿依的肚子长到七个月，婆婆也好得差不多了。阿依征得婆婆同意，又去找阿克雾基。

那早阿克雾基正在房背后山上砍柴，远远见到阿依抬着大肚子来，赶紧回家拉起阿佩就跑，两口子躲到远处一家亲戚家，只留两个老人在家。

也不是阿克雾基绝情，他也是没办法。阿依走后不到一个月，阿佩也怀孕了，两个大肚子撕扯起来不是闹着玩的。他想暂时躲开几天，等孩子生下来再慢慢解决。

没想到，阿依等了两天不见阿克雾基，猜到是咋回事，伤心过度，早产了。阿克雾基的岳母吓得手忙脚乱，赶紧给阿依接生，可因为难产，母子双亡。

人命关天，事情到了这一步，两家人都倒霉。听到阿依去世，阿依的弟弟，也就是阿叫诺日的阿普，带着记巴拉村所有的男人，打上门来，闹得不可开交，最后只得报官。阿依弟媳的哥哥，更是一个不好惹的，平时就喜欢替人打官司从中捞好处，这次岂能善罢甘休？他借了一些钱米去打点，官司判定：把阿克雾基家全部家产赔给阿依娘家，让安慢记村人把阿依装棺送到半路，再由记巴拉村人接去安葬。

记巴拉村人就把阿依葬在洒布则作，让她面向村子，背靠大山，希望她感觉到踏实有靠山。

阿依的弟弟得到一大笔钱，一大堆粮食，给阿依公婆一丁点养老费用，再分点给他舅哥略表感谢之外，都用来盖房、买地，过起富裕的生活。

阿克雾基家为了交清赔偿金，把田地、房屋全卖了，只剩下几升苞谷和一罐腌菜。没有办法，一家四口只得搬回安多卡村阿克雾基的破草屋，帮人家打短工，饥一顿饱一顿地艰难度日。幸好没熬几年，就解放了。

这么长的故事，阿克木不知道该如何向阿吉讲述，也认为不该由他来讲述。他只得装作若无其事的样子，招呼两个孩子吃饭。

5

阿佳嫫料定阿克木走了，才从娘家回来，到家已是第三天午后。

暮春的阳光暖融融地铺满院子，阿吉在院子里叮叮当当修理着一个夏季要用的农具。见阿妈进门，他疑惑地望着她，埋怨道："阿妈，到底出什么事啊？你这一去就是两天，阿克木叔叔父女当晚吃过饭连夜回去了，说昨天要上昆明。人家这次是搬家，离乡离土的，心里一定不是滋味。你也不来打个招呼，送送他们！"

"哦，哦哦！"阿佳嫫不知如何回答，只能含糊其词。

"要不是你不回来，没人喂猪喂鸡，我会跟他们一道走，顺带帮他们搬东西上下车。唉——"

"那你明早走吧！这久家里也不忙。"阿佳嫫心里酸酸的疼，转移话题说。

"嗯。等农忙时，我再请几天假回来帮你。"

"你叔叔跟你说哪样了没有？"阿佳嫫终于忍不住问。

"没说什么，但我把你的话转告他后，他好像很失落、很难过。阿妈，到底咋个了？你就告诉我嘛！"阿吉恳切地望着阿妈。

"啊？啊啊！"阿佳嫫心绪很乱，她知道三年的朝夕相处，阿吉和阿克木已然亲如父子。她担心一旦把事情说出来，会伤害到阿吉，搞不好，会把她和阿克木彻底分开。这几天，她矛盾过、纠结过、痛苦过，可阿克木的形象已经深深扎根在她心底，无法轻易拔出来。这件事肯定得说，但怎样说，什么时候说，才能把伤害降到最低，才能有利于事态发展，她得慢慢想，细细想。

"阿妈，说嘛！说啊！"阿吉实在受不了这种煎熬，再一次恳求。

"下次吧！你不是忙着要走么？赶紧收拾东西！我到地里找点菜。"说完，阿佳嫫逃一般进厨房，拿出箐箕出门去了。

魔咒！魔咒！该死的魔咒，都三代人了，还要像紧箍咒一样勒在他们母子头上吗？如果不管不顾往前走，能忍受得了别人的指指点点吗？能忘记婆婆死前的叮嘱么？可前怕虎，后怕狼，揪着历史不放，得硬生生拆散她和阿克木。阿佳嫫心事重重地在小河边菜地里，听着潺潺流水声，一根根抽着蒜薹。突然听到一辆摩托突突响着，往她家方向驶去。

咋个会有摩托来家呢？难道阿克木又折回来了？她惊喜交加，可转念一想，不可能！他那么聪明的人，肯定猜到自己故意躲他，咋可能又来呢？阿佳嫫想着，端起箬箕往回赶。

还没到大门口，阿佳嫫就见到阿吉和一个四十岁上下的男人站在摩托车旁说话，之后男人去取摩托上的蛇皮口袋。口袋里立刻传出小猪嗷嗷的尖叫声。

"阿吉，咋个回事？"阿佳嫫紧赶上前，惊问。

"哦，大姐回来了？母子俩都在最好，我正有事找你们商量呢。"男人抬头看到阿佳嫫，边把蛇皮袋拎给阿吉，边说。

"啊？是你啊！这猪仔？"阿佳嫫认出，男人是之前来过两次的扶贫挂钩员小王，便满脸狐疑地问。

"大姐，我考虑过了。你一个人在家，人手单薄，不适合做其他项目，就搞点小型养殖吧！这次给你送来一个猪仔，一包饲料。这是帮扶的第一步，以后还会送鸡鸭鹅的来给你养。你可要养好咯！"小王边把拴口袋的绳子解下，放到收摩托后备厢，边说。

"哦哦，哦！国家帮助盖房不算，还要送猪鸡给我养？不要钱白送？"阿佳嫫睁大眼睛，惊异地问。

"是啊！不仅白送，饲料钱都由国家出了呢。你们只管养好，卖个好价钱，年底达到真正脱贫就行。"中年男人微笑着说。

"啊！啊啊啊！有这么好的事？"阿佳嫫感动得眼眶盈满了泪，迅速用衣袖揩了揩，请小王进家。

阿吉把小猪拴在院角，抓了一把苞谷籽撒在石板地上，蹲下身，轻轻抚摸着小白猪光滑油亮的皮毛。小白猪很乖巧，嗷嗷哼着，一会用长嘴拱拱阿吉的手，一会低头拱食地上的苞谷。

"你看这娃娃，高兴的！"阿佳嬷边带着挂钩员进堂屋，边指着阿吉说。

"大姐，你还是有福气的，虽然过去有些磨难，但孩子懂事。你的好日子在后头呢！"挂钩员真诚地说。

"阿吉，你也进来！"阿佳嬷想起挂钩员说"有事商量"的话，赶紧泡了一口缸茶水递给他，对着院子喊。

母子俩刚坐定，钩挂员就语重心长地说："建档立卡户的第一批房子马上得动工，你家准备得咋样？国家扶贫政策，前两次我跟你说得很清楚了，那是好得不能再好了。你们想想，国家无偿帮扶的，加上无息贷款，盖个一百二三十平方米的两层楼混凝土砖房完全没问题，连装修的钱都有了呢。"

"我晓得了，对我家来说，那是磕头碰着天，瞌睡遇着枕头的好事，可就是……就是……"阿佳嬷的脸红得赛过马樱花，吞吞吐吐。

"今年的扶贫任务催得很紧，到年底全县得基本脱贫，你们一定得支持啊！再说，你家这房子，给能扛过这个雨季都难说，住着多危险啊！"挂钩员望望破烂不堪的墙体，关切地说。

"盖房子是我三十年来的心愿，也是我那死鬼老公的心愿，可……"阿佳嬷双手不停地互相搓着，恨不能把脸塞进裤裆。

"阿妈，你别着急！回昆明后，我想想办法。"阿吉看阿妈为难的样子，心痛地说。

"唉，又不是一千两千，你能想出哪样办法？现在这情况，你可不能为难你叔叔。记住，莫告诉他啊！"阿佳嬷担心阿吉找阿克木借钱，把她最后一点自尊都卖掉。

"啊啊？"如果不能找阿克木，阿吉的确没法可想，他只好站在一边，皱着眉头抓头皮。

"房子今年一定得盖。如果实在不行，到最后只能帮你家申请成'兜底户'，先请一个建筑老板赊账盖着房子，拿到国家帮扶款，再付给他。你家不用出一分钱，也不消贷款。"

"有这么好的事？"阿吉母子同时望着挂钩员，惊喜得异口同声喊。

"是呢，可那是无可奈何的事。国家帮扶的五万多元钱，只能盖五十多平方米的一层，只适合老独人居住。你家还得娶媳妇生孩子，以后哪够住？还是再想想办法吧！不到万不得已，莫走这一步。"挂钩员锁着眉头。

"啊？那想想再说，想想再说！"阿佳嬷含糊其词。

"叔叔，按理，盖两层楼也应该可以找个建筑老板赊账先盖吧？"阿吉疑惑地问。

"我找好几个老板问过，都说垫的钱多，他们没办法。你想，十多万和五万，毕竟是两个概念，哪个憨人会做这份事？今年找他们盖房的人又多，他们都忙不过来了，咋在乎你这点生意？唉——"挂钩员无奈地摊开双手，摇头叹息。

难！难！难！一分钱难倒英雄汉，何况这么多钱呢？三人面面相觑，无语。太阳偏西，破旧的小院升起袅袅炊烟，可挂钩员谢绝阿佳嬷留下吃饭的诚恳邀请，神色凝重地拉开大门，驾着摩托一溜烟走了。

6

回到工地后，阿克木退掉他和阿吉住的单人间，重新租了一个三人间的套房。房间不足百米，但卧室、客厅、厨房、卫生间，一应俱全。三个卧室，阿克木一间，阿花一间，阿吉一间，下班后，三人回到小屋，买菜做饭，真的像个家了。

也得像一个家才行，否则阿克木哪有家呢？老家的房子还在，但人去楼空，如果阿佳嬷心里的疙瘩真的解不开，那以后除了清明给爹妈上坟外，阿克木没回家的必要了。一想到这里，他的心犹如针扎一般的疼。连续几个夜晚，阿克木都难于安睡，只翻来覆去在床上折腾。阿佳嬷的苦、阿佳嬷的累、阿佳嬷的孤独无助，像一根牢固的麻绳，勒得他喘不过气。他无法放下她，但又无法走近她！怎么办呢？

阿吉和阿花两个年轻人，瞌睡好，没察觉阿克木的反常。一回到家，他俩就一起买菜、做饭、收拾屋子，一边做，一边聊，喊喊喳喳、叽叽喳喳，好像永远有说不完的话，小屋里弥漫欢声笑语。这样一来，初来乍到的阿花没有半点想家的样子，反倒是阿吉，偶尔露出心事重重的神情。

受到愉快气氛的感染，阿克木的心也渐渐平复，暂时把剪不断、理不清的思绪搁置起来，投入到有规律的生活中。他想，不管事态如何发展，都得帮助阿佳嬷。明的不行，就来暗的。可不管明暗，最好的办法就是通过阿吉，这样才不至于伤到阿佳嬷的自尊。因此，维护好和阿吉的关系尤为重要。

下定决心的阿克木又恢复了往日的风采，下班回家，便帮助两个孩子做家务，找话题和他们聊天，甚至像年轻人一样跟他们一起唱歌。他迫切希望阿吉能主动和他谈起阿佳嫫，可阿吉似乎有意避开，只字不提他母亲。

一天傍晚，三人正在吃饭，阿吉接到一个电话，便躲到卫生间里，好一会儿才出来。出来后的阿吉，一直沉默不语，一个劲低头扒饭，无论阿克木怎么问，都只说"没事"。几天之后，一下工，阿吉不是躲在卫生间打电话，就出去找朋友，有时很晚才回家。家里的气氛，陡然有些怪异。

阿克木料定这事与阿佳嫫有关，便委托朋友打电话问记巴拉村村民组长，了解到事情的始末。原来扶贫挂钩员来了多次，可阿佳嫫家筹不到前期款，挂钩员准备把她家列入"兜底户"。阿佳嫫急得像热锅上的蚂蚁，东奔西跑找人借钱。可除了哥哥家，她没有什么直系亲属，哥哥家又穷，没钱借她。跑了半个月，才借到几千元，加上阿吉汇回家的钱，总共不到一万元，差的不是一星半点。

阿克木知道后，马上把半辈子省吃俭用存下来的六万元钱，全都取出来，以阿吉的名誉汇给阿佳嫫。他怕露馅把事情办糟，下午才汇出钱，晚上就耐心地坐在沙发上等阿吉，想找个合适的说法，劝服阿吉让他承认钱是他借的。

十一点半，阿吉才拖着疲惫的身体回家。一进门，阿吉马上换上一副笑脸，问："叔叔，咋还不睡觉？你白天事头多，也累，早点休息吧！阿花睡了？"

"嗯，睡了。你坐下，我有话说！"阿克木用手指指沙发。

"叔叔你说，我听着！"阿吉从饮水机里接过一杯水，咕嘟咕嘟一口气灌下，然后拉过木凳，轻轻坐在阿克木对面，满脸问号地望着阿克木。

"你家的事情我知道了。我认为，一定不能盖成'兜底户'房。以后你得结婚生子，还有老妈要养。"

"啊，啊啊？"阿吉惊异得张大嘴巴，猜不着阿克木是咋个知道这事的。他脑子片刻的空白后，结结巴巴地说，"是呢！可……可……"

"我已经帮你汇出六万元钱，算是我们装修公司给你预支的工资。你就跟你妈说，钱是你借的，让她安心用着。"

"那……那……那咋行？公司不是没有预支工资的先例吗？何况这么多钱呢？"阿吉涨红脸。

"什么行不行的？如果你还看重我们这几年的感情，就不要啰唆了，盖房子要紧！明天我帮你找个信得过的建筑老板，让他给你家盖。包工包料算了，这样省事！这事暂时莫让你妈知道，否则你晓得的。"

"嗯嗯，嗯。"话说到这个份上，阿吉只能唯唯诺诺地应着。就算以后阿妈知道会不高兴，他也不想违背阿克木的意愿。何况现在又多了一层和阿花的关系呢？

有阿克木暗中操作，阿佳嫫家盖房子的事按部就班地进行着。阿克木三天两头让阿吉带着工程队里一个懂行的工人回家，认真检查、督促，然后向他汇报。

三个月后，一幢两层楼的混凝土砖房，傲然屹立在被掀倒了的破四合院废墟上。村里的人们不禁啧啧称赞这房屋盖得板扎；挂钩员带着灿然的笑容，满意地频频点头。

盖房期间，阿吉和阿花的关系突飞猛进，顺理成章地发展成男女朋友关系。房子完工那天，阿吉和阿花手拉手回家，当着阿佳嫫的面宣布了他们之间的关系。

阿佳嫫着实吓了一跳。平静了好一会后，她只得把洒布则作那座坟的事，魔咒的传说等，一股脑儿告诉了两个年轻人。

　　压在心底的话全都倒出，阿佳嫫长长舒了一口气，说不出的轻松。却把阿吉和阿花吓得一愣一愣的。两人你望我，我望你，空气似乎凝固了，心跳好像就要停止。

　　好久，好久，阿吉终于开口说："那是三代前的事了，冤家宜解不宜结。现在新房子也盖起来了，就让魔咒见鬼去吧！我想，祖先在天有灵，也会理解我们的。"

　　"是呢！是呢！我和阿吉的确互相喜欢，发誓要在一起一辈子。不能因几代前的恩怨，毁了我们的幸福。求大嫫（方言：大妈）放下过去，成全我们吧！"听了阿吉的话，阿花眼含着泪，可怜巴巴地望着阿佳嫫说。

　　阿吉不失时机地把阿克木汇钱、找人帮盖房子等所有的事，都一一告诉了阿妈，恳求说："阿妈，叔叔早就知道，却能这么帮我们。人心都是肉长的，我们也应该放下。"

　　阿佳嫫担心儿子知道后受不了，才迟迟不敢轻易告诉他，才忍受了这么久的煎熬。现在两个年轻人都能放下，她又有什么不能释怀的呢？便说："既然你俩相互喜欢，姑娘又不嫌我家穷的话，喊你爹来，一起商量做个决定。"

　　喊你爹来？阿吉期盼这句话犹如干涸的禾苗期盼雨露，他迫不及待地催阿花打电话。

　　一个电话过去，阿克木飞一般赶来。之后，又带着他的队伍，把废墟铲平，铺上水泥，把房子装修得富丽堂皇。

尾　声

　　冬日微红的夕晖，洒在白色的瓷砖墙上熠熠生辉；墙边的腊梅花

225

缀满枝头，香气扑鼻。阿克木、阿佳嫫、阿吉、阿花，四人同时穿上彝家婚服，满面吹风地站成一排，迎接着络绎而来的客人。

"恭喜，恭喜，恭喜你家三喜临门！"采念阿匹拄着拐杖，由儿媳搀扶着走来，沧桑的眼里闪着感动的泪花。顿了一下，喘了几口气，说，"我老奶活了近九十岁，才算明白：人要往前看，才能过好日子。"

父亲的眼泪

许洪畅

《坦芒嘎腊》经书上说：孤独是人生常态，坟墓是人的天堂。

岩温丙老人在病人出院申请单上签完字，医生才对他说："回去吧，她想吃什么，给她做点吃吃，人是好不了啦，只能这样。"言下之意，和自己在同一张床上滚了几十年的女人，不久将离他而去。

佛曰，人生有八苦：生，老，病，死，爱别离，怨长久，求不得，放不下。无奈这就是缘分。按照当地风俗，老人生前必须给自己先找好墓地，可是岩温丙老人的寨子已经实行公墓，墓穴可以选，墓地是不能选了。公墓刚实施不久，墓地里只不过刚刚添了几个新的坟包而已。墓地有六百多公顷，据说能够容纳几万人。这样一种从未有过的公墓开发，细想起来，还真是惊心动魄。岩温丙老人给老伴选好了墓穴，最后一个走出坟场，在走出坟场大门的那一刹那，老人突然觉得自己的鼻子一酸，似乎听到了一个苍老而又熟悉的声音，附在自己的耳畔轻轻地说："好啊，你个老东西，命还真大，这次'祖腊历'又让你逃脱了，那么就多转悠几天吧，多转悠上几天就赶紧滚回来，这里才是你该待的地方。细想想，你在外面转的时间也不短了，已经很长了。"岩温丙老人诚恳地点着头，嗯，嗯，是啊，实在是在外面待得太久了，把那样一个鲜活粉嫩的婴儿，把那样一个器宇轩昂的青年小伙混成今天的这把老骨头，这使他感到惭愧，辛酸。岩温丙老人记得，在他还是孩子的时候，村子还是那些个村子，不多不少，坟场远没有现在大，那时候的坟场也是显得空空的，可到如今村子已经很大了，坟场也已经突破，成了眼下几乎和村子一样大的规模了，而且里面密密麻麻地排列着互不相识的坟堆，似乎周围几个村子的人都死光了埋在这里，但实际上随着死人越来越多，活的人也越来越多。岩温丙老人就在死人和活人都增多的尘世里，一天天一年年地活到了整整七十八岁，衰老成了如今这副根雕似的鬼模样。岩温丙老人有时牵着那头老黄牛到河边去饮水，当在平静的河面上看到自己苍老的影子时，就觉得不可理解，他真不明白，到底是什么东西将自己变得如此苍老，如此不堪重负。坟头一多，连坟场里面也似乎热闹起来了，这使岩温丙老人有些淡淡的哀伤。他喜欢空旷寂寥的坟场，喜欢坟头很少，就那么一些熟悉的街坊邻居，大家相互关照，相互珍惜着经历永恒的时间。坟头一多，使人觉得这里以后会变得像外面那样钩心斗角，吵吵闹闹，不得安宁。但毕竟坟场要比尘世间宁静得多，毕竟人们都苦够、累够了，再也折腾不动多少了，何况在黄泉下埋得也够深的，连串个邻居的门都是不可能的了。

送葬的人匆匆地来了又都走了，坟场门前的尘土上印着很多人的脚印，来的脚印和去的脚印，乱纷纷地重叠在一起，这样就使很多的脚印都失去了方向。老人觉得好奇怪，在这个地方，人们似乎走得都很快，只留下了一些模模糊糊的脚印，但他想终有一天人们还会再回到这里来，然后把自己永远留在这里，因为谁都免不了把自己留在这里。太阳光倾泻在坟场里，高高矮矮的，长长短短的，雕龙画凤的墓碑，依山卧土地堆在一起，远远一看，坟场好像一片巨大的废墟。再看那蔚蓝的天空，多么像一块大大的镜面啊，太阳不过是一颗人头，在这巨大的镜面上无休止的晃来晃去，到头来终究还是一个影子。岩温丙老人突然感激自己鼻腔的那一酸楚，不然自己会稀里糊涂就走出坟场的，正是那一酸楚使自己留在了这样一个阴阳分界的特殊位置上，多了一份生与死的感触。

坟场的大门，说白了这就是一道生死门，人活着其实就差那么一小步，所以每个人都应该在这里多站一下。岩温丙老人觉得自己是那样渴望在这里多站一会儿的，老是躲在坟场深处转悠那不是好事，毕竟自己还活着嘛，可是一个人盲目地到尘世上去也不好。去干什么呢？似乎就没有什么可干的。现在最好就是在这道门前多站一会儿，多想一会儿，想法肯定会很多的，想法也会使人有一种觉悟的幸福感。这是佛祖的诤言！

这么大的天空只有一颗太阳独自在上面晃来晃去的，实在是太孤单了，岩温丙老人看看太阳也觉得太阳很孤单。不过孤单着也好，有时候人会奇怪地觉得孤单着其实也是一种福分。岩温丙老人回头看了看坟场，只这么一会，老婆的墓穴里好像盛开了一朵莲花。这让他突然想起自己将老婆用一条小船，从澜沧江的对岸划来给自己做媳妇的往事：年轻的媳妇头上戴着一朵小红花，长长的筒裙飘逸在江中，两只纤手捧着银钵，盛满洁净的甘露，随着船头在起伏的浪花里，悠荡悠荡地起伏，让人不免心生仙女下凡的飘飘然感觉，真乃"风吹仙袂飘飘举，犹似霓裳羽衣舞"！那时候想不到这么一个年轻漂亮的媳妇，那么一条青春年少的鲜活生命，最终会归宿于这么大一块贫瘠的红土堆里。

岩温丙老人轻轻叹了一口气，若有所思地凝视着远方，犹如智者不惑，漫消心绪凭栏久，看取春光几度红，仁者不忧，是应该在这里多走走的，应该在这里多看看才是，这里才是真正的家。那个用血肉温暖了一辈子，甚至是几辈子的家，如今已不是自己的了，那是儿子、孙子他们的家了。但儿子、孙子们以后也会到这里来的，那么这个家究竟是谁的家呢？岩温丙老人想，该找公墓管委会主任讲讲了，也该给自己找一块地了，好好地找一块长眠之地，不然，草率地一死，让人埋到一个低矮凹处，可就坏了。岩温丙老人突然间迫不及待地期盼能知道自己什么时候死，他站在坟场门前喃喃自语，双手合十，佛祖啊！我究竟是在何时去呢？你能悄悄地告知我吗？四周一片寂静，坟场里的山风凉凉地掠过他的面颊，有些竟然钻进他耳朵的深处。

他想自己若是能知道自己归天的那一刻，那么提前一天，甚至一个星期，他会将自己洗得清清洁洁的，穿上一身干干净净的衣裳，然后去跟一些有必要告别的人一一告别，之后自己步入坟场里来，准确地找到自己的长眠之地，含着眼泪，一遍遍诵读《坦芒嘎腊》经，听任自己的生命像秋风化雨那样，一丝丝吹向天空，直到吹干吹尽。想到必死无疑的自己连什么时候死都不知道，想到自己也要在毫无准备的情况下死去，他突然觉得自己有一种异常的伤感与恐惧。

他想起人们常说的一句话来，尤其那些爱吹牛、爱说大话的人也是这样说的，那些人，在他们说了一辈子大话之后，突然会说：我除了不知道我几时死，这世界上还有我不知道吗？听听，你们都听听吧！再会讲大话的人，他们也都不知道他们会几时死去。

回到家里，岩赛伦拿着他母亲的照片在抽抽噎噎地哭着。他想劝劝儿子，又不知道说什么，劝也是白劝。他想，儿子若到了自己这把年纪就不会因死亡的事而哭了。自己若在儿子那个年龄，大概也是要哭的。这都是很自然的事，就连牲口有人还看见过流泪呢。儿子见父亲回来了，就眼泪巴嚓地走过来问："到那天要如何超度亡人，家里得认真准备才是呢。"这地方的人一直都有这样的信仰，亡人一旦入土，冥冥处就要开始拷问她的罪过，因为每个亡人最先都有一个罪人的身份。因而活着的亲属就得施行一些搭救亡人的仪式——即超度亡灵。有钱人，往往搭救的排场要大一些，但千人万人中毕竟还是贫寒的人家居多。所以宰一只鸡，献两个果，也还是不比有钱人家的差。康郎们常说："有时候赊一个果，比赊一头牛都贵重。"说的就是这个道理。

但实际上多少年来人们还是比较看中牛，觉得牛更贵重。因为人们毕竟都是世俗的多，总觉得宰一头牛搭救的效力肯定远远胜过宰一只鸡，甚至于一头肥猪。这个不是规矩，但早已成为一种规矩。岩温丙老人看着眼泪巴嚓的儿子，一时还真不知道该怎么回答他。

"量力而行吧，出殡的日子烧上三炷香，宰一只鸡就成了。"老人十分矛盾的表情，让儿子非常伤心难过。

儿子说："别的事都可以将就，超度亡灵那天可不能将就啊，出殡那天来帮忙的人多，不要说宰一只鸡，宰一头猪都不行，人家会笑话呢。"父亲很是无奈地说："宰猪不行你还能宰什么？"话刚说出口，他突然想起了家里的那头老黄牛，他的心"咚"地猛醒过来，连半句话都说不下去了。儿子又难过地落下眼泪，说："爸爸呀，我妈辛苦了一辈子，活着的时候也没过过一天好日子，现在人没了，我们活着的家人一定要把死人当回事呢。"父亲什么都没说，不知道他在担心什么，轻轻地靠在柱子上闭上眼睛，仿佛那头老黄牛就在他跟前，慢悠悠地甩着长长的尾巴，一口一口地嚼着甘蔗叶。

偌大的房子静得出奇。儿子说："爸爸，我想家里的那头牛也老了，要是再买一头牯仔牛吧起码得要个万把块钱，我们家眼下也拿不出这么多钱来，你看不如……"

儿子的话还没说完，他的心就觉得紧张得不行，一闭上眼睛，就仿佛有无数只手指头在点戳着他的脑门头，说："老倌，你怎么能这样对待自己的老伴呢？"他不情愿地睁开眼睛，凉凉地看了儿子一眼，说："把它宰了，你要我拿什么去耕地？"儿子哽咽着声音很低地说："你说它还能耕几年呢？论年纪它都比我大了，要不是我们家留着它，早就……"

是啊，那头老黄牛确实是老了，经它翻犁过的地堆起来也比山高了，还能指望它再翻多少地，背多少座山？它活着除了翻地还能做什么？难道它最终能免去世俗的人们最后狠心地为它准备的那一刀之劫吗？宰了就宰了吧，他自己听不到自己心里凉凉的诉说。但儿子似乎已经听到了，也听懂了。他看见儿子会意地点了点头，表示能够理解。这样他才好过了一些，但总感觉心里好像还是空空荡荡的，什么都没有留住。

身披袈裟的岩赛伦，牵着老黄牛来到河边。清晨的阳光照在平静的河面上，袈裟被微风吹起，轻轻地担在牛角上，牛仿佛被神牵到了另一个世界。阳光照亮了河水，河水把身披袈裟的少年和牛的倒影，藏在水底。袈裟飘动，轻轻地浮现出一道金色的佛光，老牛的阴影像一座高耸的山峰，显得敦实厚重。老牛十分温驯，岩赛伦用一根细细的尼龙绳，轻轻地就牵走了它。一路上，牛不缓不疾地走着，像是背负着沉重的担子，又像是悟彻了什么道理一样，显得安神旷达，而又心生随意，它和岩赛伦中间连着的那根细绳，软软地垂到地上，被长长的袈裟影子罩住，这一刻与其说是岩赛伦牵着它走，倒不如说是它跟随袈裟少年一起心意同行。

岩温丙六十多岁才老来得子，为了答谢佛祖保佑，很小就把儿子岩赛伦送入那兰寺，儿子岩赛伦今年刚好满十六岁，但从小念经赕佛，心地善良，伶俐聪慧，最能理解父母的辛苦，感念父母的恩德。偶尔回家一趟，也会为父母做一些力所能及的事务，常常是经书随身不离，遇事身体力行。

老牛走到河湾处，便停了下来，浅浅的河水被它踩在脚下，就像一座高大的山峰，稳稳地矗立在那里。金色的太阳照在它那高大的身躯上，显现出生命的伟岸。它轻轻地微闭着眼睛，像是在祈祷，又像是在默默地祝福！不疾不缓，悠闲而自然地反刍着，显得那么自在而受用。岩赛伦卷起长长的袈裟，用双手捧起清水，浇在牛身上，自从母亲生病住院的这些日子，他每天都要把老牛牵到河边洗一次澡，这样老牛就像是换了一身新衣，显得更加年轻了许多，精神了许多。

岩赛伦没有刷子，他用一把稻草蘸了清水洗着牛身，洗得是那样的认真。他还用草木灰制作清洗剂，洒在牛身上，然后把牛耳朵里的褶皱用手指轻轻地掰开来洗着，再把它的尾巴搭在左手心上，用右手从上到下把牛尾巴梳理得光滑亮丽，像一个好看的姑娘那样拖着长长的一条大辫子。他还用小竹棍一点一点地把牛蹄子都抠洗得干干净净的，就好像要为老牛招亲办婚事那样地精心打扮。老牛似乎若有所思，沉默不语地微闭着眼睛，尽情地反刍，忘我地享受着小主人对它无微不至的关心，似乎这个被清洗得干干净净的身体不再是它自己的一样。

岩赛伦把牛洗净，再用一块干净的旧棉布擦干它，然后把它牵到岸上，站在远处慢慢地欣赏它，一边欣赏，一边很满意地点着头，不知道他在想些什么。洗完牛，他就跑到甘蔗地里抱来一大捆鲜嫩的甘蔗叶给它吃，看着鲜嫩的甘蔗叶被牛大口大口香甜地嚼着，不一会儿牛干瘪的肚子渐渐地有些夸张的鼓了起来，岩赛伦心里有着一种难以言喻的喜悦。他对母亲强烈的情感与爱念都将寄托在这牛身上了。他觉得自己不是在伺候一头牲口，而是虔诚地侍奉着自己敬重的一位长辈。自从父亲默认在母亲的祭日那天要用这头老牛时，他就觉得这头比他还大几岁的老牛已超越了所有的牛，从此变得更加无比神圣。在他心里牛已经有了一种独特的品质与生命的意义，它将承载着重要的使命去拯救苦海中因自己的罪行而痛苦的亡灵。

自古以来，牛是通人性的，在"铁锅木甑，一日三餐"的傣族民间故事里就说，老牛是被天神派到人间来拯救百姓的，它为了保证人们能够一天吃上三餐饭，无怨无悔，每天十分辛苦地耕田犁地，吃进去的是草，挤出来的是奶。

岩赛伦有时在用心地洗牛的时候，莫名其妙地会有一种感动，有几次更是匪夷所思，他突然想对着牛，泪雨婆娑地喊一声"老娘"，这种莫名的愿望竟是那样的强烈，使他几乎无法抑制。他觉得自己都已经长这么大了，这么多年来竟然还把牛看得那样轻，现在他才恍然明白，原来在这个世界上平凡的牛也和人一样有着亲情，博大而宽容的心灵，实在是一种了不起的生命。人们除了在它身上获取，还能为它做些什么呢？你说，宰一只鸡、献两个水果怎么能跟一头牛相提并论呢？他觉得，宰一头品质卓越的老牛一定能免去一份很大的灾难。他一点也不怀疑这头老牛对母亲的巨大作用，一定会把母亲顺利地带进另一个世界。他觉得念了一道《坦芒嘎腊》经之后，它就不再是人间的生命了，它自己也一定会归宿到一个令人向往的地方。一只鸡可以伟岸地生活在群星闪耀背后的天庭里吗？不能，但忠厚老实的牛却一定能。牛可以凭着它不改初心的忠厚、勤勉和善良，堂而皇之地走进一切高大的宫殿之门。因此，岩赛伦像信奉佛祖那样，仿佛在干着一件神圣的事业，用心地伺候着这头老牛，使它一天比一天更加健壮起来，一天比一天再年轻起来。岩赛伦看着每天一个样变化的老牛，心里有着难以言喻的感动与狂喜。当牛大口大口地吃着鲜嫩的甘蔗叶时，岩温丙老人偶尔也会走过来，蹲在一旁看着老牛津津有味地用餐，只是他脸上的表情没有岩赛伦那样鲜明突出。他对岩赛伦说："瞧它这能吃样，就好像它还能活上一百岁似的。"然后不等儿子说什么，拿起一根肥嫩的甘蔗，将一截脆脆地折断，立即溢出稠稠的甜汁来，岩温丙老人皱皱眉头，说："唔，这么多的奶糖啊。"

就这样，在农历四月初八佛诞日的头一天，岩温丙的老伴归天了。灰暗的日子，像一大团阴影那样，悄然逼近了这个家庭。

四月初八的前三天，天空离奇的热，太阳早早就从东山上升起，给高高的菩提树上淡淡地涂上了一层金光。一群无忧无虑的麻雀在高大的树冠里，叽叽喳喳的显得异常激越地吵闹着，让人的心里荡开一波一波很温馨的暖阳。岩温丙老人正在离菩提树不远处的一座房子里精心地粘补着《坦芒嘎腊》经书，经书年深日久，纸张都已经泛黄，在开始掉页，但上面书写的巴利文字迹却仍然清晰。突然岩赛伦跑上楼，有些焦灼地说："老牛不吃也不喝了，昨晚放在盆里的清水和甘蔗叶原模原样地堆在那里。"岩温丙老人的心很快"咚咚咚"激烈地跳动起来，他把没有粘补好的《坦芒嘎腊》经书摊开在桌子上有阳光的那一面晒着，自己匆忙跟随儿子来到了牛圈。牛圈在大门背后，是用木架和石棉瓦搭建的，平时不注意真看不出来，这一刻才发现这牛圈棚其实是有着很多缝隙的简易房，一束束阳光斜着身子从那些缝隙里偷偷地照进来，然后往往在人们吃午饭的时候，就莫名其妙地消失了。牛圈里很干净，只有那捆鲜嫩的甘蔗叶和一种令人感动的牛粪散发出来的气息。老牛安静端庄地躺在那里，像一个历经岁月，饱经风霜明了一切的老人。它依然在不缓不疾、津津有味地反刍着，明净淡泊的目光好像看透了什么，又像是什么也无意再看。它的肚子已经明显地瘪了许多。支在柱子下面的一盆清水，清得像能开出莲花瓣来，显然，这水它一口都没有动过，水盆旁边的嫩叶，显然也没有丝毫动过，一夜之间，那么鲜嫩的甘蔗叶就有些蔫了。

"爸爸你看，这水它一口都没喝，这草它一嘴都没吃。"儿子有些焦灼地说。

老牛像是没有听到他们父子俩的对话，依然投入而又忘我地反刍着胃里的东西。儿子突然问他说："爸爸，是不是……"

他知道儿子想说什么，突然鼻腔深处一酸，喉头处像硬硬地塞了一个什么硬物，他觉得自己的泪水带着一股温热迅疾地流了下来，连忙转过头，有些踉跄地疾步走了出去。

太阳已升得老高了，点点阳光像凌乱的雪花那样扑面而来，岩温丙老人低下头像迎着风似地走着，一步一步地上了楼房。不知疲倦的麻雀吵得愈加热烈，看来还吵不出什么结果。老人坐在火塘边，两手蒙住皱纹斑驳的脸，感觉滚烫的泪水从指缝里流了出来。他说不清自己为什么要流泪，更说不清自己为什么竟有那么多的老泪，似乎还有要哭出声音来的欲望。终于，他忍不住像孩子般呜呜咽咽地哭出来了，心像无边的大海那样激情难抑，满满的都是感动。儿子诧异地出现在楼梯口，阳光照射在他的背面，使他身上的黄色袈裟显得十分耀眼。看见父亲那样感伤地痛哭，他显得有些无措，很快便悄悄地又走下楼去。一群麻雀不知受到哪来的打击，惊叫着"轰"的一声骂骂咧咧地飞走了，剩下几只藏在树叶里，有些胆怯和猜测地小声鸣叫着。岩温丙老人不能自抑地哭了好一阵，感到自己像激流那样在轻风细雨中平缓了下来，有着一种大病初愈那样伤感而轻松的感觉。他觉得自己是有罪的，把这样了不起的一个生命竟然忽略了，像畜生那样奴役使唤了它几十年。想想犁地的时候他狠狠地打在它背上的鞭子，那血印子下面一条条毛都掉光了，就觉得愧疚难过，如果现在谁愿意用鞭子抽打他以示惩罚，他一定会很乐意很感激的。还想得起来的事肯定不止这些，记得有一次老牛一边拉着犁铧走一边翘起尾巴拉粪，当时就觉得没什么，只是习惯了把它当牲口看待而已，今天忽然觉得这真是太过于残忍了，我们人连一个拉粪的机会都不去给它自由，竟然在它拉粪的时候都不放过它，还在役使它，可哪里知道？它竟然是这样一个高贵的生命！

岩温丙老人又想起了牛圈里那盆净无纤尘的清水，那水仿佛在他眼前不停地晃悠着，似乎要把他的眼睛和心灵一次次来回地淘洗个干干净净。那是一盆怎样的水啊！在那样清澈明镜似的水里，果真有一朵洁白无瑕的莲花吗？记得老辈人们都曾讲过的，说牛这样的生命是大牲，如果善念端正，把牛用到正道上，那么，这头牛在献出自己的生命之前，一定会在它饮的清水里看到与自己生命有关的那朵莲花，自此就再也不吃不喝了。显然，这头不吃不喝的老牛是看到自己的那朵莲花了，并且就在它面前的那盆清水里还分明看见了盛开的莲花。岩温丙老人真切地感觉到一种难言的强烈的震动，他情不自禁地一定要为此流一把眼泪。那样佛祖在天堂的那头，也会接受它的。

过了两天，牛还是不吃，盆里的水有些浑了，甘蔗叶也蔫得像山风吹过一样，牛肚子非常夸张地一下就瘪了下去。两个后胯下面已经看不见两股健壮有力的牛腿筋了，牛脖子上厚厚的耷拉皮，只剩下一张薄薄的皮毛。但清瘦的老牛依旧静静地躺着，双眼微闭，依旧在轻轻地卷动舌头来回反刍。

再没有必要怀疑了。这了不起的生命，它竟然这样的韬光养晦，甘愿为人役使地度过了自己短暂而艰辛的一生。岩温丙老人的心里突然有了一种驱之不去的肃穆。只要他一闭上眼睛，在他内心深处的世界里，立刻就会有一盆清得让人像涟漪那样微微战栗的圣水，在这盆圣水里，慢慢就会生出一朵世所罕见的莲花，在清静的水底深处像一种暗藏的秘密那样，不断地向他闪耀着金光。岩温丙老人双手合十感恩地点着头，泪水从他的脸颊上轻轻地流下，他喃喃地赞颂道："你比我强，比我智慧，至少你能知道自己的死期，可我不能。"还记得老人们曾经讲过，像牛这样的大牲，看到清水里的那盛开的朵莲花后，就不再吃喝，为的就是让自己有一个清洁的肉身，然后清清静静地归去。想不到原来是这样的一种生命！

才两天过去，飞散的麻雀又重新聚在菩提树上了，岩温丙老人把翻阅破了的《坦芒嘎腊》经书精心地粘补好，放在桌子上，宽大的木格窗台前，太阳照射进来，像金子般的阳光洒落在长长的桌面上，落在那本摊开的古老的经书上，使屋里显得更加温暖。

岩温丙老人独自坐在高楼阳台上，静静地看着这群乱纷纷的麻雀，叽叽喳喳的声音像阳光下星星点点的雨珠儿，没完没了。岩温丙老人沐浴在阳光里，想起了二十年前的往事，那时牛还不老，正当年轻，和他一样有着暴烈的脾气，即使在雷鸣暴雨天，还能将自己那样一个健壮而沉重的半个身子腾在半空，并在半空中有力而又夸张地扬蹄仰啸，它后面可是还拖着深深插入泥土的铁犁啊！牯子牛的倔脾气，一头砸下去，不一会就将地犁得乱七八糟。岩温丙老人欣慰地想着这些不堪回首的往事，喃喃地说："牛啊，请原谅我吧，谁能没有过年轻的时候呢。"然而最令他伤痛不已的是，牛最终能知道自己的死期，而他贵而为人却不能自知。佛祖啊！请您赐予天下人的智慧吧！

明天就是农历四月初八佛诞日了。这些日子阳光总是好得出奇。人总觉得自己是被置身在一个温暖阳光的世界里。岩赛伦拿了一把长刀子来给他爸爸磨。刀子足有一尺多长，因为长久搁着不用，刀口都生了一层厚厚的铁锈。但刀子是把好刀子，不愁磨不锋利。老人借了村里最好的一块磨石来，浇灌了一桶米汤水，让它吸附在锈迹斑斑的刀口上，再把清水倒在磨石上，用力一磨，磨石上很快就显出了一篇英雄史诗般的碑文。他想他一定要把刀子磨得锋利无比，那样才对得起老牛。红锈就这样在清水里像血丝那样迟疑地流动着，浸透了一地。他想他一定要把刀子磨出银雪般那样的寒光来。他突然想到老牛在清水里看到的是莲花，还是自己磨的这把寒光闪闪的刀子呢？一定是莲花，哪能是一把刀呢？因此，他一定要把手里这把刀子磨得和清水里盛开的莲花一样雪白，不然就对不起那不凡的生命啊。他一边用力地磨着刀子，一边看见自己眼眶里有晶晶点点的亮珠唰唰地落下来，溅到青青的磨石上和光芒耀眼的刀刃上，那一刻，儿子走过来对他说了些什么，他全然不知，儿子只好默默地转身走了。

那天夜里星星缀满了天空，密密麻麻的，沉甸甸的，格外耀眼，一颗颗明晃晃的星斗又有些摇摇欲坠。空气停止流动，没有一点风儿，偶尔飘来极细微的一丝，倒给人一种担心与警觉。夜静得出奇，岩温丙老人披着满天星光，一个人悄然钻到牛圈棚里去，直到那兰寺里远远地传来诵经声时才钻了出来，星光下，老人的脸色显得有些苍白。那时候星星已坠落了不少，像被摘去果子的枝头那样，天空显得比前半夜时轻渺了许多。岩赛伦已经早早地起来打扫院子了。岩温丙老人对他说："家里的事你就看着办吧，我去街上买些要用得着的东西。"岩赛伦说："爸爸，今天超度亡灵你不能离开啊。"但岩温丙老人还是走了。一直到太阳落山了，他才回来，满脸的皱纹显得有些憔悴苍白，他先在门口犹豫了一下，又转身来到牛圈棚里转了一圈，然后在心里他像是下了一个决心，转身朝门口一步一步走了进去，但是他很快停住了，他看见一个硕大的牛头就挂在院墙上，一对牛角明显地摆出奔牛的姿态，在向前奋力。牛头不偏不斜正向着他，偌大个院子空空荡荡的，只挂了个牛头，不知道牛的整个身子哪里去了。他觉得这牛一定还活着，一定是在一个难以言说的地方藏着，只有亲近它的人们才能够看得见它，它将头探了出来，让他看见了，想必《坦芒嘎腊》经书上说的吉祥语真的灵验，看它一脸的平静与宽容，圆圆的眼睛像波澜不兴的湖水那样清澈明净，嘴唇若不是挂在墙上耷拉着，一定还会静寂地反刍的。这让岩温丙老人有些惊愕，他从来没见过这么一张死者的脸，犹如生者的容颜那么活脱脱一副慈祥相。

飞行员与蜜蜂

巴图桑

那年我还是空军航校的飞行学员，我们的高级教练机还是苏联制造的米格十五喷气式战斗机。那天，是我们学员的最后一个特技单飞日，下一个飞行日就要转入新的训练课目了。

我跨进座舱，穿上降落伞，扣好保险带，连接好了氧气面罩和无线电插头，开始按照程序，对飞机进行通电检查。一切都很好，我感到很满意。

"10特技准备好。"我向塔台报告。

"10稍等。"

显然，我要去的4号飞行空域还没有腾出来。指挥员通知开车的时机通常会选择在空域内的飞行员报告退出空域时。这样，当那架飞机在返回机场的路上时，另一架刚好在去空域的路上，空域利用率会很高。

暂时没有要开车的飞机，停机坪安静了下来。大晴天的，烈日当空，风筒低垂，水泥道面发烫，空气热烘烘的，人坐在座舱内的滋味可想而知。耳机内除了无线电所特有的轻微的工作噪音外，偶尔会传来其他飞行员与塔台或编队长僚机之间的联络声，然后又是滋滋的无线电噪音。这种声音有些扰人，但飞行员都很享受这种声音。我安静地听着无线电内的通话内容，随时准备着按指令开车。

暂时没有事情可做，我又从左至右对各系统工作情况检查了一遍。

在检查过程中，在轻微的无线电噪声中，隐隐约约夹杂着小型昆虫快速扇动翅膀的震动声。这声音时有时无的，由远及近，越来越清晰了，就在座舱附近。好像是马蜂或者蜜蜂飞行的声音，但愿它别来打扰我，我想。

我小的时候很淘气，经常捅马蜂窝玩儿，曾经被马蜂蜇过，知道那滋味很不好受。那种疼，是刻骨铭心的疼，终生难忘。蜜蜂虽然没有马蜂大，但它们是同类，也很好斗，为了保卫自己和家园，有一种视死如归的勇气，同样让我感到发怵。

正想着，那个不太受待见的小东西却偏偏飞进了座舱，就在我眼前舞动。噢，是个小蜜蜂。我急切地盼望着它赶紧飞走，如果让它把自己蜇了，影响到飞行任务那就麻烦了。

小蜜蜂哪知道我的心情，不紧不慢的，跟刘姥姥进了大观园似的，开始参观座舱。它先是落到了左侧的油门把手上，然后顺着油门把手向下爬去，爬到操纵台上，钻过电门的丛林，又飞了起来，飘忽不定地进行着六自由度的运动，仪表盘的玻璃里面映现着它舞动的身影。

小蜜蜂终于再一次落了下来，落在我正握着驾驶杆的右手上，隔着雪白的线手套，我感觉到了它的爬行。它慢慢地从我的手背爬上了驾驶杆的顶端，驻足四处观望。

我很无奈，自言自语："小蜜蜂啊，小蜜蜂，你一览众山小啊，肆无忌惮啊，你真不知道谁大谁小啊？"

我低头仔细瞧瞧它，瞬间呆住了，有一种美丽叫作摄人心魄，说的就是此刻的蜜蜂吧。

小蜜蜂也就比黄豆粒儿长点，通身是金黄色的，在阳光的照射下，黄得透明透亮的。浑身毛茸茸的，背上的四只翅膀薄如蝉翼，圆鼓鼓的肚子上面是一道道细细的黑色斑纹。两只萌萌的复眼圆圆的，大得有些夸张。这么金贵的小东西，让我无法对它产生反感或者恶意。

实际上，小蜜蜂挺可怜的。它们长得娇小孱弱，为了生计，一天到晚不停地辛苦地飞翔奔波，采集花蜜。虽然它们和我一样，也是飞行员，但活得确实很不容易。

不过飞机座舱里面哪有花蜜供你采集呀！小家伙，你还是到应该去的地方吧。我有些着急了，凭直觉感觉到 4 号空域要腾出来了，自己该开车了。

"18，4 号空域完成动作。" 4 号空域内的同学在报告，我的直觉很准。

我开始果断地挥手驱赶小蜜蜂，不想把这个小冤家关到座舱里面。在这么狭小的空间里，有它飞来飞去的，我怎么飞呀？

小蜜蜂被我的粗鲁吓住了，有些发懵，不知往哪里逃，慌慌张张地乱飞乱撞，但就是不知道往上面飞。我埋怨它，座舱盖子没有关，上面是敞开的，你干吗一根筋，不往上面飞，就知道往下面钻啊？

"10，4 号空域开车。"塔台给指令了。

我赶紧回答："4 号空域开车明白。"

我再次开始寻找小蜜蜂，并决定无论如何，就是晚开车几分钟，就是让指挥员骂我一顿，也要先把小蜜蜂赶走。不然，无法执行此次任务。

咦？奇怪，它哪儿去了？小蜜蜂不见了。

哈哈，你终于吓跑啦。我长出了一口气，开始放心地启动发动机。

起飞后，我驾驶飞机向左盘旋上升了转向 210 度，把航向对准了 4 号空域的方向。

头顶的天空向着远处的天地线延伸，颜色由湛蓝色渐渐地过渡到了淡青色，机翼下绿色的大地也向远处伸展着，由深绿色渐渐地过渡到了淡墨色，天和地相接处是一条刀切一样整齐的线。我把天地线稳稳地控制在瞄准具的底座位置附近，这时候的飞机处于最佳上升的角度，飞行高度不断地快速增加，很快我和战机就会达到特技飞行的高度。

密封的座舱内弥漫着淡淡的煤油、橡胶和金属的味道，发动机均匀地吟唱着。我再次检查了飞机工作的参数，确认正常。这时，我想起了刚才的那只蜜蜂，还好，它终于飞走了，不然把它关到座舱里和自己相伴飞行，可就有戏看了。

我正想着，嗡嗡嗡，一阵短暂的蜜蜂飞行时所特有的声音传到了我的耳朵里。什么？难道是刚才那个蜜蜂？

嗡嗡嗡的声音又戛然而止。怎么没动静了？难道是幻觉？也许是我神经过敏，太害怕要发生的事情。我眯起了眼睛，开始寻找那位不速之客。耀眼的阳光下，座舱里的所有都一览无余，但并没有那个小冤家的踪影。就当是幻觉吧，最好是这样。

飞行高度还在上升，再爬升 2000 米，就该把飞机改平飞了。"小蜜蜂啊，你要是在座舱里，就赶紧亮一个相。"不放心的我说出声来。

正说着，嗡嗡嗡嗡，蜜蜂飞行振翅的声音又响了起来。坏啦！这是真的啦。

我重新低头寻觅，果然看见一只金黄色的小蜜蜂不知从哪里钻了出来，跑到我眼前盘旋飞翔。

"刚才你在哪儿藏着哪？"我问。

小蜜蜂并不理会我，翅膀扇动的频率快得无法辨认，就像直升机一样悬停在我眼前，好像在故意气我。

小蜜蜂已经关进来了，现在怎么办？

继续飞吧，有它在这里捣乱，能静下心来去飞吗，能飞好吗？

最担心的是被蜜蜂蜇了，但我转念一想，自己飞行服、飞行靴、飞行帽、护目镜、氧气面罩，再加上抗荷服，已经武装到了牙齿，暴露在外面的肉体面积小到可以忽略不计了，怕个什么？不至于和塔台报告说，因为座舱里有一只小蜜蜂所以我要返航吧，那还不让教员们和同学们笑话死自己。不管你啦，小东西，咱俩井水不犯河水，你玩儿你的，我飞我的，互不干涉。

小蜜蜂在阳光中，就像一颗闪烁的金色流星，嘤嘤嗡嗡，飞快地扑打着翅膀，来回穿梭。看得出，它俨然把这狭小的空间当成了它的舞台，无所顾忌，为所欲为。

"你也不知道累啊，小东西。你知道吗？你现在成了我的累赘。"我对着它说。

"过一会儿，你飞你的，我飞我的，不许捣乱。"现在，我应该只想一件事，那就是如何把这次特技飞好。单飞到此时，我不敢保证每个动作都能飞出5分，但4分还是有把握的。等毕业时，应该是大多数动作都有5分的把握，就像教员飞的那样标准漂亮。

舱内，随着我的呼吸，氧气示流器一张一合的，高度数据还在快速增加，快了，快要到改平飞的高度了。小蜜蜂依然嗡嗡嗡地自顾自地飞舞着。

舱外，地面越来越深了，右侧的公路上移动的汽车已经看不出来了，左侧的那条河流像弯弯曲曲的银丝伸向远方，在阳光下闪烁着。

高度越过了2000米后，为了保持舱内的大气压，飞机的通风开关已自动关闭，凉风不再吹进座舱。太阳开始显示威力，我感到有些热了。

小蜜蜂也该感到热了吧？开始不舒服了吧？我替小蜜蜂担心着，但突然醒悟到，对小蜜蜂来说，天气热倒没什么大不了的，过一会儿，我开始做特技动作，载荷那么大，小东西受得了吗？飞滚转动作还好，蜜蜂也是飞行员出身，相信它不应该感到有什么不适，但是大载荷也叫重力加速度的隐形力量它受得了吗？我能顶住7到8个G，它能顶住几个？它能行吗？不会光荣牺牲吧？

我想，蜜蜂和人一样，也是个动物，也是肉长的，也有会跳动的心脏。人在大载荷下很难受，它也会难受的，只不过程度有所不同。也许，由于身体构造不同和具备特殊能力，它会比人类更抗折腾。也许，由于身体过于孱弱，不堪一击。

我开始有些小兴奋。无意中，我等于在做一项实验，实验蜜蜂类昆虫抗衡大过载荷的能力，并与经过严格选拔和训练的人类进行比较。

小蜜蜂啊，我很喜欢你，不想让你受磨难，可是，今天无论如何，我不能不练习特技，必须要飞，这是任务。那么你只能与我一起体验什么叫大载荷啦，没别的选择。

我已经做好了与载荷抗争的准备，可是小蜜蜂却不明白，依然飘忽不定地飞舞着，把它的小巧、精致、敏捷和美艳，毫无保留地展现着。它的机动性能那可是无与伦比的，如果战斗机有它这样的机动能力，在空战中绝对会是无敌的。

我心想，小蜜蜂啊，你别臭美啦，赶紧找个地方趴在那里躲一躲吧，对你来讲，即将到来的灾难是非常恐怖的。

我一面注视着飞机风挡与天地线的关系位置，一面用眼睛的余光感觉着正在飞行的蜜蜂，开始做第一个特技动作水平"8"字盘旋。

在飞机旋转角速度逐渐增大的过程中，我开始感觉到手脚发沉，好像有个巨大的无形怪物把我紧紧压向座椅，抗荷服迅速膨胀，压得大腿、小腿及腹部的肌肉隐隐发疼，头皮由于缺血逐渐开始发麻。在此同时，在我眼前飞来飞去的小蜜蜂看上去也感觉到了这种无形的力量，它明显地加快了翅膀扇动的频率，嗡嗡声也加大了，力图与这种奇怪的力量抗争。小蜜蜂奋力地挣扎着，不肯就这样认输，我感觉它持续不了多久。

果然，就在飞机旋转角速度达到最大的瞬间，小蜜蜂终于崩溃了。突然，它就像被什么物体击中了一样，"啪"的一声，径直掉落在我的大腿上，躺在降落伞带和抗荷服之间的皱褶中不动了。

啊？可怜的小家伙，你就这么大点儿能耐？这么早就缴械投降啦？我很失望。

在整个盘旋的几十秒过程中，小蜜蜂很乖，躺在那里，没有再动一动。

当我结束盘旋改平飞机后，巨大的载荷也随之消失了。我利用调整飞机状态、数据和位置的时机，瞧了瞧小蜜蜂。呵，这小家伙生命力还很强大，竟然还能动弹。只见它挣扎了几下，开始缓慢地爬行，然后有气无力地扇了几下小翅膀，试图再飞起来，但没有成功。

看着小蜜蜂那可怜的样子，我甚至有些不忍心再做动作，因为后面不仅有更多更连贯的垂直动作，而且所有的动作载荷更大。刚才它已经是那个熊样儿了，后面会不会顶不住啊？现在我不仅是可怜它，更多的是担心。

第二个盘旋状态稳定下来，我见小蜜蜂又不动弹了。等到我完成动作改平飞机坡度，再次观察了一会儿，见小蜜蜂趴在那里没有任何动静。这小家伙学乖了，已经放弃了无为的抵抗。

"你现在感觉不行了吧，小家伙，你可是运气不佳呀。"我说。

一直到我完成所有水平盘旋动作，小蜜蜂都很老实。我知道它没有晕厥，因为它的八条小腿儿还都是伸开的，翅膀也没有完全收拢。现在可能是被吓坏了，不敢轻举妄动。

当我完成了最大载荷达到 7 个 G 左右的一套垂直 "8" 字动作后，再看小蜜蜂，它真的不行了，蜷伏在那里，几条小腿和翅膀都收拢起来，就像睡熟了一样。完了，我想它是彻底晕过去了。

我拨弄了小蜜蜂一下，看看能不能让它醒过来，但是它没有反应。

此时，我就好像自己被拉晕了一样，挺痛心的。实际上，我挺喜欢看它没有晕过去时的样子，无忧无虑，自由自在，小巧刚猛，美丽惊艳。

小蜜蜂啊，我可是无意要把你拉晕，我没那么坏啊。可是，确实又是我把你拉晕了。现在，我还得飞行，还得做特技动作，而且是更大载荷的动作。我就是一个飞行员，飞行是我的职责，所以才要把你拉晕的。

一套垂直动作做完，我开始调整空域的位置，再往前飞，要出空域了。再瞧瞧小冤家，一副非常委屈的样子，依然躺在那里。我还是觉得内心里亏欠小蜜蜂什么。怪谁呢？怪小蜜蜂吗？本来，小蜜蜂的活动高度范围最多也就是 100 米以下。它也是无意中阴错阳差，被我带到了 4000 米高空来。也许现在小蜜蜂感觉像一个人不小心钻进了宇宙飞船，然后被带进了太空，在被太空人随意摆弄。

小蜜蜂不会光荣牺牲吧？我担心着这条小生命，在不忍心中继续认真练习着特技动作，每一套动作结束后，我都会看它几眼，期望看到它的挣扎，哪怕是微微的蠕动也好，可是它没有，一直到我完成所有的训练内容。

飞完最后一套水平快速横滚动作，我瞄了一眼领航时钟，返航的时间到了。我长出了一口气，感觉屁股上的肌肉被强大的载荷压得有些发麻，腰也有些不舒服，需要到地面舒展一下身体了。飞机也该歇一歇了，加点油，充些氧气。

我把飞机对向机场方向，见几十公里外的天山山脉就像一堵高高厚厚的墙横在眼前，雪线以上的皑皑白雪闪着光。

直线下滑中，没有气流颠簸，飞机就像小船在平静的水面上滑行。此时，我特别希望见到小蜜蜂苏醒后扇动着透明的金翅，在我眼前毫无顾忌地嗡嗡嗡地飞舞。可是，它依然是老样子，蜷曲着身子卧在那里，一点儿也没有变化。它躺着的地方确实不错，不软不硬的，周边还有尼龙和布料组成的围墙。只要飞机不出现负的载荷，它就不会掉出来。如果它真的掉了出来，掉到哪个看不到找不见的犄角旮旯儿，那就更糟了。也许它本来可以不死，结果被下一个飞行架次的飞行员踩躏，那它可能就真的没戏了。

虽然很心疼小蜜蜂，但我也感到很满足，我的实验结果出来了。结论是，蜜蜂和人类的反应一样，对载荷的变化能感应到，载荷增加到一定程度，也会产生晕厥。不过，它的抗载荷能力不如人类。

我开始埋怨起小蜜蜂来。没事儿你跑到停机坪来干吗？你来也就来了，为啥非钻到我的座舱里来啊？你钻进来也行，赶你为啥不走啊？还和我捉迷藏。这下惨了吧？这不都是你自找的吗？怪不得我。

凭直觉，我觉得小蜜蜂不会死去，也就是暂时被拉晕了。也可能是刚才被折腾怕了，就是现在苏醒了，也不敢乱动，生怕再一次被奇怪的魔力打趴下。要么就是在装死，好多动物在遇到危险的时候都会装死，蜜蜂也完全有可能。

我远远地看到了机场，灰色的跑道就像一只筷子，摆在大地上。慢慢地，跑道变大了，变清晰了。小东西，要不了几十秒，我们就要加入航线了，也许回到地面，离开了飞机座舱，你就没事了。

通过跑道上空，我按照塔台指令转向起落航线的第三边。前面那架飞机在天地线上面约一指的高度上，就像一个蜜蜂那么大，可能离我们有1000米的距离。我不能距前机再近了，否则在着陆下滑时会进入它的尾流。我希望前机飞行员能理解我此刻的心情，航线切得再小一些，动作再快一点，尽早落地。

老天爷呀，快快帮助小蜜蜂吧，让我的飞机快点儿落地吧，我不知道这只可怜的小家伙还能不能活到那个时候。

　　着陆后，我驾机快速滑回了停机坪。该下飞机了，与以往不同，我小心翼翼地轻轻地把小蜜蜂捏起来，捧到左手心里，慢慢地跨出座舱，用右手扶着扶梯一步一个脚蹬，下到了地面。

　　机械师和机械员没见过哪个飞行员是这样子下飞机的，都诧异地看着我。

　　"飞机怎么样？"机械师问我。

　　"飞机好的。"我头也不抬，缓缓地走了几步，靠到机翼前缘后，将蜜蜂轻轻地放在了机翼上面。

　　"噢，还有，氧气好像需要充。"我抬了一下头，对机械师说。

　　机务人员围着飞机忙碌开了，我这时才感觉到自己也需要活动一下筋骨了。

　　加油枪的马达欢快地工作起来，燃油正迅速被灌入油箱，一股淡淡的燃油香向四周弥漫。

　　阳光暖融融的，微风吹拂着小蜜蜂身上那些细细的绒毛，但它仍然没有动的迹象，仿佛还在香甜的睡梦中。我开始担心，在太阳的照射下，铝合金的机翼表面温度很高，会不会烫坏了它的小绒毛？机翼太硬了，会不会硌得它不舒服？小风一阵阵的，会不会把它吹到地上？

　　我嘴里有些发干，但不想去喝水。我必须看着小蜜蜂，看着它到底能不能醒过来，再一次飞起来。

　　氧气车开来了，停在机头前，在给战机充氧气，不知道什么时候开走了。

　　随着油位的升高，油枪加油的声音也在变化，我能听出来，油快要加好了。时间不多了，可小蜜蜂怎么还缓不过来？小蜜蜂，你快醒过来吧，你要把我急死啊！

　　为了节省时间，多等等小蜜蜂，我开始戴飞行帽。以往，我都是坐进座舱才开始戴。这个过程中，两眼始终没有离开小蜜蜂。看来，这样下去不会有什么结果了，但我坚信它没那么娇气，坚信它不会死去。

油已经加完了，机械员正在往外拔出油枪。

非常失望！小蜜蜂仍然没有苏醒的迹象。我无可奈何地转身向登机梯走去，走了两步，还是不甘心，再次转身瞧了一眼小蜜蜂。哈哈，小家伙好像动啦！两片小翅膀若有若无地颤动了几下。我急忙窜回机翼旁，欣喜地盯着小蜜蜂细微的举动。果然，它真的动啦！起初，它像刚睡醒的婴儿，先后伸了伸几条小腿，然后翻了个身，步履蹒跚地开始在机翼上向前爬行。再后来，它竟然张开了透亮的翅膀，扇动了几下。接着，就嗡嗡嗡地腾空飞了起来。

小蜜蜂慌慌张张地飞离了机翼表面，飞上了天空，很快便无影无踪销声匿迹了。

我欣喜若狂，在心底里由衷地为小蜜蜂欢呼着。飞吧，小蜜蜂，飞到广阔的空中去，去找你的朋友和家人去吧，去采集你的蜂蜜去吧，再也别回来了。

再次跨进了战机的座舱后，不知为什么，我几乎是下意识地在座舱内又搜寻了一遍，并静静地竖起耳朵听了片刻，直到确认没有听到蜜蜂飞行的声音，才放心地向塔台请示了开车。

飞机起飞后，对向飞行空域进入稳定上升。有一阵儿，我仿佛又听到了小蜜蜂嗡嗡嗡飞行的声音。不会吧？不会吧？我静下心来，仔细聆听。确实，这次是真的了，我真的产生了幻觉，哪有小蜜蜂？

可是，可是我现在莫名其妙地有些想它了。